被柏林 Aedes 建筑论坛选为中国十五个最美博物馆的"王小慧艺术馆"及莲花艺术晚宴

在国内外美术馆举办的王小慧作品展及被收藏的雕塑与摄影作品

法国昆庭 (Christofle) 制作的青铜雕塑 "Love" 上海大剧院落成仪式及限量版摆件

上海美术馆"花之灵·性"个展中五千枝莲蓬影像装置及青铜莲蓬雕塑

上海喜马拉雅中心"花非花"展览中陶瓷、琉璃莲花装置及不锈钢莲花雕塑

在慕尼黑、柏林宝马展览现场及为 MINI 创作的"梦想之车"首发式

在上海"黑森林·王小慧生活艺术馆"中一百三十米长的展廊及莲花多媒体装置

"王小慧与 10000 个梦"艺术装置、"红孩子"系列作品在瑞士大师艺术节

谨将此书

献给

我们敬重与爱戴的

徐慧林老师

花非花

周国平对话王小慧

王小慧 周国平 著

上海译文出版社

序一

周国平

　　我和王小慧多年的一个心愿，现在终于了结了。

　　事情的缘起是在几年前，一家出版社的编辑来找我，计划出版小慧的摄影集，想请我写一点文字。我读了她的自传《我的视觉日记》，翻阅了此前她出版的几册摄影集，惊讶于她的传奇般的经历和艺术上的成就，欣然接受了这项合作。

　　这是我和小慧相识的开始。此后不久，我们见了面。我们商定，做这本书的方式是，由我设计全书的结构和标题，在每个标题下，我们俩各写一点文字，配上她的摄影作品。此后，我便抽空做这件事，几个月后基本完成了我这方面的工作。小慧是一个在全世界飞来飞去的忙人，她的文字姗姗来迟，当终于来到之时，原先约稿的那家出版社已久无音讯，而我自己也忙，事情就搁下了。于是，这个最初的稿子便在两人的电脑里冬眠。不过，我们合作出书的心愿从未改变，每次见面都会谈及，希望找一个两人都有空的时间把书稿讨论一下。

　　有一次，我到上海出差，两人终于都下了决心，我延长逗留的时间，她放下手里的工作，我们好好聊一聊。四天之中，聊了总有二十来个小时吧，聊的结果是把最初的稿子给颠覆掉了。原来的设计是图配文，那个结构已经完全容纳不下谈话的丰富内容，因此，最后的定稿只保留了初稿的大框架和若干文字，主体部分则是我们的对话。所谈话题相当广泛，涉及对人性、人生、艺术、社会各个方面的看法，但是，读者不难看出，小慧是这场戏的主角，整个对话是围绕她的人生历程和艺术历程展开的。这正是我心中的定位，我基本上把自己放在一个采访者的位置上，引她说出隐藏在她的作品背后的故事和思考。

和小慧叙谈是十分愉快的。她美丽，优雅，坐在我面前娓娓而谈，而我更多的是倾听。通过叙谈，我觉得自己对她有了深入得多的了解。在此之前，我对她的印象主要是两点。其一，因为她的美貌、风度和经历，她是以一个明星艺术家的形象呈现在公众面前的。其二，她还有公众看不见的另一面，几乎是一个苦行僧般的工作狂，把自己的全部生命都扑在了艺术创作上。中国当代大约没有一个女艺术家像她那样，台上的靓丽风光和台下的拼命苦干有如此大的反差。在谈话中，我试图解构她的明星形象，寻找她的穿了红舞鞋般永远停不下来的艺术追求的隐秘根源。我好像找到了。从这本书里，我们看到，一方面，这个美女在早年也经受了时代的许多磨难；另一方面，她的艺术本能在磨难中仍然压制不住地蓬勃生长。并不是因为她多么坚强，只因为她太耽于幻想了，以至于连苦难也化作了幻想的素材，不再能够真正把她挫伤。一个靠幻想来分隔苦难的小姑娘，长大了成为一个以追梦为终生事业的艺术家，应该说是顺理成章的。质言之，她是一个天生赋有太充足的艺术能量的人，她的一个人仿佛有七条命的过人精力，她的形式多样的无边界的创作活动，她的不断超越自己的新的艺术尝试，都可以由此得到解释。

小慧有一个非常可爱的妈妈，小慧爱幻想的天性一定是得自她的遗传。徐慧林阿姨一生历尽坎坷，却依然理想主义到了天真的地步，可见她有一颗多么单纯的心。我曾和她通信，她的信洋溢着对精神事物的激情，哪里像出自一个耄耋老人之手。令我意外的是，她还异常喜欢我的书，而且评论精当，是一种真诚但并不盲目的偏爱。知道小慧和我合作出书的计划以后，她年复一年地盼望它实现，世上不会有人比她更加期待本书的问世了。现在终于能把本书献给她，这是一件多么高兴的事。

在小慧的摄影作品中，花是经常涉及的题材，但她拍出的不是植物学的花，不是园艺学的花，总之不是作为物质对象的花。"花非花"——这是艺术家的一个发现，与哲学家的"道可道，非常道，名可名，非常名"殊途而同归。那么，这本哲学与艺术的对话录用《花非花》做书名，不是很合适吗？

小慧是一个完美主义者，在创作任何一个作品时，从总体构想到每个细节都精益求精，对本书也是如此。在我根据录音稿整理出初稿之后，她花了大量工夫修订文字，配照片，并且亲自参与设计封面和版式，我从这次合作中受教益甚多，谢谢小慧。

序二

这本书是为我妈妈写的。

妈妈知道我要与周国平一起写本书，特别高兴。她是国平一个热情而长久的"粉丝"。妈妈本来就特别喜欢看书，一辈子搞音乐的她，耳朵现在不太好了，所以看书更成为她晚年生活的最大乐趣。但她对书很挑剔。国平是她最喜欢的两位作家之一。后来，国平每出本新书都送给她，她好像西方人读《圣经》那样，把国平的书放在床头，每天看，反复看。她说周国平的书要细细咀嚼，才能悟出其中三昧。

我每次回家，她都会问我：你与周国平的书写完了吗？

我很惭愧，这本书因为我的原因拖了几年。因为我总想挤出一整块时间来与国平做这本书。但我实在太忙，又满世界飞，我们俩的时间总碰不上。我真的非常非常感谢国平像大哥一样耐心地等待我和细心地关照我。这本书的思想和框架都是国平的，他构思这本书花了不少心思，而且"篇"与"章"分得十分巧妙，是为我量身定做的。我特别喜欢他充满灵性和道家味道的小标题："阴与阳"、"灵与肉"、"意与象"……其实最早他的提纲里的这种"三字标题"比现在还多得多，真亏他想得出来！所以说没有国平，就没有这本书。

去年，我就与国平商量，一定要完成这本书，作为妈妈的生日礼物。

结果还是我的原因，去年没有完成。

这本书好像已经不仅是国平与我的书，还要加上妈妈。她甚至比我更关切这本书。每次回家看到她的目光，我就知道她在询问这本书。因为她看我忙，嘴上不再问，但眼睛在问。

《我的视觉日记》是我的早期作品，畅销至今，里面有很多富有哲理的人生思考，《花非花》一书可以说是《我的视觉日记》的补充，描述了我近几年来对于艺术、人性的探索，读者可以更多地了解我的艺术创作和人生经历。

我一直怀着对父母的愧疚之心，因为我十九岁就离开了家乡，先去了上海，又去了德国。这么多年，一直很少回家，每次都来去匆匆。每次离别我都会紧紧地拥抱着妈妈，依依不舍。

我曾经说过，如果有人投资我拍一部讲妈妈故事的电影，我会放下所有一切去做，因为她的传奇故事胜我十倍，现在已经有人有兴趣拍，希望我先把书写出来。还有，妈妈一直想完成的一本关于她的"教育心得"的书，因为很多人向她请教"小慧是怎样培养出来的"。这两本书的素材妈妈已经录了很多盘带子，只等我有时间整理完稿了。无奈我总是有太多太多杂事缠身，至今没时间去做这件事。这本《花非花》现在完成了，能多少算作是个小小补偿吧！

感谢国平兄帮助我完成了这个心愿。

目录

艺术

周国平看王小慧

艺术已成为她的第一本能

十九年前的一天，在一次车祸中，王小慧痛失爱侣，自己重伤住进医院，一对金童玉女就此阴阳隔绝。令人难以置信的是，当她从昏迷中醒来以后，几乎第一件事情就是拿起相机，拍下自己惨不忍睹的情形。尽管悲痛欲绝，尽管动作艰难，尽管美丽的容貌此时面目全非，但这些都不能阻挡她拿起相机自拍。在我看来，这个举动在她一生中具有重大意义，表明摄影已经成为她的第一本能。在她身上有一种东西比生命更强大，同时也使她的生命比死亡更强大，那就是艺术。

从此以后，这个东方美女背起沉重的器材，仿佛受着一种神秘力量的驱使，在世界上不停地走，不停地拍摄，这成了她恒常的生活方式。通过这种方式，她走出了那个悲剧，越走越远，重获了生存的乐趣。

通过这种方式，她又走入了那个悲剧的核心，越走越深，领悟了生存的奥秘。

艺术家的看

摄影家的本领在善于用镜头看，看见常人看不见的东西。王小慧说，镜头是她的冷静客观的第三只眼。其实，这第三只眼就是她的另一个自我的眼睛，她的灵魂的眼睛。

每个人都睁着眼睛，但不等于每个人都在看世界。许多人几乎不用自己的眼睛看，他们只听别人说，他们看到的世界永远是别人说的样子。人们在人云亦云中视而不见，世界就成了一个雷同的模式。一

《粉面桃花》No.6（2007）
这组作品表现我眼里的略带暧昧的女人之间的关系，时空概念也是模糊的

个人真正用自己的眼睛看，就会看见那些不能用模式概括的东西，看见一个与众不同的世界。

人活在世上，真正有意义的事情是看。看使人区别于动物。动物只是吃喝，它们不看与维持生存无关的事物。动物只是交配，它们不看爱侣眼中的火花和脸上的涟漪。人不但看世间万物和人间百相，而且看这一切背后的意蕴，于是有了艺术、哲学和宗教。

你看到了什么，你也就拥有什么。每个人的生命贮藏是由他看到的东西组成的。"视觉日记"是一个确切的词。不但摄影家，而且一切的艺术家，其实都是在写自己的视觉日记。他们只是采用的方式不同，但都是在记录用自己的眼睛看到的世界，记录自己生命航道上的每一处风景。一切优秀的艺术家都具有这种日记意识，他们的每一件作品都是日记中的一页，日记成为一种尺度，凡是有价值的东西都要写进日记，凡是不屑写进日记的东西都没有价值。他们不肯委屈自己去制作自己不愿珍藏的东西，正因为如此，他们的作品才对别人有了价值。

看并且惊喜，这就是艺术，一切艺术都存在于感觉和心情的这种直接性之中。不过，艺术并不因此而易逝，相反，当艺术家为我们提供一种新的看、新的感觉时，他同时也就为我们开启了一个新的却又永存的世界。

世界的秘密隐藏在细节之中

看的本领就是发现细节的本领。一个看不见细节的人，事实上什么也没有看见。把细节都抹去了，世界就成了一个空洞的概念。每一个细节都是独特的，必包含概念所不能概括的内容，否则就不是细节，而只是概念的一个物证。

王小慧是善于发现细节的。譬如说，看了她的摄影，我才知道，原来花朵里藏着如此丰富的细节。我们也看花，赏花，却不知道这些

《粉面桃花》No.14（2007）
"粉面"在中国文化中有很多含义：青春、美丽、羞涩、诱惑……

细节的存在。现在，我们突然发现自己对于花朵是多么陌生。这些细节使花朵不再仅仅是花朵，它们讲述着我们未尝听说过的故事，使我们窥见了一个既陌生又仿佛依稀认得的世界。

细节的发现一开始往往是偶然的，但是，这种偶然性多半只能发生在有心人身上，绝对只能在有心人手中修成正果。在一定意义上，照相机已经长在王小慧的身体上，成为她的一个最警觉、最灵敏、最智慧的器官。她用镜头看、触摸、思考。她甚至用镜头变魔术，把人们熟视无睹的细节变成人们百思不解的图像。这是她的调皮之处，她藉此把创造和游戏统一起来了。

世界的秘密隐藏在细节之中，然而，那个看见了细节的人不是揭开了，而只是感应到了这个秘密。所以，包括王小慧自己，无人能够说清楚她的抽象摄影作品的确切含义。虽然一切优秀的抽象作品都会以其艺术力量诱使人们做出诠释，但是，任何确定的诠释都必定是牵强的。在这些作品面前，我宁可放弃诠释，让它们的含义处在丰富的不确定性之中，让我自己处在面对某种不可言说的秘密时的惊讶和震颤之中。

有内在力量的柔弱女子

坐在我面前的王小慧，美丽，优雅，安静，眼中略含忧郁。你难以想象，就是她，常年孤身奔走在世界各地，或者每日通宵达旦在灯下奋战，在寂寞和欢欣中创作出了一批又一批令人耳目一新的作品。

王小慧的工作热情和效率是惊人的，以至于有人说她一个人有七条生命。可是，她自己说对她的人生和艺术影响最大的是道家思想。她的进取和动荡是如何统一于道家的恬淡和静笃的呢？我相信，就统一在顺应她的本性之自然。正因为她在做她今生今世最想做最喜欢做的事，所以能够既全身心地投入，又一无牵挂地洒脱。

道家主阴柔，但并不排斥阳刚。所谓"知其雄，守其雌"，知雄是守雌的前提，唯有了解、吸纳、善用阳刚之因素，然后才能"柔弱胜刚强"。我几乎要认为，老子心目中的理想人格是一个有内在力量的柔弱女子。

王小慧看王小慧

我的一生就是一场行为艺术

　　一般摄影家只是把照相机当做工具，一种创作的手段，对我而言照相机好像是自己的感觉器官，是我身体的一部分。摄影对我来说似乎是一种本能需求，好像渴了要喝水，困了要睡觉一样，不假思索。很多人，包括专业的评论家和普通人都表示非常奇怪，在发生那样大的灾难之后，我会想到拍自拍像和照片，但实际上那一瞬间我并没有想，也就是说在还没有想的时候就已经拍了，像一种下意识的动作、本能的动作。

　　在台北，我的自传繁体版发布会上时，到处贴了我把相机举在额头的自拍像，有评论说"相机是王小慧的第三只眼睛"。当时有记者问我："假如你出门不带相机是什么感觉？好像缺了点什么吗？"我回

摄于"9·11"晚上的纽约，已经夜深人静了，远处仍弥漫着硝烟

答说："你只要设想一下走路时一只眼睛被捂住时的感觉就行了。"

"9·11"的时候，我正巧在纽约，住在离帝国大厦一百米左右的旅馆里。当时世贸中心被炸，恐怖分子预告下一个目标是帝国大厦，因为这是纽约除了世贸中心以外最高的楼，同时又是一座有历史意义的象征性建筑。一天晚上，人声嘈杂，警方突然发布帝国大厦将被炸的警报，组织这个地区的人群疏散。我听见酒店里乱成一团，所有的人都在喊：go！go！go！而且不可以乘电梯，只能走消防楼梯。我的浴室里放了很多首饰，房间里还有其他一些贵重物品，但是我匆忙中的第一反应就是拿照相机和笔记本，其他东西全扔在那里了，想都没想就跑了出来。我逃到大街上，跟着人群往河边方向跑。许多人在哭，也有许多人在打手机。我一边跑得上气不接下气，一边还在用照相机和录像机拍摄这些场景，当时跟我一同逃跑的朋友不断催我快一点，因为可能有生命危险，但是我仍然不能停止拍摄。

几天后，9月18日，我经历了很多周折，转道巴黎，终于在柏林亚太周我的展览开幕前一小时到达柏林机场，总算赶上了开幕式。柏林的天气很冷，已经要穿呢大衣了，我穿着在纽约时的单衣，连在机场买衣服的时间都没有了，朋友临时把她的风衣送给了我。柏林人对我这个刚从纽约逃出的人充满好奇，我把我拍的录像带放给大家看，大家都觉得难以置信。后来这个录像的片断在德国电视台播出，反响也非常强烈。

2005年我父亲住院，先是脑膜大出血，后来又是动脉瘤、心脏衰竭、肺衰竭引起的许多致命疾病，医院下了病危通知。有一段时间，我每天去医院探望，每次都会从进医院大门那一刻起开始拍录像，我会经过长长的走廊，我会在傍晚的时候对着走廊里一长条暗色的大玻璃拍下自己的影子，同时说出我当时的心境。他住在十六层，我会拍电梯里的景象，那些在走廊里的病人，那些探病的访客，一直拍到我父亲住的房间。很多天他是在昏迷状态，我也会不断拍下他的样子并且写日记。也许在旁人看来这些镜头是重复的、毫无意思的，但对我来说却是我每一天心情的真实写照。

我觉得我这个人的一生可以说就是一场行为艺术。我随时在拍摄，如果我一辈子坚持做这一件事情，就可以看作一个很长久的和生命联系在一起的行为艺术。这个艺术并非是为了什么公开展览或者发表的，很多录像带或照片可能就永远放在那里不去动它，对我而言这个过程本身是更重要的。当然，所有这些东西只有在整体关照的前提下才有意义。所以我觉得我的作品可以说是在更加彻底意义上的观念艺术和行为艺术，不是仅仅做给别人看的，是一个艺术家的心路历程的真实记录。

跨界的艺术家

我和别的艺术家有点不一样，他们中间大都是画家只画画，雕塑家只做雕塑，导演只导戏，舞蹈家只跳舞……而我呢？拍照片、拍电影、拍电视，写剧本，做雕塑、做装置、做影像、做设计、做新媒体艺术，还做许多大型艺术活动。2010年9月在上海城市雕塑中心"2010梦想计划"的展览——两千多平方米的空间中就体现了从空间设计、灯光、音响、音乐、装置、影像到多媒体互动各方面的综合成果，同时还展示了大型平面作品以及我从未做过的一个艺术MINI车，我称之为"梦想之车"，因为它上面聚集了上万人的梦想。这个由宝马MINI独家赞助的艺术计划，我动员了一万人参加，可以说也是我与这一万个人共同完成的超大型的行为艺术。

另外，我还写书。我的个人经历和我写的书可能让更多的人关注我。有时候艺术圈和大众圈是分开的，而我的那本自传《我的视觉日记》就像一座桥梁，大众通过这本书慢慢地了解我。这本书各种版本十年间印了三十几版，在出版界是很少见的。不仅是中国人，还包括外国人，他们把我看成是中国的弗里达·卡罗。她是墨西哥的一个女艺术家。据说很多人去看弗里达的展览，不知道是为了去看她的画还是去看她的人。因为她这个人太传奇了，大家都想看到这个人本人是什么样子。她曾出过车祸，腰椎也受伤了，她也画许多自画像，作品也很有自传性。那次是由担架抬着她去参加她自己画展的开幕式，引起全城轰动，成群的人像看明星一样围观她。她是最具明星气质的艺术家。她的传奇也被好莱坞拍成电影。我一直想看她的那部电影，但至今没时间看，但是我知道很多她的故事。前几年春天我被邀请去墨西哥访问，一天晚上，我们在一家著名的花园餐厅吃饭，闲聊中朋友说对面就是弗里达的故居。当时我很想去看，但已经快入夜了。陪我去的朋友与门卫商量，说中国的弗里达来了。门卫非常欣喜，破例开门让我参观，可

在"2010 梦想计划"展览的布置现场，一万五千根十米长的红丝带成为装置的一个亮点。每次展览许多事我都要亲力亲为。

见她受普通人爱戴的程度。那夜我独自在昏暗的灯光下看了那个小博物馆，没有游人，没有噪声，那里每一样艺术品、每件家具以至每个小小的摆设都好像可以呼吸。那时夜深人静，她的画作如此近距离地摆在我们面前，我感到我们在神交。

前几年瑞士的"大师艺术节"给我颁发了一个"明星艺术家"奖，主事者是世界第二大奢侈品集团历峰集团的艺术顾问，欧洲著名的艺术活动家，他认为中国艺术家中我最适合得这个奖，也是第一次把这奖颁给一个中国人。虽然我们在书中讨论到艺术家的社会责任时，我

在墨西哥与总统卡尔德龙单独会见，文化部部长陪同。与墨西哥著名女艺术家、设计师克里斯蒂娜·匹娜达一起和总统合影

与国平兄有不尽相同的见解，但我想一个艺术家一旦成为公众人物时，他同时已经担负起了一些社会职责，他就不仅是一位艺术家了，社会对他的要求与期待也不同了。

双子座的女人

我是一个双子座的女人，双子座的典型特征就是灵魂总是好像两个小孩子，它们经常会打架，也就是有两个自我。

《老子》和《浮士德》是值得经常读的两本经典著作。《老子》是把阴和阳统一到一个整体里，《浮士德》是把同一个整体解析，浮士德的两个灵魂一个联结于尘世，另一个追求超脱。在我身上，也有那么多的矛盾：灵与肉、理智与感情、传统与现代、东方与西方……

从大的方面看，我的许多观念、我的为人处世方式是属于道家的，就是顺其自然，随遇而安。我是很随心所欲的人，并不是说我不努力，但我不是死用功的那种类型。我总是带着强烈的兴趣和乐趣去做我想做的事情，虽然在别人看来我很苦，没有时间吃饭、睡觉或者休闲，但是我自己一点也不觉得是苦，反而感觉是真正的享受。我灵感来了的时候会停不下来，一天写上万字是常有的事，但是没有感觉的时候，很多时间我一个字也写不出来，所以我想我永远也不可能成为一个职业作家。

最近，瑞士境内一个小的王国列支敦士登请我去拍摄他们的风景来出版纪念邮票，我是他们请的唯一的亚洲人，这是种很高的荣誉，因为这个国家的支柱产业是银行和邮票，他们邮票是世界闻名的。但我没有事先与他们签约，只答应去看看再决定，因为我想自己不太会被近乎"完美"的有着市民化俗气的风景所诱惑，假如没有感觉我不会去拍的。他们十分尊重和理解我的意愿。他们说正因为不想要那类明信片式的风光照才找到我。他们要的也是天马行空的表达。没想到我虽然只待了两个半天，却为一些地方的景色所感动，我开始兴奋，又体验到了我久违了的不停地按快门的快感。最终拍了上千张照片，并且在告别晚宴上痛快地与他们签了约。虽然我还不知最后能做出什么样的邮票。

阴与阳

阴阳和合生成万物

"道生一，一生二"，这个"二"就是阴与阳。两极之间存在着永恒的冲突，仅在极其幸运的场合达成了和合，于是"二生三，三生万物"，幻化出了绚烂的人性、人生和艺术。

差异中倾注了上帝的灵感

在创世第六天，上帝的灵感达于顶峰，创造了最奇妙的作品——男人和女人。

然而，这些被造物今天却陷入了无聊的争论，人们热衷于评判两性之间在生理上和心理上的差异，哪一性更优秀，上帝更宠爱谁。他们怎么也看不到，上帝的杰作不是单独的某一性，而是两性的差异，这差异里倾注了上帝的全部奇思妙想。一个领会了上帝的灵感的人，才不理睬这种争论呢，他宁愿把两性的差异本身当做神的礼物，怀着感恩之心来欣赏和享用。

女性是永恒的象征

如果一定要在两性之间分出高低，我相信老子的话，"牝常以静胜牡""柔弱胜刚强"。也就是说，守静、柔弱的女性比冲动、刚强的男性高明。

老子也许是世界历史上最早的女性主义者，他一贯旗帜鲜明地歌颂女性，最典型的是这句话："谷神不死，是谓玄牝。玄牝之门，是谓天地根。"翻译成白话便是：空灵、神秘、永恒，这就是奇妙的女性，女性生殖器是天地的根源。注家一致认为，老子是在用女性比喻"道"即世界的永恒本体。那么，在老子看来，女性与道在性质上是最为接近的。

无独有偶，歌德也说："永恒的女性，引我们上升。"细读《浮士德》原著可知，歌德的意思是说，"永恒"与"女性"乃同义语，在我们所追求的永恒之境界中，无物消逝，一切既神秘又实在，恰似女性一般圆融。

在东西方这两位哲人眼中，女性都是永恒的象征，女性的伟大是包容万物的。

大自然把生命孕育和演化的神秘过程安置在女性身体中，此举非同小可，男人当知敬畏。与男性相比，女性更贴近自然之道，她的存在更为圆融，更有包容性，男人当知谦卑。

最优秀的男女是雌雄同体的

女性为阴，男性为阳。于是，人们常把敏感、细腻、温柔等阴柔气质归于女性，把豪爽、粗犷、坚毅等阳刚气质归于男性。我怀疑这很可能是受了语言的暗示。事实上，女人也可以是刚强的，男人也可以是温柔的，而只要自然而然，都不失为美。

也许，在一定意义上，最优秀的男女都是雌雄同体的，既富有本性别的鲜明特征，又巧妙地糅进了另一性别的优点。大自然仿佛要通过他们来显示自己的最高目的——阴与阳的统一。

1

平面和立体的女人

对于异性的评价，在接触之前，最易受幻想的支配，在接触之后，最易受遭遇的支配。

其实，并没有男人和女人，只有这一个男人或这一个女人。

周国平 ｜ 你的人物摄影拍的多是女人，拍男人好像很少。

王小慧 ｜ 对，其实我对女性题材一直很关注，许多年前在德国出过一本书，书名叫《七位中国女性》，讲中国女人的故事，其中包括我妈妈的故事。

周国平 ｜ 这本书有中文本吗？

王小慧 ｜ 没有，有时间的话，我可以给你讲她们的故事。

周国平 ｜ 写了哪七个人？

王小慧 ｜ 其实也是很偶然的，开始选了二十个人，最后从中挑了七个，都是我的朋友。其中有女作家赵玫，我很喜欢她写作的细腻柔美。焦扬当时是上海政府新闻发言人。还有我干女儿的妈妈雪娅，一位商界女强人，现生活在纽约，帮冯仑筹备一个高端的"中国俱乐部"。

还有照顾我爸爸的一个女孩子小兰以及我的母亲。这些女人的选择年龄跨度比较大，职业、身份也很不同，我是想反映中国社会和历史，特别是女性的不同命运。书中有很多细节，非常真实。比如那个照顾我爸爸的女孩子是农民的女儿，小时候在乡下经常挨饿。床上屋顶挂着一个大簸箕，里面有花生，夜里她饿得睡不着觉，馋得直流口水，但不敢出声，不敢吃，不敢拿，因为挂那么高就是为了不让小孩拿到。还写了她怎么样来的，在这里学了很多东西，看了许多书，接触了很多高层次人物。至今与我们相处快二十年了，很有感情。这也是为什么她对我爸爸这么好，把我爸爸照顾得像亲人一样，甚至比亲人做得更好的原因。而当我们表示感谢时，她总是反过来说她是来报恩的。

周国平 ｜ 那本书是什么时候出的？

王小慧 ｜ 北京的世界妇女大会是 1995 年吧？那时候做的采访，大概是 1998 年出的，在德国印了七版了，没有做宣传，但很受欢迎不断再版。2009 年法兰克福书展中国是主宾国，我作为上海馆的形象大使参加，接受过一些电视专访。之后德国电视一台（ARD）的书评栏上公布这本书又跃上畅销书榜。一本十年前出的旧书再畅销不是常事。

周国平 ｜ 看来你对女人主题的关注是写作在前，摄影在后。

王小慧 ｜ 其实应当是差不多时间，我一直思考这个问题，可能因为我是女性，与生俱来的。我后来好多摄影作品的主题都和女人有关，比如《我的前世今生》《粉面桃花》《失落天使》《女人的上海花园》《上海女孩》几个系列，还有之前的妓女和很多肖像。肖像当然男人女人都有，但是女人还是多得多。我不知道是有意识的还是无意识的。

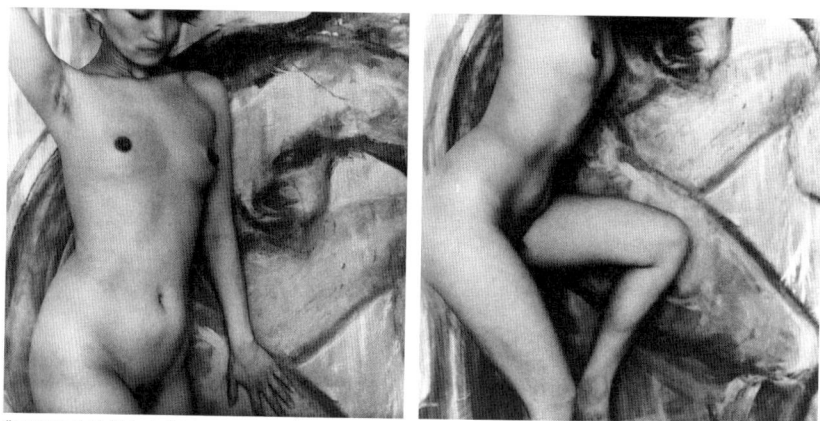

《平面和立体的女人》No.1、No.2（1992）

周国平 ｜ 你关注的是女人的不同生存状态？

王小慧 ｜ 这是一个部分，比如在德国出版的《女人》那本画册里，我拍不同阶层的，比如说中国女大学生的宿舍啊，妓女啊。在此之前出版过一本书是关于德国成功女性的，包括女市长、女演员、女科学家，这些都是纪实的。但更多则是表现的、观念性的人体照片。好像我对女人也比较熟悉吧。当时这本书在著名的摄影艺术出版社 Braus 出版后，好多出版社都想让我拍男人体，他们说我拍男人体一定特别有意思，因为我拍东西特别不商业化，有女性的细腻和敏锐。拍人体照片是特别容易商业化的，充斥在摄影图书市场。

周国平 ｜ 这个界限怎么分？在表现方法上怎么分？

王小慧 ｜ 可能没有特别明确的界限，但是，很多男性摄影家拍的女性，往往有很多情色的东西在里边，虽然可能不是赤裸裸的。我拍的女性是很纯粹的，没有情色的东西。他们跟我约稿，想出版我拍摄男人体的画册。他们很好奇，一个女人特别是一个中国女人怎样拍男人体。现在可能已经无所谓了，二十年前那个时候，对我来说连拍女人体都是一种冲击的时候，拍男人会用什么样的方式来拍，他们觉得很有意思，甚至可能引起轰动。可是我一直觉得没有太大兴趣，我还是对女人感兴趣。那天有一个什么讲座是给德国人讲，讲到这里，哄堂大笑。有人就问，你是什么意思，你对女人特别感兴趣。我说不是不是，我不会和女人睡觉，我不是这个意思。

周国平 ｜ 误以为你是同性恋了。拍摄女人是可以有各种不同的眼光的，比如说，一种是你说的那种情色的眼光，突出表现身体的性特征和性感，许多男摄影家这样，女同性恋者也可能这样，不过我估计和男人的情色眼光又有不同吧。还有一种是女权主义的眼光，刻意张扬女性的强势和权力，把女人拍得特别酷，比男人还男人。前者太生物，后者太政治，在艺术上都不纯粹。我觉得你是在通过镜头表达对自己性别的认识，是你作为女性进行自我认识的一种方式。你给作品取《平面和立体的女人》这个标题，也许就包含了这样的意识。这个标题非常好。对性别的认识应该是立体的，有丰富的层次，只用生物的或者政治的眼光去看，就太平面了。

2 女性的智慧

一个真正有魅力的女人，她的魅力不但能征服男人，而且也能征服女人。因为她身上既有性的魅力，又有人的魅力。

如果说男性的智慧偏于理性，那么，灵性就是女性的智慧，它是和肉体相融合的精神，未受污染的直觉，尚未蜕化为理性的感性。有灵性的女人天生慧质，善解人意，善悟事物的真谛。她极其单纯，在单纯中却有着一种惊人的深刻。

周国平 ｜ 两性在智力禀赋上有很大的差异，大致说来，女性长于感性，男性长于理性，各有短长。有的哲学家比如叔本华认为，因为理性高于感性，所以男性比女性优秀。我对感性的评价要高得多，曾经用灵性这个词来定义女性的智慧。智慧的女人真是有灵性的，直觉非常好，往往既细腻又深刻。

王小慧 ｜ 而且女人的情感世界特别丰富，触角敏锐，细腻柔美，具有诗性。女性的感觉往往大为超过男性所能达到的广度和深度，她们的思维也常可能在男性停止的地方开始延伸。正因为如此，所以女性艺术家有很多创作是男性艺术家不能企及的。艺术与科学技术不同，在科学与技术领域，男人的思维比女性要有优越性，而在文学和艺术方面，我一直认为女性不比男人差。至少是各有所长。

周国平 ｜ 其实，在人类一切事业中，情感都是原动力，而理智则有时是制动器，有时是执行者。或者说，情感提供原材料，理智则做出取舍，进行加工。世上绝不存在单凭理智就能够成就的事业。所以，无论哪一领域的天才，都必定是具有某种强烈情感的人。区别只在于，由于理智加工程度和方式的不同，对那作为原材料的情感，我们从最后的产品上容易认出，或者不容易认出罢了。

王小慧 ｜ 比如我自己既是一个很感性的人，但也有理性的那一面。我受过建筑学专业的系统训练，又在德国这样一个非常具理性气质民族的环境里生活了很长时间，所以理性于我也不是陌生的东西。在我的艺术创作中，往往也是先有灵感的火花或瞬间的感情冲动，即有很多直觉的东西，同时在创作的过程中也有理性的思考，会不断地在感性与理性之间合了又分，分了又合，循环反复。我不喜欢纯粹的玩弄形式，我以为只有形式没有思想是平庸之作。但是只有思想没有感性的色彩，没有引人入胜的形式，在我眼里也不是一流的艺术。艺术家不是哲学家，也不是历史学家和人文学者，艺术品一定要有感性的形式，而且这形式要独特，这才是艺术。而且，只有感性与理性并重才能创造出好的艺术作品。

周国平 ｜ 对于艺术来说，我觉得感性是更重要的。我非常讨厌那种纯粹玩观念的作品，那算什么艺术品。你拍了许多抽象作品，但是没有给人这样的感觉，仍然富于感性，保持了一个女性艺术家的优点。

王小慧 ｜ 东西方传统艺术的发展过程中，感性始终是最重要的，可是当代艺术恰恰过于强调理性，强调观念，有点主题先行。即首先有了观念，然后再想用什么方式和形态来表现它。我个人对这种艺术

《无题》（1992）

创作的方式也有些不以为然，因为我认为艺术之所以区别于哲学、社会学或者是人类学等，是因为它基于感性，感性可以说是它与其他人文科学区别的独特性。许多当代艺术好像在喊口号，枯燥，缺乏可看性，或者太生活化，没有提升到艺术的高度。这样一些影像作品，既然和我们每天看到的东西是一样的内容，一样的形式，那我们为什么要去一个双年展，而不是呆在家里看看新闻呢。而且我认为这种暴力、凶杀、灾难，在我们的世界上已经非常多了，我们为什么再要到大的双年展去看这些重复的东西。我认为艺术应该和生活有距离。

当然艺术创作不能脱离理性，也就是说，在创作过程中，我倾向于理性和感性的互补。当然，无论有多强的理性，真正创作的瞬间，应当还是感性占上风的，应当是富有激情的，太冷静的艺术我不喜欢。我不知道别人是怎么样的，我自己的艺术构思最初都是感性的，然后又和理性相互作用，从感性出发然后经过理性思考，最后还是回归到感性上。好像是种化学过程，而且是有机的，并非物理过程。从总体上看，我的创作是一个感性主导的过程，所谓创作中的灵感就是感性的。没有灵感就没有艺术。

周国平 ｜ 对，从感性出发，又回归到感性，创作的动因是感性的，作品的形式也是感性的，这才是艺术上真实的受孕和分娩，作品才是活的、有生命的。那些热衷于玩观念的艺术家，在我看来恰恰暴露了在艺术上没有生育能力。我尤其希望女艺术家不要走这条路，应该发挥自己性别的优点，以丰满的感性和良好的直觉取胜，不要受概念思维的支配。

王小慧 ｜ 其实，在这一点上，男女都一样，都应该把感性和理性统一起来。

周国平 ｜ 当然，男女在智力特征上的区别是相对的。柏拉图讲过一个寓言，说一开始的人是一个圆球，男女同体，后来才分开成了男人和女人。他的意思是说，两性特质原本就并存于每个人身上，因此，一个人越是蕴含异性特质，在人性上就越丰富和完整。事实上，许多杰出人物是集两性的优点于一身的，但前提是要保持本性别的优点，丢掉这个前提，譬如说，直觉迟钝的女人，逻辑思维混乱的男人，就很难优秀。

王小慧 ｜ 好像是伍尔夫说的："伟大的脑子是半雌半雄的。"我欣赏那样的女人，既有深刻、智慧、思想的一面，又有细腻、优美、感性的一面。我也欣赏那样的男人，他不光有智慧，有远见，有雄才大略，同时又很浪漫，很重情感，很懂女人。

周国平 ｜ 不过，还是有所侧重，女人必须有我说的那种灵性，才真正有女人的魅力。

王小慧 ｜ 我欣赏能将美丽与智慧结合起来的女人。智慧的女人能使她的美丽随着岁月而增加，就像那真正好的葡萄酒，不会变质发酸，只会越来越醇香浓郁，让人迷醉并回味无穷。我认识很多不同的女人，有的女人，你会觉得她很俗气、很无聊。有的女孩子，你会觉得她可爱、天真，但是跟她时间长了就会觉得没意思。还有的女人，她可能不是很年轻了，甚至已经满头白发，但你仍会觉得她非常有魅力，你跟她一起待上几个小时，好像在不知不觉中就度过了，而且你还会难以忘怀，甚至一辈子都会记得这一天，她所散发的那种魅力绝对不是单凭一张美丽的脸就能够达到的。

周国平 ｜ 我看到你拍的人像中有赫本，她就是这样的女人，你拍出了她的非凡气质和魅力。这张照片是什么时候拍的？你是特意去找她的吗？

王小慧 ｜ 那是 90 年代一次慕尼黑电影节上，好像放映了张艺谋刚刚拍的《菊豆》那部电影。电影节邀我做嘉宾，同时也请我在电视访谈节目讲讲这部电影，因为那次张艺谋没来。那部电影我很喜欢，表现了中国人性中许多被压抑的东西，其中的不少象征意义外国人并不是都明白，包括政治上的隐喻，至少在我个人理解上是有很多的。那次奥黛丽·赫本也应邀参加，我们见了面。别人介绍说我是拍摄人物肖像很著名的摄影家。那时我拍摄了大量人像作品，都是近距离的，用五十毫米镜头而非长焦镜偷拍。这样人物才能交流，才能真正抓住人物的眼神。可惜我那次拍的许多彩色幻灯片被冲印店的自动装框机把每张底片全部从中间切断，在当时成了废片。我十分惋惜但也无奈。可惜那时不知道用现在的电子扫描技术和 photoshop 软件可以轻而易举地把这些"废片"修理得天衣无缝，大概十年前我偶然看到这种技术时，真后悔当时把这些"废片"丢弃了。所以现在只剩下几张黑白照片了。

晚年的奥黛丽·赫本，她是我眼中美丽与智慧兼具的女子，摄于 1992 年

晚年的赫本，她是我见过的最有"态"的女人，年龄已经无关紧要了，摄于 1992 年

周国平 ｜ 你是一个著名的美女，在你的生活和事业中，你觉得你的美貌起的作用大吗？

王小慧 ｜ 我从来都不是那种让人惊艳的美女，有人赞誉我说是"美得恰到好处"，这也已是过奖。不过我从来都觉得让人喜欢、或至少不令人讨厌并不一定要靠"美貌"，更在于你给人的感觉、你的态度等。态度亲切、平易、温和而长相普通的人可能比一个美貌但傲慢冷漠的人要更让人喜欢。我觉得男人跟女人在这点上不太一样，男人会更注重外在的这种美，而我更注重女人的深层次的美。仅仅外表的美，我觉得可能会浅薄，没有太大意思。

周国平 ｜ 可是男人终归会看重外表的美，这很难避免。当然，内在的东西也很重要，一个女人外表漂亮，内在空虚，和她相处稍久就会感到乏味。而且，我从来就觉得，女人的美不是一种物理的性质，内在的东西一定会在外貌上显示出来，也就是所谓气质、风韵，这都是看得见的，使美有了光彩。不过，男人好像难以避免对外貌的在乎，甚至往往把这作为一个前提，一个不漂亮的甚或丑的女人，她再有内涵，好像也不容易激起性爱意义上的那种痴迷的爱。

王小慧 ｜ 我的好朋友齐格丽特是一个我说的那种智慧型的女人，有一次她和我讲到她年轻时办的一个假面舞会。当时她邀请了很多朋友，她这个舞会做得比较极端，每个人除了戴假面具以外，全身从头到脚都要用白布包起来，就像一个大袍子一样，所以互相之间是看不到对方的脸或胖瘦身材的，只能听到声音。在这种情况下，一个人想要吸引对方，就只能靠语言，而这个语言是表达智慧与魅力的唯一的手段。这个舞会办在她家附近一个老皇宫的公园里。参加舞会的那晚之后，很多人又互相约会了，而这样的约会一定是他们已经被相互之间的智慧所吸引，因此才有兴趣再约会。这样就可避免相互仅仅被外表吸引而事后发现完全不合适。这个舞会上的好几对人，后来居然成了夫妻，到二三十年以后，我发现仍有三对是当年通过她这个舞会认识而结合的夫妻。

周国平 ｜ 不妨设想办一个相反的舞会，互相看得见，但都把嘴封住，这样配成的对，能长久保持的一定很有限。我听一个朋友说，在旅途上，他常常被那些漂亮的脸蛋吸引，可是对方一开口说话，他很快就大失所望。单纯外貌的美很容易激起幻想，但也很容易幻灭。

王小慧 ｜ 如果你搞这样一个舞会，那你就害苦很多人了。女人不是因美丽才可爱，而是因可爱才美丽。女人应该是有个性和品味的，这种美应该不仅是内在美也不仅是外在美。这种综合的美形成一种"态",而这种"态"是说不清道不明的,你可以感知它,享受它,但又抓不住,只可意会而不可言传的。而且,这种东西是靠多年积累的,不是一朝一夕可以"学"成或模仿的,是从骨子里透出的东西。一个小姑娘不会有"态"的,她可以有"姿"甚至有"色"。姿色可能随着年龄消失,而"态"则可以长久保持。我喜欢这样的一个比喻,说有的女人五十如醇酒,六十如夕阳,七十如晚霞,八十如明月。赫本就是一个绝好的例子。

周国平 ｜ 你这个说法很有意思,"态"其实就是内在的"神"的外显,有"神"才有"态",合起来叫"神态"。一个女人因为神韵充沛,才会仪态万方。

3 永恒之母性

女人比男人更接近自然之道，这正是女人的可贵之处。男人有一千个野心，自以为负有高于自然的许多复杂使命。女人只有一个野心，骨子里总是把爱和生儿育女视为人生最重大的事情。一个女人，只要她遵循自己的天性，那么，不论她在痴情地恋爱，在愉快地操持家务，在全神贯注地哺育婴儿，都无往而不美。

周国平 ｜ 看到作品《我的孩子梦》，我很感动，也很震动。一直以为，你是一个一心扑在艺术上和事业上的女人，没想到你内心中深深地藏着母性，曾经这样渴望有自己的孩子，这样渴望当妈妈。

王小慧 ｜ 那组照片的拍摄是在我与那个艺术家男友分手之后，想要自己孩子的梦彻底破碎时拍摄的。那时他曾给我描绘过非常美好的家的图景，包括可以拍摄自然光照片的带玻璃天窗的大房子等。那次失败使我感到心灰意懒，甚至有些绝望。我拍的小娃娃是残破的，背景是漆黑一片的……但我所幸有艺术作为我自我疗伤的心理医生，伴我一点点走出感情煎熬的苦海。那过程是漫长的、艰难的。那次经历还让我至今害怕太爱一个男人而失去自我，所以我绝不会再为爱而放弃自己的重心。

自拍像《我的孩子梦》No.1、No.2（1997）
人生有许多无奈，许多梦想是无法实现的。天使般望着我的那个娃娃是残缺的

周国平 ｜ 最近你拍了许多孩子脸，这一组《红孩子》，是不是把你对孩子的爱投向了所有的孩子，是一种升华？你是怎么想到这个题材的，通过这些孩子脸想表现什么？

王小慧 ｜ 我拍这组作品最初的动因是因为中国的独生子女，这是特定时期的一个特殊现象，可以透视出中国所有的社会问题。但我拍了几年，而且做出第一批作品之后，发现它的意义更丰富，有多重性。每个人看它都有自己的解释和感受，这就很好。一个作品一旦问世，它可以离开艺术家而具有独立的价值。

周国平 Ｉ 好的作品都会这样，有多层次、多视角的丰富的涵义，艺术家自己在创作时未必意识到，但内心的积累在无意识地发生作用，往往在接受过程中才被"发现"出来。当然，也有的是接受者"添加"进去的东西，而能够激起"添加"的冲动，这本身也证明了作品的魅力。

王小慧 Ｉ 你看我把这些孩子的脸都简化了，变得有点抽象，包括把脸的颜色变红，但我觉得还是看得出是农村人还是城市人。你看不到他们穿什么衣服了，是吧？

周国平 Ｉ 是的，都是红色的脸，充满稚气，但是显得不太真实，仔细辨认才能看出差别。

王小慧 Ｉ 里面还有民工的小孩，我特别喜欢这个小孩，他就是民工的孩子，很小，才四岁，但特别聪明。

周国平 Ｉ 看得出来。

王小慧 Ｉ 最小的小孩五六岁，多数是七八岁了。有个九岁多的孩子非要跟着我们拍，他个子小，只好站着拍，特别可爱，一副思索的样子。

周国平 Ｉ 为什么用红颜色？

王小慧 Ｉ 这个提问有意思，呵呵，别人问我这个问题时我会开玩笑说："崔健的一首歌叫《红旗下的蛋》你知道吗？"此外，古人云："人之初、性本善"，你看这些小孩子的脸，不管这些人长大后是否会很优秀，或很愚昧，或变得很恶，但是他们小时候都是很可爱的。所以，我觉得教育特别重要，这也是为什么我做慈善都跟小孩有关的原因。和小孩在一起，拍摄小孩，我真觉得是一件很愉快的事情。当然，这些照片里也有很多人文方面的象征意义。

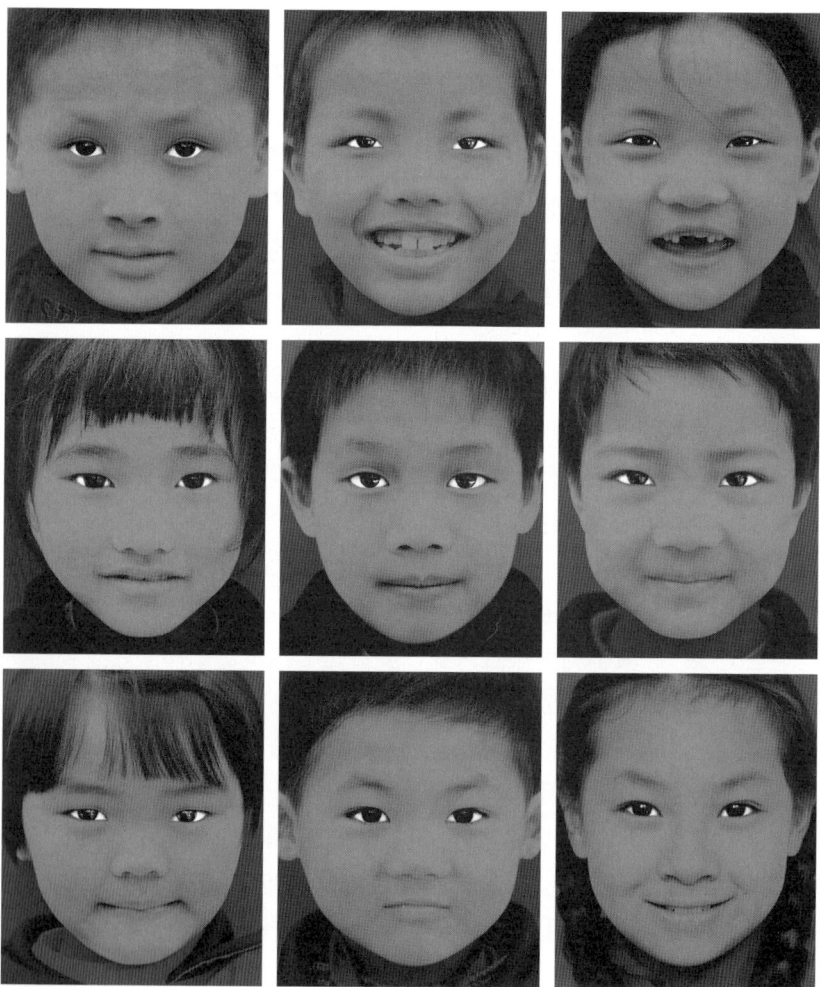

《红孩子》系列（2000-2007）
这个系列是我在欧洲被收藏最多的作品

周国平 ｜ 我也喜欢孩子，和孩子在一起，我感到的快乐超过其他任何事。这组照片是一个警示，这一张张天真的脸仿佛在质问社会：我们这么可爱，你们会把我们变成什么样子？

王小慧 ｜ 虽然我自己没有孩子，但是我能体会到母性是女人最深刻的天性。一个偶然的机会，使我认识了世界上最著名的两位女高音歌唱家之一丽莎·黛拉·卡莎，她是和玛丽亚·卡拉斯齐名的世界两大女高音之一，她的传奇经历给我很多启发。

作为一个歌唱家，她非常成功，她可以在林肯中心持续十五年签约作为主角来演歌剧，这是欧洲的歌唱家里绝无仅有的。她和卡拉扬合作，在世界最著名的音乐厅里演唱。她得过非常多的大奖，也出过很多的唱片，是无数喜欢歌剧的人的偶像。但是，她遭遇了一个重大的灾难，就是她的独生女儿因病而瘫痪，这使她决定放弃舞台生涯，完全隐居在瑞士的一个古堡里，和她深爱的丈夫一起陪伴她的女儿。在她事业最高峰的时候，她退出了舞台。所有的人都为她惋惜，但她觉得这个选择是找回了真正的自己，她觉得生活中对她而言最重要的就是她的女儿，是她的亲人和家庭，所以她回到了平静的生活中，做一个平常的女人。她曾经那样地辉煌过，现在许多人已经不知道她了，但她的歌迷还怀念她，每年都纪念她。现在她还活着，已是快九十岁的高龄，应和我母亲差不多大吧。她与全家深居简出，连瑞士政府颁给她终生成就奖，她都不去领奖。有游艇经过他们古堡时，许多粉丝会拍照，如果她刚好在阳台上则会远远地向大家挥手致意。但每天她会对丈夫和女儿说许多遍："我爱你！"

周国平 ｜ 太了不起了，这才是彻悟，这才是伟大。母性是女人天性中最坚韧的力量，这种力量一旦被唤醒，世上就没有她承受不了的苦难。歌德说"永恒的女性"，按照我的理解，他说的"女性"实际上是指女人的母性，母性是人类繁衍的保障，使永恒成为可能。其实，不论男女，父性和母性都是人性最重要的组成部分，一个人无论在事业上多么辉煌，如果他把事业置于人性之上，为了世俗的成功而漠视亲情，这样的人在人性的意义上还是比较渺小的。

王小慧 ｜《红孩子》这个系列作品我已拍了许多，做了一百张完成的作品。我还会坚持拍下去。我相信这些孩子的脸随着时代而变化。假如能再拍十年、二十年、三十年，然后把这些照片放在一起，应该能够看出时代、社会等许多的变化。其实这个在"纪实作品"基础上做的"观念艺术"很"当代"。我喜欢建议策展人把更多的《红孩子》一起展出，而不是一张两张挂在那里，这意义不同。

我常常做许多与年轻人有关的创作，比如《上海女孩》《无边界的自由》，"2010梦想计划"以及"全国创意摄影大奖赛"等。以这种方式交了许多"小朋友"。昨天，与我一起工作的女老师，一位诗人出身的编辑，非常有艺术气质的女人，给我发了一条短信："王老师你好幸福。他们都很爱你，我们也成了好朋友。你知道吗？"我想，通过艺术的方式赢得友情赢得爱，也算对我没有自己孩子的一种补偿吧。

4 女人的两个面孔

《女人的两个面孔》（1995）

女性是一个神秘的性别。在各个民族的神话和宗教传说中，她既是美、爱情、丰饶的象征，又是诱惑、罪恶、堕落的象征。她时而被神化，时而被妖化。诗人们讴歌她，又诅咒她。她长久罩着一层神秘的面纱，掀开面纱，我们看到的仍是神秘莫测的面影和眼波。

周国平 ｜ 你的许多作品的题目起得特别好。比如有一幅作品叫《女人的两个面孔》，我由此产生联想，女人一方面比男人更贴近自然，母性是女人最深刻的本性，但是，另一方面，作为弱势的性别，女人又好像比男人更容易受时尚的支配。这是女人的矛盾之处，似乎的确有两个面孔，一个非常自然性，一个非常社会性。你在近些年有几组女性题材的作品，都涉及了这后一个面孔。

王小慧 ｜ 对，这是从 2002 年开始的。你看这一组《失落天使》。

周国平 ｜ 这一组是在哪儿拍的？

王小慧 ｜ 是在我做雕塑的工场里拍的。我选的场景都是一些不很现实的场景，与日常生活有距离的场景，比如废弃的厂房。

《失落天使》No.6（2009）
这张照片因为上了意大利杂志封面，所以赢得了许多意大利收藏家青睐

《粉面桃花》No.9（2008）
这些女孩子把象征着青春和美丽的桃花像打麻将一样去玩，她们并不珍惜它们，而是尽情挥霍

周国平 ｜ 题词写得很好："在梦中游荡，在人间彷徨，她们不知寻找何物，也不知身处何方。"在今天这个时代，年轻女子是很容易在情感的寻找与物质的追求之间迷惘的。

王小慧 ｜ 这是一组比较新的作品，叫《粉面桃花》系列，原作放得很大，浓墨重彩的，很有油画效果。这些都是在上海一家著名的会所雍福会里拍的，中文"粉面桃花"有好多文化含义，比如说年轻啊、美丽啊、羞怯啊，也有诱惑的意思在里面。我觉得艺术作品的意义不一定要讲得明白，需要观赏者自己去体会。

周国平 ｜ 这一组的题词也写得好，其实已经说明了你要表达的意思："在记忆的深处走来，我不知她们生于何年何月，她们是这样陌生，又是这样熟悉，她们是这样鲜活，又是这样朦胧，她们是欲望的化身，又是戴着面具的玩偶，粉面桃花是她们共同的名字。"

美丽女孩的青春真是散发着迷人的芳香，充满诱惑力，但青春又是短暂的，这是困扰之所在。花开花落，世代交替，曾经有过多少美丽女孩的青春装点了人间的风景，然后不留痕迹地消逝了，难题留给了女孩们自己：你一生只做一次供人赏玩的花朵，还是想收获自己的生命果实？

王小慧 ｜ 你这花与果的比喻也太棒了。我喜欢！我最近两年还有一组作品叫《女人的上海花园》，拍摄是很偶然的，我到一位美国策展人家去，她家特别漂亮，是上海著名的百年老洋房，后来由美国著名建筑流派"白色派"代表人物迈克尔·格雷夫斯重新改造过。我的第一感觉是外面是普通的小楼，在淮海路上一个很安静的弄堂里，但是里面是一个世外桃源，跟外面完全不是一回事。里边和外边完全不一样，外边有看自行车的、晾衣服的、洗菜的，进去感到别有洞天，特别是阳光下的花园，我进去后第一眼就"一见钟情"了，当时就有拍摄一组作品的冲动了。也许就是那阳光下的树激发了我的创作灵感。起名叫《女人的上海花园》，英文译为"Isolated Paradise"（"与世隔绝的天堂"）。然后把这些作品挂在她家里。在展览开幕式上，我让同样的这些模特儿穿着与作品上同样的衣服，化着同样的妆站在画的前面，感觉像是从画中走出来一样。

周国平 ｜ 让人产生现实与梦幻混淆的感觉，很奇妙的。她们都是服装模特儿吗？

王小慧 ｜ 不是，只有一个比较专业，大都是非专业的。有学生，还有我的助手，我不太用职业模特。宁可自己去发现。作品中好多细节都有象征意义，比如这个百合象征纯洁，同时又跟死亡有关系。鞋子也是一种象征，中国人过去骂有私情的女人为"破鞋"，你看外面在下雨，这个女孩爱惜她的崭新的鞋子，脱下后，拿在手中。

周国平 ｜ 小脚小鞋子，中国人觉得特别性感。

王小慧 ｜ 昨天吃饭时说到这个话题，一位北京资深女出版人还在说：男人就喜欢所有让女人痛苦的东西，比如高跟鞋之类。

周国平 ｜ 中国男人？

王小慧 ｜ 不，她说的是外国男人。

周国平 ｜ 也这样吗？

王小慧 ｜ 对啊，高跟鞋越高越好，越细越好，都是让女人不舒服的。

《女人的上海花园》No.7（2009）
鞋在中国文化中也有很多象征意义，比如说贞洁。这女孩在下雨天把一双新鞋脱下来，非常珍惜

苹果在拍摄现场到处都有，展览现场也有许多苹果装置。它的象征意义是显而易见的。还有鸟笼子，巨大的鸟笼，很精致，很美。女人也美，但不快乐的样子。

周国平 ｜ 这是象征女人是男人的玩物吧。

王小慧 ｜ 这些女人好像是些金丝雀，衣食无忧，但不能远走高飞。说到底还是只能供人玩赏。我是去年偶然发现这个美国人的家的，她老公是法国人。她家太讲究太精致了。她的床啊，每天都要放一套戏服作装饰，袖子怎么摆放都有讲究，托盘里几支毛笔歪一点都不行，一块块的玉从大到小放法都有要求。我一拍照肯定弄得乱七八糟的，拍照的现场不可避免要移动一些东西。她告诉我借给我用的那几天她丈夫出差，但她丈夫回来前一定要恢复原状。想不到她丈夫提前回来了，我带着助手、模特正在她家"大闹天宫"。他没生气，很有兴趣地看我们工作。后来我们也成了朋友，他也特别喜欢这组作品。

周国平 ｜《上海女孩》这个作品呢？

王小慧 ｜ 这是比较有社会性的一组作品。这个系列特别有意思的是把她们的想法用文字组合到画面中，成为作品的一部分。我喜欢把文字作为作品的一个视觉元素，我觉得中文这种象形文字本身就具形式美，它与其他视觉元素结合起来是活的，有个性的，有超出文字本身的意义。比如拿大包挡住自己的这个女孩说："我最欣赏的人是自己"；"我身上一切都是特点"。一个很典型的特别自我中心的、现代的女孩。这个穿小背心的女孩我蛮喜欢的，她曾当选过上海小姐，按理说漂亮的女孩一般不太努力的，一切都来得容易。现在不是许多人说"干得好不如嫁得好"嘛，她很容易就能嫁得好。可是她回答说："'干得好不如嫁得好'绝对是胡扯，'嫁得好'得来的幸福是可能消失的，

'干得好'得来的幸福是永远不会消失的。有事业的女人才更有魅力。"
我觉得她蛮聪明的。

周国平 ｜ 对，她想明白了。一个美女不知道自己美就格外可爱，
知道了但不依靠自己的美则是可敬的。

王小慧 ｜ 这是一个很浪漫的女孩，她说："就算男朋友不如我有钱，
不如我成功，我还是愿意嫁给他，只要有爱，一切都会有的。"呵呵。

周国平 ｜ 说不定她的男朋友比她有钱，比她成功，她才敢这么说。

王小慧 ｜ 其实她蛮成功的，看上去挺小的，开了个建筑事务所，
管了一帮人。现在很多女孩蛮厉害的。这个女孩开了一个小店，做民
族服装的。她的理想是创造一个自己的服装品牌——有真正中国民族
特色的。这个女孩是博士后，从大学到硕士到博士全都是免试的优秀生。
但她关于爱情婚姻的答卷出奇地"传统"，外国人都觉得好笑，她说
她老公如果有婚外情的话，要先看他是如何认识，看他有没有悔改之
意，然后她会原谅他。哈哈！再看这个穿牛仔裤腿叉得这么开的女孩，
这张照片外国人也蛮喜欢的，她说："我这人非常传统，未婚同居是
一件非常不道德的事情。"可是人家看她的样子，觉得一点都不传统。
就是说内在外在似乎特矛盾。

周国平 ｜ 你设计了几个问题？

王小慧 ｜ 我也不记得有几个了。问题涉及几个方面：生活的、事
业的、爱情的、家庭的等。比如说择偶条件，从金钱、长相、成功、
事业等因素来谈。各人的回答不同，我觉得她们回答得还是挺真实的，
许多回答挺好玩，是我想不到的。

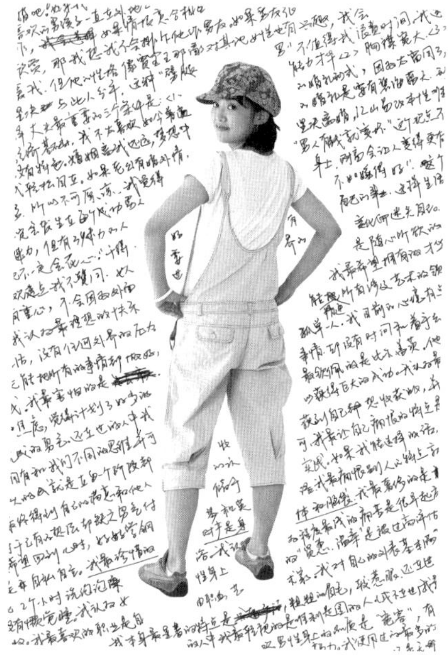
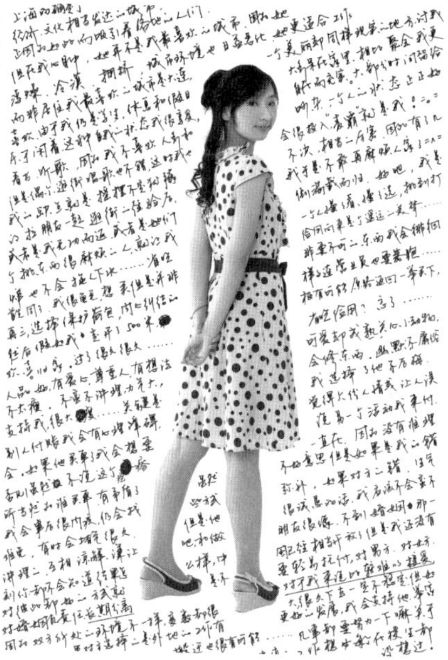
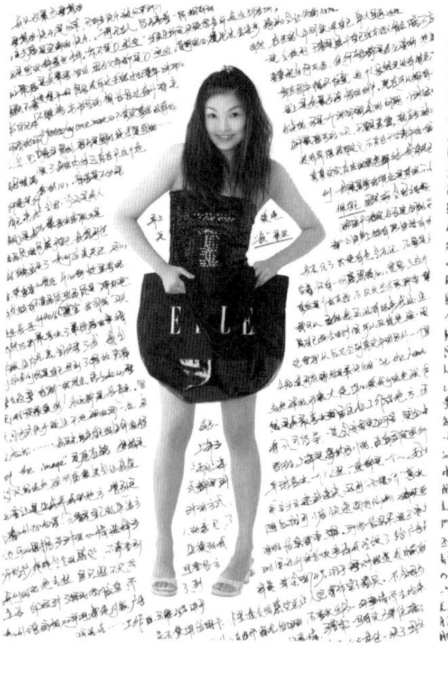
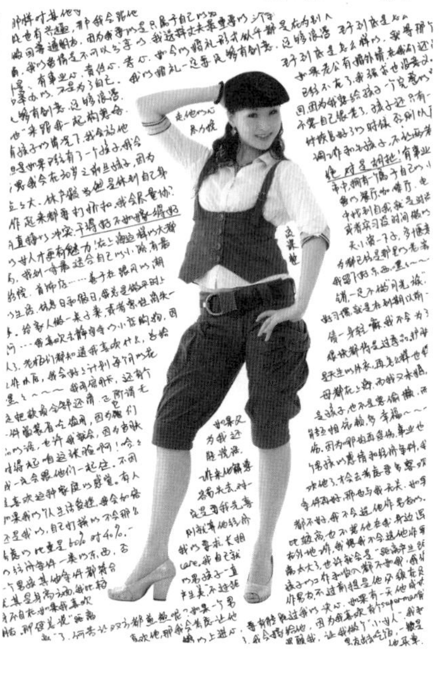

《上海女孩》系列（2008）

这些女孩各有各的故事，总体来说非常自信，比如拿大包挡住自己的女孩说，"最欣赏的人是自己"，"我身上一切都是优点"；戴帽子穿背心的女孩说："'干得好不如嫁得好'绝对是胡扯，有事业的女人才更有魅力。"

周国平 ｜ 她们是在网上报名的吗？

王小慧 ｜ 是的。

周国平 ｜ 你早年致力于比较纯粹的艺术性题材，比如抽象的花朵、人体，近些年来，你的大量作品涉及很社会性的题材，这两种题材之间的关联在什么地方？

王小慧 ｜ 人不同阶段关注的问题不太一样吧。中国美术馆馆长，著名的艺术评论家范迪安在一篇序言里写过一句话来评论我的创作，我认为非常到位："从小我走向大我。"

周国平 ｜ 我觉得挺好的。抽象与具体，人性与社会，这两个方面的探索是相辅相成的。抽象和人性是哲学性质的，有哲学作为底蕴，社会的关切就有了深度，反过来又使人性的认识有了厚度和广度。在这一点上，我觉得我从事哲学，你从事艺术，基本道理是相通的。

5 隔着薄膜的男人和女人

两性之间，只隔着一张纸。这张纸是不透明的，在纸的两边，彼此高深莫测。但是，这张纸又是一捅就破的，一旦捅破，彼此之间就再也没有秘密了。

普天下男人聚集在一起，也不能给女人下一个完整的定义。反之也一样。

男女关系是一个永无止境的试验。

周国平 ｜《隔着薄膜的男人和女人》——你这幅作品的构想很有意思。男人和女人之间隔着一层薄膜，这个薄膜是透明的，男人和女人都能看见对方，但又是不透气的、隔音的，男人和女人之间真正的沟通是很难的。

王小慧 ｜ 他们看似很近，但又可能是"咫尺天涯"，永远达不到对方。就像生活中许多男人和女人一样，可能在一起生活了一辈子，谁也没真正懂对方。男人和女人的感觉差异非常大，西方有一本畅销书叫《男人来自火星，女人来自金星》，就是专门讲这个差异的。有很多女人觉得非常大的事情，男人往往不屑一顾，反过来说，男人很多关心的事情，对女人来说毫无意义。男人比较粗线条，而女人则很

《隔着薄膜的男人和女人》（1992）
他们近在咫尺，但又是分离的……

细腻，在艺术上也是这样，男艺术家往往关注宏观的、重大的主题，而女艺术家却喜欢表现比较个人的东西，比如人际关系、情感、心理。

　　周国平 | 对，不过这当然是相对而言。我很想知道，在现实生活中，你是否感觉到异性之间这种沟通的困难？比如说，俞霖在车祸中离世已经十九年了，你一直独身，作为一个单身美女，我相信你一定有过许多追求者，而看来你一个也没有完全接受，至少没有走到结婚这一步。我想知道，你在遭遇感情事件时持怎样的态度，是什么阻碍了你重新进入婚姻。

王小慧 ｜ 你有没有碰到过这种事情，就是说你的感情和你的理智在打架？

周国平 ｜ 这是难免的，要不我也不会又离婚又结婚的。后来回顾起来，我就觉得，如果感情是真实的、明确的、强烈的，听从感情就是对的。所以我说，你不要太委屈自己了。当然，各人的情况不一样。比如说，如果已经得到一个不错的爱情了，在这种情况下，我觉得就应该珍惜。总是还会遇到诱惑的，我现在的态度就是远离，不要去考验自己了。没必要考验自己，也许你经受住考验了，那你不是白费事嘛，假如经不住考验呢，就更糟糕，你也许把一个很好的家破坏掉了。

王小慧 ｜ 所以，我经常就会有好多的"假如"。

周国平 ｜ 但是我觉得你不一样，你是可以尝试的。

王小慧 ｜ 所以有时候我反过来问自己，"假如"我当时"那样"做了的话，我现在的生命轨迹可能就完全不一样了。很多年我一直都照我自己的一定之规去生活，把很多可能性都排除了，而这种可能性其实挺多的。我没有去试，也没有时间去试，也许也缺乏勇气去试。也许上次的失败让我"一朝被蛇咬，十年怕井绳"了。还有，有时候也不见得是有道德方面的顾虑，不一定是和道德直接有关的。比如说，我碰到三个男人，这三个男人都很优秀，也都很成功，都很富有，虽然钱对我不那么重要，但是可以让我完全变成另外一种生活方式，这种生活方式未必对我的艺术不利，我可以非常自由地去创作。比如我这两天刚刚碰到一个女孩，她在搞昆曲，她很早就结婚了，她丈夫很支持她，她就辞职了，只做昆曲。她并不是科班出身，但是她太喜欢昆曲了，因为老公的支持，她还能搞专场演出。你看很多专业演员都不能搞专场演出，她甚至在上海大剧院搞专场演出，做光盘啊，开学校啊等。有好多人的眼中这可能就是所谓干得好不如嫁得好，嫁得好可以更快地实现你自己的理想，走捷径。

周国平 ｜ 这个嫁得好，丈夫不但要有钱，而且要能够理解她、支持她。

王小慧 ｜ 那我可能一辈子都在走弯路，还不断地坚持走弯路。我当时那么喜欢拍电影，有些追求过我的人自己就是很大的电影人，投资很大的电影，包括一些著名的好莱坞的商业大片。如果我与他走到一起，他完全可以支持我，帮助我，我还用得着自己去想办法吗，去搞赞助啊，把自己的积蓄全部投在电影里面啊。

周国平 ｜ 你遇到这种情况，就是有人对你有意，并且要赞助你，你动心过没有？

王小慧 ｜ 没有爱情的话，我一点都不会动心的。比如说这个人，我会觉得很有好感，也有过些很感动人的地方，但我在想我能跟他一起生活吗，我跟他生活的差距太大了。他们的日常生活基本上就是永远的休闲状态，或者说像一般人眼里的度假时光，他们一般都住在湖边山上等风景美丽的地方，他们也有些城里的房子，甚至世界一些名城里都有自己的房子，但很少去住。平时住的大房子有很大庄园，进城要一个小时才行。如果我问他明天打算做什么，进城吗？他就说，那我得早晨起来后看心情好不好，如果太阳很好，很开心，那我就进城，心情不好，我就不进城了，我们要遵守"兴趣和时间"的原则嘛。其实他时间有的是，就看兴趣了。他基本上是在周游世界，今天是威尼斯双年展，明天是卡塞尔文献展，或是迈阿密的艺博会啦，萨尔茨堡歌剧节的开幕式啦，老在这些地方转。或者滑雪啦，马球赛啦，他们基本上在休闲生活中过日子。我们是大部分时间工作，很少很少时间休闲，他们是以休闲为主业。

周国平 ｜ 他的职业呢，是艺术商吗？

王小慧 ｜ 他们也是收藏家，不仅他本人，他的孩子也收藏我的作品，只不过喜欢的题材不尽相同。一般喜欢我、追求我的人都特别喜欢我的艺术。他们中曾有人开玩笑说不知道更喜欢我的人还是我的艺术。他们一般都有很成功的事业，但是他们自己不需要去管这个事业了。也就是说他们可能是董事长，但肯定不是总经理了。他有足够多的经理在帮他管他的产业，也不用过多操心。但是，我就觉得这样的生活跟我的距离很远很远。假如我真的和这样的人在一起的话，我还会完全照我自己的方式生活，我觉得不让我大部分时间去创作的话，那是不可能的。我也是喜欢旅行的人，但是这么过一段时间，我可能会觉得空虚，觉得是浪费了时间，浪费了生命。

周国平 ｜ 假如你们达成协议，你可以按照自己的方式来生活，你的大部分时间是工作，你能接受吗？适当减少一点工作，增加一点休闲，还是可以的吧。

王小慧 ｜ 呵呵，他们中间有人甚至说如果一天不跟他一起吃三顿饭，就简直太不人道了。他们还喜欢我烧的中国菜，他们中也有很热衷于自己烧菜的，他们觉得那是一种极大乐趣。他们喜欢投资很多做非常高档美食的餐厅。而且他们认为吃饭是一种非常好的交流方式，至少一起早餐和晚餐。他们觉得住在一起吃早饭是很重要的一件事，而且很享受慢悠悠的没时间压力的早餐。在湖边，在阳光下的花园里更好啦。而我是多年不吃早饭的，我觉得吃早饭很浪费时间。

周国平 ｜ 因为你总是夜里工作，早上没起来呀。

王小慧 ｜ 不仅是因为起不来，就算起来也不吃。我知道起来以后吃东西，哪怕喝一杯牛奶也是好的，这是我现在的医生对我说的，我已经有胆结石了，好几个很大的，就是多年不吃早餐的结果。但是我经常就是几个小时一直忙，没时间，不管几点起床。如果中午要一起吃饭，晚上又要一起吃饭，仅仅想一下就觉得是很大的负担。其实我就是觉得和这样的人缺少在一起生活的基础，他们要花很多的时间在体育运动上，高尔夫、游艇，每天还要健身、游泳，他们觉得这些都是应该的，生活必需的，但是我仅仅想一想就觉得这种生活很没意思，所以我还没去做就已经害怕了，你想去吃饭，去听歌剧，去打高尔夫，多花时间啊，还得换衣服，洗了澡还得吹头发……总之，我不是浅尝辄止，而是未尝就止步了。不仅对"男朋友"，对大部分一般的朋友我也总没时间交往。为此，我得罪了许多人。他们好意请我吃饭，我总是没时间。他们说饭你总得吃吧，你也不用自己买了烧了。可我说，我自己吃十分钟搞定，与你们吃至少两三小时。特别是与外国人共进晚餐，实在太久了。朋友之间好多聚会，甚至我的经纪人给我安排活动我都常常没时间参加，因此造成许多误会。有人说我搭架子，有人说我不合群。我也不想解释。因为真正的朋友是不会说这些的。这几个追求过我的朋友后来都理解我。我们现在还是好朋友。他们常开玩笑说与我生活会太累的。我觉得与他们生活也太累，累法不同。归根到底还是人的活法不同。

周国平 ｜ 你对工作太热爱了。

王小慧 ｜ 口头上他们都不会反对我创作，但我觉得他们自相矛盾。一方面他们很欣赏艺术家，我就说不让我没白天没黑夜地工作，我也不可能创作出这些让你们赞赏的作品。可是，他们误以为，你可以既做一个很休闲的沙龙女主人，"全陪"状态的太太同时又能创作出艺术作品出来，好像牛不用吃草就能挤出奶那样。

周国平 ｜ 你有时候会不会有感觉，你的全部精力都用在创作上、工作上了，好像是嫁给了艺术，这本身也是一个缺憾？

王小慧 ｜ 对，有的呀。

周国平 ｜ 但是克制不住？

王小慧 ｜ 也不是克制不住，我自己感觉归根结底我是没有碰上一个真正合适的人，可是，反过来说，我又没有给这些有可能合适的人机会。没有时间，也没给我自己机会。

周国平 ｜ 这两个方面是互为因果的，因为没有碰上真正合适的人，你就把全部精力投在工作上，因为把全部精力投在工作上，你就失去了碰上真正合适的人的机会。不过，我相信，真正合适的人真的出现了，那个人和你在心灵上能够沟通，在生活方式上能够合拍，这个连环套就会被打破。上帝太应该给你这样一个人了。

灵与肉

灵与肉的奇妙结合

我爱美丽的肉体。然而，使肉体美丽的是灵魂。如果没有灵魂，肉体只是一块物质，它也许匀称、丰满、白皙，但不可能美丽。

我爱自由的灵魂。然而，灵魂要享受它的自由，必须依靠肉体。如果没有肉体，灵魂只是一个幽灵，它不再能读书，听音乐，看风景，不再能与另一颗灵魂相爱，不再有生命的激情和欢乐，自由对它便毫无意义。

所以，我更爱灵与肉的奇妙结合。

灵魂是神在肉体中的栖居

有时候我想，人的肉体是相似的，由同样的物质组成，服从着同样的生物学法则，唯有灵魂的不同才造成了人与人之间的巨大差异。

有时候我又想，灵魂是神在肉体中的栖居，不管人的肉体在肤色和外貌上怎样千差万别，那栖居于其中的必定是同一个神。

性是自然界的一大神秘

生物学用染色体的差异解释性别的来由，但它解释不了染色体的差异缘何发生。性始终是自然界的一大神秘。

无论生为男人，还是生为女人，我们都身在这神秘之中。对于神秘，人只能惊奇和欣赏。可是，人们却习以为常了。想一想情窦初开的日子吧，那时候我们刚刚发现一个异性世界，心中洋溢着怎样的惊喜啊。而现在，我们尽管经历了男女之间的一些事情，对那根本的神秘何尝不想有更多的了解。

在一切美好的两性关系中，不管当事人是否意识到，对性的神秘感都占据着重要的位置。没有了这种神秘感，一个人在异性世界里无论怎样如鱼得水，所经历的都只是一些物理事件罢了。

情欲的卑贱和伟大

情欲是卑贱的，把人按倒在污浊的尘土中。情欲又是伟大的，把人提升到圣洁的天堂上。

性是生命之门，上帝用它向人喻示生命的卑贱和伟大。

1

看人体的眼光

你占有一个女人的肉体乃是一种无礼，以后你不再去占有却是一种更可怕的无礼。前者只是侵犯了她的羞耻心，后者却侵犯了她的自尊心。

肉体是一种使女人既感到自卑、又感到骄傲的东西。

人在两性关系中袒露的不仅是自己的肉体，而且是自己的灵魂——灵魂的美丽或丑陋，丰富或空虚。一个人对待异性的态度最能表明他的精神品级，他在从兽向人上升的阶梯上处在怎样的高度。

周国平 ｜ 什么时候你会想到拍摄人体作品的呢？怎么会想到"阴与阳"这样抽象的有哲学意味的题目呢？

王小慧 ｜《阴与阳》系列是我最早拍的人体作品，那是在1990年，我刚去欧洲三四年的时候。在这之前，人体摄影对我来说是一个禁区，我从未接触过，甚至想也没想过。我也很少看到人体，甚至在学习素描的时候，我们的习作只是画石膏像。我在德国大学里的时候，常常在附近的古希腊艺术博物馆里带学生一起画那些雕像，虽然觉得很美，但也从来没有把它们和真的人体联系到一起。

我拍人体的契机是一本杂志的约稿，这个杂志叫"HQ"（"High Quality"即"高品质"的缩写），它是一个设计和艺术杂志，每一期会邀请一些不同领域的艺术家就一个主题自由创作。我那一期的题目是"左与右"，当时邀请了设计家、画家、雕塑家和我四个人就这个主题来创作。看到这个题目，第一反应是想到了中国"男左女右"这个说法。

后来我发现，这个说法是和传统的道家学说有关的。我突发其想：为什么不能用人体摄影来表现这个主题呢？于是我找了黑人女模特和男模特来共同创作这一组《阴与阳》的人体摄影系列。

《阴与阳》系列之一（1991）
我第一次接触人体摄影题材

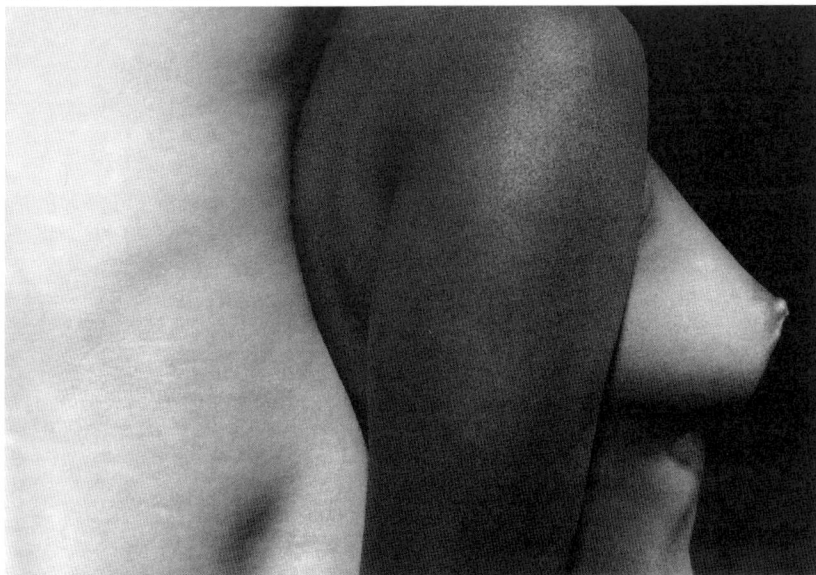

90 年代初我拍的电影《破碎的月亮》酒吧一场戏，群众演员都是剧组工作人员，他们心态坦然地脱下衣服相互面对

第一次拍摄的时候，是在一个空旷的剧院舞台上，当时是深秋天气，很凉。我请的四个模特大大方方地站在舞台中央，等候我的摆布，台下有一位朋友在控制灯光，他们不断地问我好了没有。可是我的心理准备还不足，所以我迟迟没有让下面的朋友打开大灯。对我来说，那绝对是一次文化冲击，模特没有不好意思，反而是我不好意思。

周国平 ｜ 这些模特是专业的还是业余的？

王小慧 ｜ 我在德国拍摄的所有人体模特，不管是在电影中还是在摄影作品中，都是自愿的、免费的，其中有专业模特，有业余模特，也有戏剧或者影视的演员，还有很普通的人。唯一的一个中国人也是我唯一付过费用的模特儿。

在我拍的电影《破碎的月亮》中，有一个片断是酒吧的一场戏，那场戏要用很多裸体的群众演员，当时时间不够，来不及去找，剧组里不忙的人，包括灯光师、制片主任、场记甚至剧照摄影师等，他们都主动为我做群众演员，大大方方脱光了衣服。对他们来说，无所谓美丑或者尊卑，他们是非常平等的，他们都以同样的心态非常坦然地相互面对。而且，当然也都是自愿的，不是我用钱买的。

我觉得东西方对人体的观念差异非常大，对性的观念相差也很大，这当然是文化的产物，是多少年来慢慢积累而形成的。这些人的身体并非完美，而他们没有因此觉得羞愧。我跟他们说，我要拍的并不是想表现人体这个层面的东西，我只是用人体作为一种媒介来表达一些内涵，一些理性的或者观念性的东西。例如除了这个《阴与阳》系列外，还有《人际关系》系列，《洗去血迹》系列，《自我解脱》系列等。

周国平 ｜ 东西方看人体的眼光的确很不一样。在西方，从古希腊开始，裸体就是正大光明的，斯巴达的男人必须裸体在运动场竞技，女人必须裸体参加集体舞蹈和游行，这样来激励他们注意保持健美的体型。古希腊的雕塑，文艺复兴时期的绘画，男人和女人的裸体是最基本的题材。对于西方人来说，人体是和生命、美、神话联系在一起的。中国不同，我们的古人也画裸体，但基本上是出现在春宫画里面，人体是单一地和性联系在一起的。所以鲁迅说，中国人看见短袖就想到胳膊、乳房、生殖器，想象力唯有在这方面能够跃进。

王小慧 ｜ 对，东西方对人体有很不同的态度。在中国，人体好像总是要遮遮掩掩，而在欧洲，大家都以一种非常自然的态度去对待人体，不少人崇尚一种所谓"天体文化"（FKK）。比如在我居住的城市慕尼黑，这个巴伐利亚的州府，巴伐利亚在德国被认为是比较保守的地区，居然在市中心的英国公园，每年夏天都会有很多人在天气好的时候脱光衣服，一丝不挂地晒太阳。在这些人里有男有女，有老有少，有美有丑，有胖有瘦，他们没有人会因自己的体型不够标准不够漂亮而感到难为情，他们会觉得这是非常自然的事情。反而我这个中国的留学生，在刚去德国的那几年，甚至会舍近求远，夏天天气好的时候不穿过英国公园，而绕路走外面嘈杂的大马路回家，因为我会觉得走过这些人群很不好意思。

周国平 ｜ 你中我们传统文化的毒太深啦。我在慕尼黑的时候，就经常去英国公园的草地上看这些裸晒的人，有时还拍一些镜头。不过，我看到的情形是，年轻女孩全裸的很少，全裸的基本是男人和中年以上的女人。我觉得裸体是自然的、正常的，而健康的裸体是美好的。

王小慧 ｜ 从西方艺术发展史来看，女人体是绘画或雕塑很重要的表现对象，好像是天经地义的，甚至用到宗教绘画里面，但大部分是男性艺术家的作品。后来摄影发明以后，也有过很多女人体的摄影，也多半是由男性摄影家来拍的。

我的一个朋友，她是一位著名的女摄影家，叫赫尔林德·科尔伯，她在二十年前拍摄的一本男人体的画册引起了很大反响和争论，当时很多人觉得这不符合社会道德标准，似乎觉得男人拍女人是无可非议的，而女人拍男人就有不正常的情结在里面，至少这个女人是非常大胆、非常前卫、非常有革命性的，虽然后来这样的事情就显得不那么夸张了。

周国平 ｜ 这很没有道理，要说情欲的成分，男人拍女人是更容易有的。

王小慧 ｜ 90 年代初，当我刚开始拍摄人体的时候，也有出版社跟我约稿，说希望我拍男人体的摄影集，他们会马上给我出版。在那个时候，女摄影家拍男人体已经不是一个值得争论的事情了，说明社

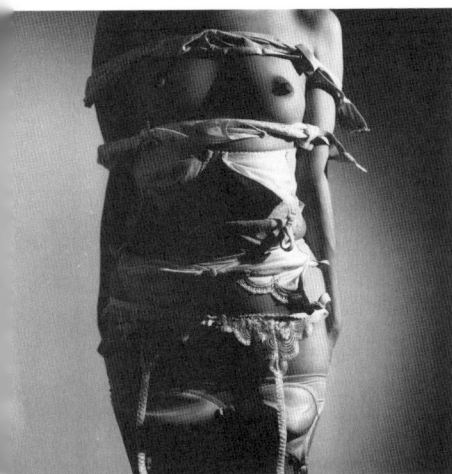

《部分被解放的女人》No.1、No.2（1991）
真正自我解脱是艰难而漫长的过程，她双臂是解放了，但身上仍被缠绕着

会在进步，但是当时我没有时间和精力来做这件事情。

周国平 ｜ 我倒觉得不是什么遗憾。比较起来，男人体更适合于雕塑，表现力；女人体更适合于绘画，表现美。当然，摄影是两者都能表现的。

王小慧 ｜ 作为一个女性摄影家，一个在西方人眼里很有异国情调的女人和女性艺术家，很多年来经常有人会问我，为什么不拍自拍的人体作品，因为我的"自拍像"已经有点名气了。有不少朋友善意地劝我，说你现在不拍，将来会后悔的，人总会老去。他们觉得，如果我拍自拍的人体，会是在艺术上的一个很大突破，而且有好出版社愿意为我出版画册，也有美术馆愿为此办展。我犹豫了很久仍没有做这件事，或者说即使我拍也绝对不会去发表，因为毕竟我是一个中国女性，我头脑中还有很多非常传统的观念，尽管我同时是一个当代艺术家，又在西方生活了这么多年头。作为艺术家我认为拍自拍人体不是一件不可能的事，但我仍然不能突破这一关。这是在我身上传统与现代、东方观念与西方观念矛盾的一个例子。所以我说我自己也是个"部分被解放的女人"。

周国平 ｜ 我也觉得挺可惜的。你不拍男人体，我不觉得遗憾，你不自拍人体，我觉得可惜，这暴露了我是一个男人，摆脱不了男人的眼光。这是开句玩笑，其实我认为你做得对，作为一个纯粹的艺术家，和那些拍写真集的人划清了界限。

2 性的寻常或神秘

在人类文化的发展中，性的羞耻心始终扮演着一个重要的角色。性的羞耻心不只意味着禁忌和掩饰，它更来自对于差异的敏感、兴奋和好奇。在个体发育中，我们同样可以看到，性的羞耻心的萌发是与个人心灵生活的丰富化过程微妙地交织在一起的。

王小慧 ｜ 我觉得西方把性看得并不是很神秘。在西方，异性之间身体的接触是非常自然、习以为常的，异性朋友见面或临别时会拥抱或亲吻脸部，情侣更是在大庭广众之下热吻，毫不避讳别人。在我离开中国之前，也就是80年代中期，这种情形也有，但会让人侧目而视。

周国平 ｜ 这是老皇历了。

王小慧 ｜ 我还记得那时有一对热恋之中的德国学生到我家来做客，我当时请了很多朋友一起来看我与俞霖刚刚去了嘉峪关拍回来的幻灯片，他们俩在看幻灯的时候一直经常地互相抚摸，时不时地还要接吻，结果我们的同学都会用中文小声议论说怎么他们那么没有规矩，那么迫不及待。当时我们觉得可能是自己太保守了，好像是从一个太闭塞的地方来到了非常开放的西方大都市。

《芭堤雅夜晚的风景》（1993）
这组作品在科隆摄影艺博会上与南·戈丁等女摄影家一起获奖，这也是我唯一一组发表的纪实摄影

周国平 ｜ 我觉得这种情况有时候有表演性，向在场的人秀他们爱得多么热烈，更多的时候则可能是在真实与表演之间。

王小慧 ｜ 西方人觉得身体接触是非常重要的。夫妻之间，在上班之前告别的时候，或晚上下班回来见面的时候，总是要先拥抱一下，亲一下，表示一种爱意。在中国，长久夫妻之间就不一定会有这种亲密的表示。

周国平 ｜ 在西方的夫妻之间，这基本上成了一种仪式，如果仪式维持不下去了，说明夫妻关系也快到头了。中国可能相反，正因为没有这种仪式，有这样的亲昵举动就说明夫妻感情非常好。

王小慧 ｜ 其实，在西方不管是恋人之间，亲人之间，夫妻之间，包括老人和孩子，甚至和动物，他们都会花很多的时间用在抚摸或一些亲密的举动上面。比如说那些养宠物的人，他可以一晚上在看电视的时候，同时在抚摸他的宠物的身体。特别是对孩子和老人，他们觉得更加需要，而年纪越大的人越有那种皮肤饥饿，但很容易被忽视，所以他们见到老人会有意识地表示关爱，去抚摸他们。

周国平 ｜ 这是对的。总的说来，我们比较忽略皮肤饥饿及其满足的需要。你看动物界，狗啊，猫啊，猴子啊，身体接触是很多的，可见是一种特别自然的需要。

王小慧 ｜ 我的一个女友，她的女儿十五六岁，有一次她对我抱怨，女儿新近的男朋友是个朋克，总把头发染成五颜六色，所以她的枕套总要用漂白洗衣液去洗，这令她非常烦恼。她的女儿去男朋友家住的时候，她又会嘱咐她不要忘记带避孕套，而且是那样堂而皇之地当着我们客人的面说。在他们看来，让孩子多知道一些性的知识，比让他们糊里糊涂去打胎受皮肉之苦要好。他们中学的课程里，一定也少不了性方面的生理卫生知识。

周国平 ｜ 中国在这方面已经发生很大的变化，特别是在青年人里面，性观念相当开放了。其实成年人在行为上开放的也不少，但是，一旦作为老师，尤其作为父母，对于孩子就往往加以防备、阻止甚至惩罚，这是很自私的。

王小慧 ｜ 对于和性有关的词，西方人也不是特别避讳，不像在中国经常会很曲折地表达这方面的意思。我在德国写博士论文时，在州立图书馆里看到一本研究中国传统文化中与性爱有关的词的博士论文，"做爱"会用许多不同的隐晦的曲折的说法来表达，比如"云雨"之类，西方人会觉得奇怪，怎么可以有那么丰富的想象力来讲这么一件天底下最自然不过的事情，我想这是因为中国人不愿意直接讲"做爱"
这个词。

　　周国平 ｜ "做爱"这个词已经是一种诗化的表述了，现在用得多了，
就变成了一个非常直接的词。中国古代有许多讲房中术的书，谈及男
女生殖器，用的都是隐喻的词，花样百出。其实，任何一个间接的词，
一旦约定俗成，就变成直接的词了。

　　王小慧 ｜ 在西方，他们对这些直接的词并不避讳，在谈话中往往
很大方地直截了当地说出来。比如初到德国时有一次我的一位女作家
朋友说，她需要男人不是为了性而是为了爱，她的高潮不需要一个男

《女人与无形的网》（1990）
这是我最早期的人体摄影尝试

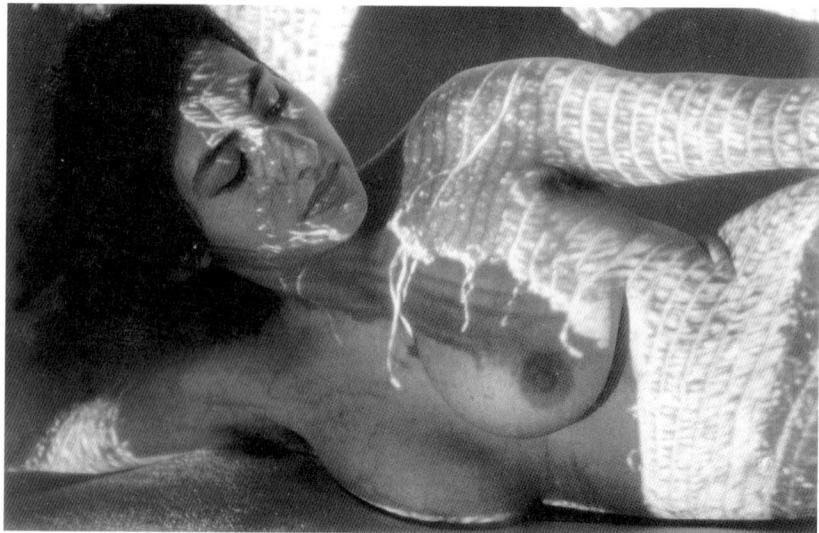

人来帮助她，因为她有一双健康的手。她在我们的餐桌上这样说的，当时我为她的直率和开放感到震惊，这可能也是中西文化的差异吧。

周国平 ｜ 恐怕这是因人而异的，西方人并非都这样。我自己认为，性的羞耻心还是应该有的，有关性生活的细节，除非出于医学的目的，不宜公开谈论，最多只可在很私密的场合说说。

王小慧 ｜ 你说性是神秘的，是这个意思吗？

周国平 ｜ 这倒不是，性这个东西，当然可以作为科学的对象，从生物学、生理学、医学等角度去研究，甚至从房中术的角度去研究，怎么使性快感最大化啊，怎么使性生活促进健康啊。但是，我的意思是说，所有这些角度加起来，都不能穷尽性的秘密，或者说不能触及性的终极秘密。中国古人把男女交合看作行天地之道，认为其中隐藏着宇宙的秘密，这是有道理的，错误在于把它伦理化了，因此设立了许多禁忌。自然有两层含义，一是经验范围内的自然现象，那是科学研究的对象，另一是超验的宇宙本质，科学不可能触及它，它是哲学沉思和宗教体验的对象。作为自然的重要元素，性也有这两个层次，既是寻常的，又是神秘的。

王小慧 ｜ 西方哲学中对性是怎么讲的？

周国平 ｜ 谈得很少，最著名的是柏拉图的一篇对话《会饮篇》。

王小慧 ｜ 柏拉图是主张精神恋爱的。

周国平 ｜ 这是一个误解，可能因为柏拉图强调理念世界也就是精神性存在才是真正的存在，人们就把这个理论套在他的爱情观上了，仿佛他主张爱情只是精神性的，肉体不应该掺和。其实柏拉图从来没有这样说过。在《会饮篇》里，他描写了一次聚会，大家围绕什么是爱情各抒己见。苏格拉底强调，爱情就是在美中孕育，孕育是一件神圣的事情，所以必须在美中进行。直白地说，就是要找你觉得美的人去传宗接代。他实际上是用性的生物学意义来解释两性之间的美感的。不过，他接着就强调，爱情是有不同层次的，应该从肉体美的吸引上升到心灵美的吸引。喜剧家阿里斯托芬提出了一个很有意思的看法。他说，最初的人的构造都是一个圆球，有的是一半男一半女，有的是一半男一半男，有的是一半女一半女，其中，同性同体的圆球少，大多是异性同体的圆球。后来，人犯了错误，宙斯把人一劈为二，两半分开了，从此以后，每一半都在寻找自己的另一半。

王小慧 ｜ 这也能解释同性恋。

周国平 ｜ 对，这特别深刻，那时候还不知道基因，但是这已经说明了同性恋是先天的。事实上，在古希腊，同性恋特别盛行，甚至超过异性恋，是一种风尚。在柏拉图之后，哲学家就不怎么谈性爱问题了，都去讨论世界本质的问题了，叔本华对此还埋怨过。到了现代，德国有一个法兰克福学派，开始从社会的角度关注两性问题，认为现代社会的功利化弊病是男性观念支配的结果，主张应该更多地让女性观念来影响社会。

王小慧 ｜ 除了跟政治有关，跟性本身没有关系？

周国平 ｜ 关系不太大，包括女性主义，主要也是强调女性的社会价值。近代以来的哲学家，直接谈论性的，也就是叔本华和尼采，再加上心理学家弗洛伊德，现当代比较多了，最著名的是福柯。叔本华强调，性爱的激情是为种属的繁衍服务的，激情所在之处，有一个新生命等着投胎。尼采特别强调艺术和性的关系，他提出一个概念叫"艺

无题》No.1、No.2（1993）

术生理学"，他说艺术家都是生命本能特别强健的人，更直接地说，就是性欲旺盛的人，但是他认为，这种力量不应该消耗掉，一定程度上的节制是必要的，他称之为艺术家的经济学。

王小慧 ┃ 实际上他的意思是说创造力和性欲是成正比的。

周国平 ┃ 对，是成正比的。

王小慧 ┃ 那么尼姑、和尚是不可能成为艺术家的？

周国平 ┃ 他们有的人可能本来也是性欲旺盛的人，但是经过压抑而往宗教的方向升华了，比如弘一法师，开始向艺术升华，后来向宗教升华。

王小慧 ┃ 宗教是更高级别的艺术。

周国平 ｜ 尼采举拉斐尔的例子，他说从作品中就可以看出，拉斐尔是一个性欲极其旺盛的人。

王小慧 ｜ 对，看得出来，毕加索也是。

周国平 ｜ 毕加索就不只是作品了，他还有行动。生命有两大欲望，我一直认为，食欲是物质性的，性欲是精神性的。你看，人在青春期的时候，谈恋爱的时候，往往是最理想主义的。

王小慧 ｜ 我在大约十年前去过法国南部毕加索的一座故居，那是一座临海的房子，他在那里生活、创作，终日有美酒、美食、美女相伴，还有阳光和爱情。他曾说过："我作画就像有些人写自传。画，无论完成与否，都是我日记的一页，也只有在这意义下，它们才有价值。"他的许多小品都是一种"视觉日记"，是他生活的记录。今年我去纽约刚巧看了一个展览，非常大规模地展出了毕加索的速写、版画作品。可以说展览的几百张作品大都是在画一些女人体，她们与他自己的关系，她们之间的关系……他的生活可是够放纵的。这也许验证了"创作力与性欲成正比"的说法吧，哈哈。

3 什么是性感

当我们贪图感官的享受时，女人是固体，诚然是富有弹性的固体，但毕竟同我们只能有体表的接触。然而，在那样一些充满诗意的场合，女人是气体，那样温馨芬芳的气体，她在我们的四周飘荡，沁入我们的肌肤，弥漫在我们的心灵。一个心爱的女子每每给我们的生活染上一种色彩，给我们的心灵造成一种氛围，给我们的感官带来一种陶醉。

"性感"是对一个女人的性魅力的肯定评价，"风骚"则用来描述一个女人在性引诱方面的主动态度。风骚也不无魅力。喜同男性交往的女子，或是风骚的，或是智慧的。你知道什么是尤物吗？就是那种既风骚又智慧的女子。

放荡和贞洁各有各的魅力，但更有魅力的是二者的混合：荡妇的贞洁，或贞女的放荡。

周国平 ｜ 在你的作品中，我看到一个有趣的现象。一方面，你拍人体是很纯粹的，表达一种哲学的意味，拍女人体也并不追求性感。另一方面，你又用花朵或水果来表现性感，拍了许多性感的花，现在还做性感的水果雕塑。你是不是觉得，性感应该是含蓄的，露骨了反

《生命之果》系列之一（2007）

而破坏了性感？

王小慧 ｜ 就女人而言，我不喜欢风骚、放荡那一类的，更喜欢优雅、端庄、柔美、安静但又不失灵性的那种。我觉得可能前者像烈酒，可能容易让你醉，但酒醒后什么也记不住了；后者可能更像茗茶，不仅香气沁人，而且可以让人慢慢品味，而我的创作则是另一回事了。首先，我拍摄的人体不是为表现女人的性感，而是表达许多观念，从我人体摄影作品的名字就明显可以看出。除了你说的"阴与阳"或"合二为一"等是有哲学意味的，还有如《人际关系》系列中《隔着薄膜的男人和女人》《女人的两个面孔》等。此外还有《部分被解放的女人》《试图带走珍贵的东西》《洗去血迹》系列等。

这些人体只是媒介，用来表达观念的，没有服装的人体比较单纯，没有任何社会赋予的附加含义，可以更纯粹、更直接地表达主题。

同样，花或水果也只是我选择的表达观念的媒介，我要表达的是生命主题，我强调它们的"性"也是为这个主题服务的，因此并不矛盾也不奇怪。在这里，如果它的性感不强调、不夸张、不凸显的话，那就和普通的花卉照片没有区别了。

南京市中心地标性建筑"长发中心"两座办公楼收藏并展示我做的十六件雕塑作品。除了大至十米的几件大型雕塑外，《生命之果》系列是我的最爱，它们是我《花之灵·性》摄影系列的续篇

4 性与爱的统一

在波罗尼亚火车站附近咖啡馆里碰到的意大利人

一切终将黯淡，唯有被爱的目光镀过金的日子在岁月的深谷里永远闪着光芒。

性是肉体生活，遵循快乐原则。爱情是精神生活，遵循理想原则。婚姻是社会生活，遵循现实原则。这是三个完全不同的东西。婚姻的困难在于，如何在同一个异性身上把三者统一起来，不让习以为常麻痹性的诱惑和快乐，不让琐碎现实损害爱的激情和理想。

王小慧 ｜ 在生活中，我崇尚性与爱的统一，认为这才是崇高的、完美的，单单肉欲的、与情感无关的性是我鄙视的。

周国平 ｜ 这是一种理想境界，而且统一有程度的差别，爱到什么程度才可以有性，又是因人而异的。

王小慧 ｜ 有一张照片，是我拍了一个意大利的男人，他们都说这个男人的眼神简直不得了。这个男人就在火车站附近一个咖啡馆里试图说服我留下来，用了整整一个小时，我当然没留。没办法，他说那他送我上机场吧，我也执意不肯让他送。那个眼神就是特别典型的意大利男人的眼神，他们不会掩饰的，很典型的那种。其实理论上我是可以留下来的，因为我本来就没有什么事，那时是自由自在全世界到处跑的。可是我不喜欢一夜情这种事情。很多女孩会挺高兴的，有人陪她玩了，到处逛啊，他恨不得开车带我到处跑。我认识的一个中国留学生，她在地铁碰到人搭讪说请她喝咖啡，她都会跟着下车。我说你花那时间陪别人干什么，她说"我也寂寞，我想交朋友"。这个意大利人很坚持，虽然我拒绝了他。最后我去火车站拖着一个平提滑轮箱子，他开着敞篷车随着我的速度"送"到我进站，那情景其实也够搞笑的，呵呵。

这种事情过去在威尼斯遇见得更多了，我记得我第一次到威尼斯的时候，就有一个开贡多拉船的年轻人也这样，那时候我们同去的留学生都舍不得去乘那个船，觉得很贵的，别的女孩可能会觉得机会难得，有人愿意免费单独晚上载你游威尼斯的美景。

周国平 ｜ 男人和女人在这一点上可能不太一样，男人比较容易把性和爱分开，女人更要求统一。不过，现在好些女孩也很想得开了，不一定要求爱，但这样做往往有利益方面的考虑。

王小慧 ｜ 我经常感到奇怪，为什么人在谈恋爱的时候一点都不理智。所有的男人，女人可能也是。但特别是男人，平时是比较理智的，但一旦爱上一个人，他的好多思维完全反常了，完全不像平常那样子了。

周国平 ｜ 我就说过，男人凭理智思考，凭感情行动，女人凭感情思考，凭理智行动，所以，在思考时，男人指导女人，在行动时，女人支配男人。

王小慧 ｜ 他们的判断都错误了，真的是违反常规的。我的一个朋友，他遇到一个年轻漂亮的女人，所有的亲戚、家人、朋友都反对，但他不管，事后证明是错误的，但当时谁也管不住他，之后又犯同样的错误。

我的那个德国画廊老板，刚刚离婚没一两年吧，他老婆比他小二十几岁，两个人兴趣完全不一样，女的爱骑马，自己养了好几匹马。他调侃说她爱马远胜过爱他。而且，这是项很贵的爱好，要花他不少钱的。他已经六十岁了，天天在屋里，没有时间陪她到户外去运动，最后她跟赛马的老师好上了。闹得苦死了，两个不到十岁的小孩也怪可怜的，他很长时间不开心的。最近又开心得不得了，告诉我又有新女朋友了，我一看是一个更年轻的女画家。当然别人也很难判断，但是很多人认为这个女画家就是利用他。我觉得他很不理智，可能犯了同样的错误。但似乎有种东西让他变得很盲目。

周国平 ｜ 男人受女人的青春美貌吸引，这很正常，他的错误是把这误认做爱情了，更大的错误是想在这基础上建立婚姻。因为性而产生美感，因为美感而引起激情，这个东西不能作为现实生活中婚姻的基础。所以尼采就强调，婚姻不能建立在激情的基础上，他主张以优生为基础，目标是产生优秀的后代。

王小慧 ｜ 他认为婚姻可以没有爱情吗？

周国平 ｜ 对，可以没有爱情，就像古希腊斯巴达那样，标准是双方都健康。爱情是一个晚起的概念，古希腊人没有这个概念，至少不是婚姻的标准。

王小慧 ｜ 中国古代好像是讲究门当户对，八字般配，父母之命，各种客观条件都符合了，就结婚吧，结婚后才互相认识，然后再培养爱情也可以。

周国平 ｜ 这已经不重要了，反正是过日子，有没有爱情无所谓。一般认为在西方，两个个体之间的爱情，就是所谓新式之爱，是从中世纪的骑士开始的，骑士都是第三者，如果有一个骑士去向一个有夫之妇求爱的话，对丈夫来说是光荣。

王小慧 ｜ 你怎么看性和爱的关系？

周国平 ｜ 当然能统一是最好的，真正是身心两方面的结合，两方面都达到最佳状态。不过，我总觉得这个统一是相对的，能统一多久也不好说，爱还可能发生变化呢。所以，我就说，在两性之间，发生肉体关系是容易的，发生爱情就很难，而最难的是使一个好婚姻经受住岁月的考验。

电影《破碎的月亮》中的一些镜头（1994）

我与你

认识你自己

一个灵魂在天外游荡，有一天通过某一对男女的交合而投进一个凡胎。他从懵懂无知开始，似乎完全忘记了自己的本来面目。但是，随着年岁和经历的增加，那天赋的性质渐渐显露，使他不自觉地对生活有一种基本的态度。在一定意义上，"认识你自己"就是要认识附着在凡胎上的这个灵魂，一旦认识了，过去的一切都有了解释，未来的一切都有了方向。

人际关系的限度

以互相理解为人际关系的鹄的，其根源就在于不懂得人的心灵生活的神秘性。按照这一思路，人们一方面非常看重别人是否理解自己，甚至公开索取理解。至少在性爱中，索取理解似乎成了一种最正当的行为，而指责对方不理解自己则成了最严厉的谴责，有时候还被用做破裂前的最后通牒。另一方面，人们又非常踊跃地要求理解别人，甚至以此名义强迫别人袒露内心的一切，一旦遭到拒绝，便斥以缺乏信任。在爱情中，在亲情中，在其他较亲密的交往中，这种因强求理解和被理解而造成的有声或无声的战争，我们见得还少吗？可是，仔细想想，我们对自己又真正理解了多少？一个人懂得了自己理解自己之困难，他就不会强求别人完全理解自己，也不会奢望自己完全理解别人了。

挥霍与慷慨的区别

人们常常误认为，那些热心于社交的人是一些慷慨之士。泰戈尔说得好，他们只是在挥霍，不是在奉献，而挥霍者往往缺乏真正的慷慨。

那么，挥霍与慷慨的区别在哪里呢？我想是这样的：挥霍是把自己不珍惜的东西拿出来，慷慨是把自己珍惜的东西拿出来。社交场上的热心人正是这样，他们不觉得自己的时间、精力和心情有什么价值，所以毫不在乎地把它们挥霍掉。相反，一个珍惜生命的人必定宁愿在孤独中从事创造，然后把最好的果实奉献给世界。

爱与孤独

爱和孤独是人生最美丽的两支曲子，两者缺一不可。在爱之中有许多烦恼，在孤独之中又有许多悲凉。另一方面呢，爱诚然使人陶醉，孤独也未必不使人陶醉。

孤独源于爱，无爱的心灵不会孤独。也许孤独是爱的最意味深长的赠品，受此赠礼的人从此学会了爱自己，也学会了理解别的孤独的灵魂和深藏于它们之中的深邃的爱。从而为自己建立了一个珍贵的精神世界。

1

孤独的价值

孤独中有大快乐，沟通中也有大快乐，两者都属于灵魂。一颗灵魂发现、欣赏、享受自己所拥有的财富，这是孤独的快乐。如果这财富也被另一颗灵魂发现了，便有了沟通的快乐。所以，前提是灵魂的富有。对于灵魂空虚之辈，不足以言这两种快乐。

周国平 ｜ 你现在社会活动比较多，包括政府或企业邀请做的一些创作活动，是非常忙的。你有没有感到很孤独的时候？

王小慧 ｜ 当然，我觉得一个艺术家真正创作时应当是在一个孤独状态下进行的。我很难想象在柴米油盐的俗事琐事中和一大家人的簇拥下，一个艺术家或作家可以有心境、有灵感去创作。我之所以养成夜里工作的习惯是因为至少夜深人静时是可以没有干扰地去独处，去静下心来想点事情。我很珍惜独处的时间与心境。

周国平 ｜ 对，这很重要。我的体会是，灵感往往是在你独处的时候来到的，它忌讳热闹。它偶尔也会在热闹的时候来到，可是，如果那时候你不躲开热闹，争取独处，它很快就飞得无影无踪了。同时，创作是最需要专注的劳动，这也使长久的独处成为必要。

《安慰》（1990）

《孤独》（1992）
当年德国摄影节举办我主持的摄影 Workshop 海报，一个抱着无灵之驱的女人

　　王小慧 ｜ 不过我真正感到孤独的是俞霖去世后那几年。德国人说，人生的不幸会把一个人像旧抹布一样用烂了，我庆幸我没有那样。我很感谢那位已经自杀了的钢琴家，如果不是她当年硬是给我买了机票，邀请我去意大利那不勒斯参加她的音乐节，我可能现在还走不出自闭的圈子。你看我的简历中，有好几年没有办展览，我那时就像一只关闭起来的贝壳一样，跟外界很少联系，但《关于死亡的联想》等作品就是创作于那几年。

　　周国平 ｜ 大概有多长时间？

　　王小慧 ｜ 前后大概有六七年的时间，非常沉沦，很压抑的，也不参加活动，完全是自闭状态。但我其实没有停止创作，但都是创作给自己的，所以我早期的作品是完全个人化的，完全是为自己的。

周国平 | 我觉得这特别好，这样的东西会是真实又深刻的。

王小慧 | 那些年我只跟自己的灵魂对话，日记本用得很快，我把它编了号，总共大约一百多本了。现在回想起来，这种跟自己心灵对话的机会是很难得的，好像是去修道院冥想了几年。现在社会太浮躁了，重消费、重娱乐，人们往往静不下心来与自己心灵对话，也没时间与好友谈心，做深层的交流，一切都浮光掠影，流于表面，流于浅薄。如果没有这些对话，我根本不知道什么是自己想要的。

周国平 | 对，和自己的灵魂对话，这是人生的一件大事情，对于从事精神创造的人尤其重要。你不关注自己的灵魂，对灵魂里的事漠不关心，一无所知，你的作品怎么可能打动别人的灵魂？古希腊有个哲学家叫芝诺，有人问他："谁是你的朋友？"他回答说："另一个自我。"一个人应该乐于和善于与自己交朋友。朋友遍天下，可是不能和自己交朋友，这样的人只是生活在表面的热闹中，内心一定很空虚。

电影《破碎的月亮》开场镜头，弥漫着在异国流浪的中国女孩子望月思乡的孤独情绪

王小慧 ｜ 怎样算是和自己交朋友?

周国平 ｜ 有一个可靠的标志,就是看他能不能独处,独处的时候是不是感到充实。如果他害怕独处,一心逃避自己,他当然不是自己的朋友。人们都很看重交往的能力,我始终认为独处是一种更高的能力。独处是精神性的,交往在许多时候是功利性的。喜欢和自己待着,至少说明这个自己比较有意思,不那么贫乏。

王小慧 ｜ 你独处时做什么?

周国平 ｜ 和你一样,写日记呀。有写日记的习惯,我是指认真地写,会让自己经常有一种很好的状态,好像分成了两个自己,一个灵魂的自己显现了,听那个肉身的自己讲述经历,同时给它分析和指点。这大约就是一种与自己的灵魂对话的状态。当然也有什么事也不做的时候,在那里发呆,其实是在沉淀和整理印象。芝诺说"另一个自我",别的哲学家、艺术家也有这个说法,非常好的说法,也可以叫"内在的自我""精神的自我""更高的自我"等,就是一种灵魂在场的感觉。

王小慧 ｜ 我很多作品都是那几年里做的,只是没有办展览。后来在 1997 年,我在慕尼黑普拉特因泽美术馆和德国摄影节一下子办了两个展览,摄影界感到震惊。几年后,我又碰到摄影节主席尼伦斯,他对我说,他们在后来几届摄影节都会提到我那次展览开幕式的讲座,影响持续了那么久,好像涟漪一圈圈多少年没有平息。

周国平 ｜ 后来你就太忙了,我觉得挺可惜的。人独处到自闭的程度往往是被迫的,但正是这种时候能出特别好的东西。其实,你经常一个人在世界各地跑,陌生的城市和人群,仍会有许多寂寞时光和孤独体验的。

王小慧 ｜ 最重要的一次，是我人生转变的那次，就是那不勒斯的旅行。好像是个人生的转折点，把消极的孤独状态变为积极的孤独状态，心境不同了，孤独的体验也是不同的，看世界的眼光、思考的问题和创作的作品也不同了。

周国平 ｜ "积极的孤独"，这个提法好，就是一种内心非常充实的孤独，是最有创造力的状态。其实人都不喜欢孤独，一开始往往是被迫的，那就是"消极的孤独"，它能否转变为积极的孤独，取决于这个人的心性。

2 为自己所累

真诚者的灵魂往往分裂成一个法官和一个罪犯。当法官和罪犯达成和解时，真诚者的灵魂便得救了。

做作者的灵魂往往分裂成一个戏子和一个观众。当戏子和观众彼此厌倦时，做作者的灵魂便得救了。

王小慧 ｜ 我拍摄有关"自由"主题是广义的。近年来我做的多媒体影像作品《无边界的自由》有更多社会性。但早期的作品更加个人化，比如《自我解脱》啊，《部分被解放的女人》啊，是觉得每个人都有束缚的，男人女人都会有。我自己特别想要自我解脱，我觉得我给自己的束缚特别多，各种各样的束缚。我的理性和感性总是在打架，包括去爱，也不能轻轻松松放心大胆地去爱，我都会给自己许多束缚，对自己说你不要去爱，因为这个爱可能会有一个不好的结果，或者是道德上认为这样不对，不应该的。比如对方是一个已婚的人，虽然我再喜欢他，再欣赏他，再相互理解，甚至有很好的情境能够让我们在一起，他也愿意，我也愿意，我的理智就说不要、不要……我就自己把自己束缚住了。这些束缚可能是一种无形的东西，但是根深蒂固，你没办法摆脱它。我不是那种及时行乐的人，但是，这种束缚阻碍了

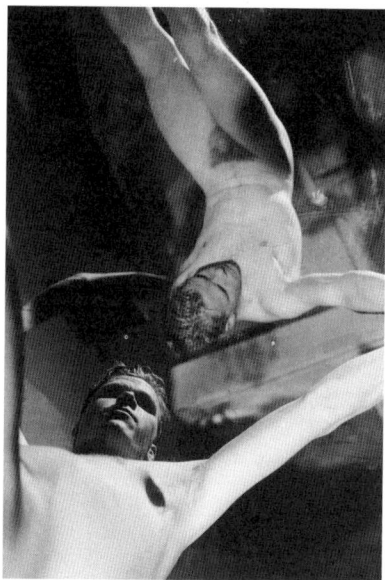

《为自己所累》（1993）
这个男子举着自己的虚幻的影像……

我和很多人的那种不管是感情上的还是友谊上的发展，担心太多，顾虑太多，好多顾虑可能也没有必要，都是自己给自己加的。

周国平 ┃ 理性是社会性的东西，许多时候，理性起着替社会监督个人的作用，好像是一个深入敌后的警察，潜伏在每个人的意识中，监视和压制那些不合社会规范的情感。你自己分析过没有，比如在情感关系上，你的主要顾虑是什么？

王小慧 ┃ 我觉得主要还是所谓的道德顾虑，在欧洲，单身的是很多的，包括许多很优秀的单身女人。很多时候，你可能碰到很优秀的男人，我们有时候开玩笑说，好像优秀的男人都已经结婚了，都有一个家庭，可能幸福，可能不幸福，单身的女人就会碰到很多这种问题。

我的一个朋友说，她的另一个女性朋友和她不像以前那么好了，我问为什么，她说就因为她是单身，我说单身也不影响什么，她说你不知道，单身女人有时候特别让人敏感，不太受欢迎，因为家庭可能有危机。特别是如果这个单身女人是比较有意思的，也善谈，碰巧又漂亮的话，在很多场合就怕请她。更怕和她一起旅行，因为欧洲人是喜欢度假的，他们度假的时候非常随便。我倒不大和他们去度假，因为我没有时间，其实我初到欧洲时跟他们一起去过一次，觉得挺无聊的。我喜欢到处跑，如果到意大利的海边，我一定要到渔村去，东转转西转转，去拍照。他们就一下午或一整天在海边躺着晒晒太阳，游游泳，到中午去吃饭，下午喝点咖啡，然后又去吃晚饭，晚饭后又去泡酒吧，搞到半夜，早上又一起吃早饭……就这样子，无所事事，晃一两个星期算是对自己的放松。让我不工作、不干事，我就觉得很无聊。在海滩上，他们不是全裸，也是上半身裸吧，她们喜欢晒成古铜色，这样就没有游泳衣的印儿。你想吧，这种近距离的接触，浪漫的环境，没工作压力，放松休闲，大家无拘无束地谈天……好多家庭破裂也是因为这样子的好友共同度假而开始的。有时候他们甚至会互换的，本来都是好朋友，这是一对夫妻，那是一对夫妻，因为这样度假了，他们就互换了。我有两对朋友更好玩，真的好笑死了，最后，他们真的互换了而且都很幸福，他们各有一个孩子，现在变成四个人共同的孩子，还照顾得特别好，四个人一块供他们读书。

周国平 ｜ 他们是外国人吗？

王小慧 ｜ 他们其实是中国人，都是海归。我为什么想到可笑呢？因为当时，他们中有两个留守的，结果留守的两个就好了。在国外呢，一个在美国，一个在德国，这个从美国带点东西来呢，要托这个妈妈带给这两个孩子，在德国的呢，就托爸爸带给两个孩子，就互相总是要照顾，然后，那两个留守的三来两往就熟了，好了。后来他们就说，干脆就换吧。这样对孩子也挺好的。我真觉得世界上什么事都有的。

周国平 ｜ 如果他们都觉得好，也未尝不可。

王小慧 ｜ 对，挺好的。我越扯越远了，我觉得任何情况都有可能，正因为如此，我会将在许多萌芽状态的一些感觉拒之千里，总想应该防患于未然，需要拒绝很多的东西，包括一些稍微亲近的关系，其实也许是很美好的关系。

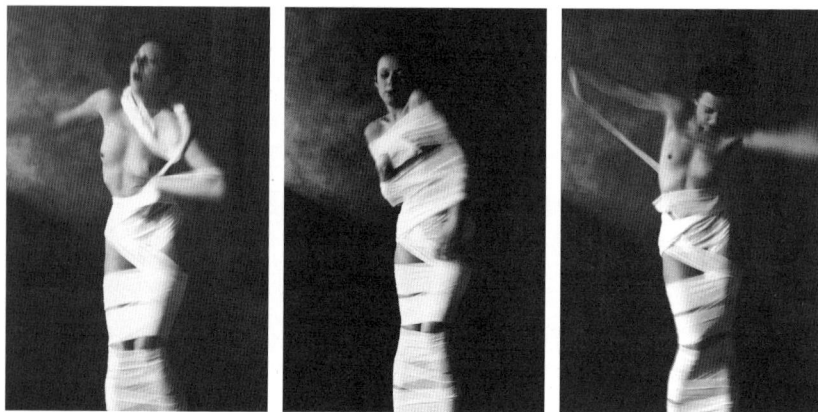

《自我解脱》系列（1992）
这也是电影《破碎的月亮》中的一个场景

周国平 ｜ 你很矛盾，又觉得美好，又要逃避。你是怕可能会给别人造成伤害吗？

王小慧 ｜ 假定发展这种关系，肯定会对别人有伤害的。

周国平 ｜ 你最后就苦了自己，有的人才不吝呢。

王小慧 ｜ 对自己未尝不也是一种伤害。因为我这个人一旦爱就会很认真，而认真爱又可能没有结果的时候，我自己一定会很痛苦。我觉得唯独感情方面的事我不能做到"拿得起放得下"。再加上有时候我自己也比较怕麻烦，怕会有很多的麻烦事，各种各样的，说不清楚，反正……

周国平 ｜ 让生活单纯一点？

王小慧 ｜ 我以前有过这种经历的，很多年都觉得很压抑，这种关系不能公开，而且那时是比较年轻的时候，在我结婚前几年。为了成

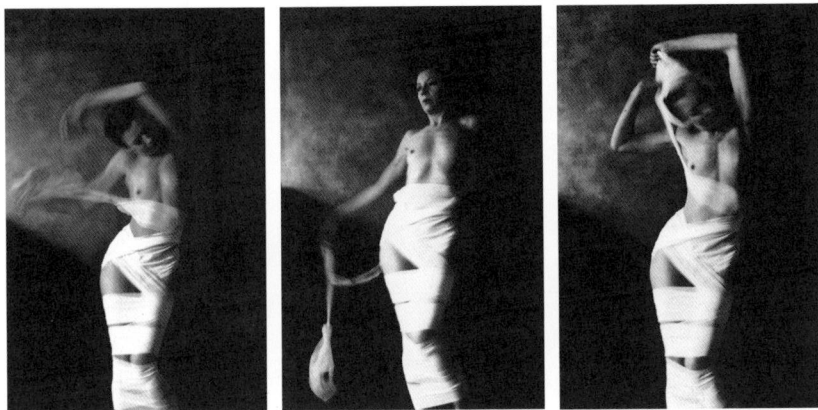

全别人，让自己很痛苦。

　　周国平 ｜ 你知道谁是罪魁祸首吗？婚姻。在某种意义上，婚姻是一种不公平的制度，阻碍了爱情上的机会均等、公平竞争。但是，社会又不能没有婚姻。这个矛盾是靠行动来解决的，会有一些人去打破婚姻的束缚，只要的确是因为爱情，就不是不道德。

　　王小慧 ｜ 所以我说的不光是我一个人，所有的人都有这个东西，不同形式的束缚。比如那个男人"为自己所累"，很多人是为自己身上的某种束缚所累，为名所累，为利所累，为舆论所累，为各种各样的东西所累。我这些早期的作品，可能不是有意识的哲学方面的思考，也许是潜意识的，我也不知道怎么就想出这些题目来了。

　　周国平 ｜ 很哲学的题目啊。

3 从眼睛到眼睛

使一种交往具有价值的不是交往本身，而是交往者各自的价值。高质量的友谊总是发生在两个优秀的独立人格之间，它的实质是双方互相由衷的欣赏和尊敬。因此，重要的是使自己真正有价值，配得上做一个高质量的朋友，这是一个人能够为友谊所做的首要贡献。

周国平 ｜ 我很喜欢你的这一组《从眼睛到眼睛》，脸上眼睛的表现力特别强。

王小慧 ｜ 是近距离拍摄的，这本身就是种观念化的东西。

周国平 ｜ 我想借这个题目来聊一聊友谊。人和人之间，尤其在初次见面的时候，互相是有直觉的，能不能成为朋友，从对方的眼睛就能看出来。所以可以说，友谊是从眼睛到眼睛开始的。这条通道受阻，从心灵到心灵也就无从谈起。

王小慧 ｜ 对，眼睛是心灵的窗户。

周国平 ｜ 你朋友很多，其中有没有特别知心的，可以无话不谈、真正谈心的，如果有，多不多？

　　王小慧 ｜ 我就说德国的那两个词很好，把朋友分成"Freund"（朋友）和"Bekannte"（熟人），Freund又有"gute Freund"和"normale Freund"之分。

　　周国平 ｜ 好朋友和一般朋友。

　　王小慧 ｜ 还有"gute Bekannte"和"normale Bekannte"的区分。

　　周国平 ｜ 哦，熟人也这么分，好熟人和一般熟人。

　　王小慧 ｜ 外国人会说我是那种"暖"的人。"冷"的人拒人千里之外，"暖"的人让人觉得容易亲近。我是暖的，虽然不是那种特

《从眼睛到眼睛》系列（1993）

别热情的人，但也绝对不是冷漠的人。我到任何地方，很快就有很多 Bekannte，很多人愿意和我交往，其中有多少能发展成"gute Bekannte"，或发展成"normale Freund"，是不一定的。至于"gute Freund"，就不可能有很多了。

周国平 ｜ 你眼中的"gute Freund"（好朋友）是怎么样的？

王小慧 ｜ 我就说特别好的朋友，任何时间你需要他的时候，他毫不犹豫地站出来为你做一切，绝不患得患失。如果几年不跟他联系，你给他一个电话，他还是会这么近地站在你面前，好像昨天还在一起那样，没有陌生感。这种朋友当然不会很多，不管在中国还是外国，我觉得这样的朋友可以和亲人的关系相比。就像我妈妈，我打电话她听不到，我只能写信，但是我没时间经常写，她不会觉得你很久没写信就怪你了，或我们之间的关系疏远了。

周国平 ｜ 对，朋友真的好到最高的程度就是亲人，丝毫不亚于血缘上的亲人。

王小慧 ｜ 就像一个圆心，这个半径可以拉过来，"天涯若比邻"，亲人离得再远，永远都牵在一起。"Bekannte"可能被淡忘，到一个新的地方，又有一些"Bekannte"，如果没有联系就无所谓了。像你说的可以无话不说的好朋友，不是特别多。第一能倾听的朋友不是特别多，好多人更愿意你倾听他，第二能够互相倾听而且还能理解，能够心有灵犀，就更难得到了。

周国平 ｜ 这也有两种情况。一种是非常知己，关系密切，这叫密友，有一个就够了。还有一种是关系不太密切，相逢有知己之感，可能会稍多一些。

王小慧 ｜ 为什么水和乳就可以交融，水和油就不可以，人和人之间真的有化学的那种东西。有的人，你还没和他说话，你就看他不顺眼了。相反，有的人远远走来，你已经对他有好感了。

周国平 ｜ 灵魂是有谱系的，你和这个灵魂之间有没有亲缘关系，是近、是远，还是毫不相干，真是马上就能感觉到。

王小慧 ｜ 我这个人比较挑朋友的，我觉得时间太少了，我不能花时间和很无聊的人在一起。唯一的办法是敬而远之。

周国平 ｜ 我的朋友比较少，我宁愿把交往降到最低限度，可交往可不交往的一定就算了。就是非常好的朋友，平时交往也有限。我喜欢大家平时都好好做事，这样聚到一起，就特别轻松、特别愉快。人和人之间应该有距离，太热闹的友谊往往是空洞肤浅的。

王小慧 ｜ 我碰到你就有这种感觉："酒逢知己千杯少。"你看我也不嫌累，话太多，都是我在说，你说得特别少。

周国平 ｜ 我喜欢听，你说，我听，这挺好。我这个人不善于说许多话。

王小慧 ｜ 和有的人在一起说话，就觉得时间过得太快了。茅盾的孙子和我差不多大，我们读初中高中时寒暑假总在一块，每次见面，头两天都觉得特生疏，"文革"的时候，男孩女孩挺拘束的。后来一聊天就聊到很晚，一晃就天亮了。他人特幽默，那种北京大院里的调侃，常逗得我捧腹大笑。经常到早晨他看看闹钟说："那表有毛病吧，怎么多走了几小时？"我俩特别谈得来，每次假期结束要分手的时候，就觉得没谈完，总恋恋不舍的。结果等到下一个假期再见，开始几天又不说话，呵呵。

周国平 ｜ 你在德国也有很好的朋友吧?

王小慧 ｜ 慕尼黑市长是我很好的朋友。他很可爱,夏天周末在公园里骑自行车,会有很多的市民跟他聊天。每年他当几次导游,和十五个人一起骑自行车,看慕尼黑著名的建筑,任何普通市民都可报名。我一直想写他,最终在 2010 年出版了与他夫妇的对话集《打开慕尼黑的秘密》。他的爱情故事也极传奇,简直像小说、像电影。我就告诉你几个关键点吧:他夫人比他大八岁,她当年差一票当选德国历史上第一位女市长;他们相识时她结过两次婚,有了六个孩子;他们共同度过十年地下恋情,而媒体全保护他们……至今他们还相爱如初,就像你说的,好的婚姻长久保持,我想他们是典范夫妻。而且这本书我觉得也是中国市长应当看的书,可以学到太多太多,从文化到经济,从政治到生活。

周国平 ｜ 他当了很多年市长?

王小慧 ｜ 十七年了,已经连任四届,这很难的,创历史纪录了,至 2014 年他退休整整二十年!

周国平 ｜ 很受爱戴。

王小慧 ｜ 他不想当太大的官儿,他是 SPD(社会民主党),也就是施罗德的党派。他不去做部长或更高的官,就要做市长做到退休。他非常幽默的,他是喜剧演员,就是一个人演,有点像现在很火的"海派清口"。他的演出都是售票的,他的光盘也都是卖的。

周国平 ｜ 他当市长以前是演员?

王小慧 ｜ 他不是演员,从来不是,他是律师和记者,但他口才好,喜欢演说。

周国平 | 现在也演！很可爱。

王小慧 | 特别可爱。所有演讲、表演，额外的收入他都捐掉。像给我宝马展览开幕式上演讲，他把出场费马上捐出。他很廉洁的，不拿第二份工资，除了稿费可以拿。他是那种很暖的、有亲和力的人。

周国平 | 好朋友还有谁？

王小慧 | 齐格丽特，一个对我有蛮大影响的老太太。她年轻的时候也是非常独立的，她拒绝过一个跟她有二十年情人关系的人。那个人非常有名，有一个非常大的私人美术馆，政府还特意为他的美术馆修了一条高速公路，让更多人参观。他们二十年都在一起，如果她愿意的话，他们早就结婚了。你想一个艺术家和一个大收藏家，其实是非常合适的。

周国平 | 门当户对。

王小慧 | 对，年纪也都差不多。我当时觉得有点奇怪，他们好像应该在一起，后来她说他们两个个性都太强了，做朋友可以很好，在一块儿生活不合适。齐格丽特也拍花，特别美，特别柔。我拍花和她不太一样，我拍的比较性感。我跟她曾开玩笑说，她是我三分之一的德国妈妈，三分之一的女朋友，三分之一的老师。她说，她希望朋友的成分越来越多，老师的成分越来越少。

周国平 | 你好像和朋友聚得比较多。

王小慧 | 这是我没有办法的办法。很多朋友都想请我吃饭与我见面，但我没有时间一个一个与他们约会。但很长时间不见面又不好，我就找个机会或想个理由把许多朋友约到家里来聚一聚。反正一类的人往一块儿弄，我那些德国朋友本来不习惯这样的，现在已经很认可

我的办法。我总能把很多朋友聚到一起，所以我的朋友们也互相交了朋友。我的德国朋友都知道我时间少，很谅解我，所以才接受我的方式。这些朋友都是真正的朋友。大家都是无所求的。在一起聚会也没有功利目的。这些年我在中国的时间多了，我的中国朋友也慢慢接受我的这种方式。当然，我没有时间给太多的朋友，因此还是有人对我有误解，我很无奈。有人与我接触多了以后才对我说，你很好相处，不像传说中的那样。有次我在天津美术馆的大型回顾展请来了四十多位全世界各地的朋友，他们都挺大牌挺有个性的，开始有些不合群，很傲慢，最后都成了称兄道弟的好友了。有个女友问我："你怎么认识那么多有意思的人？"我说连"有意思的人"我都没时间常常见，怎么会有时间给那些"没意思的人"呢。大家都笑了。

周国平 | 你有当沙龙女主人的能力，你做艺术那么投入，但主持一个沙龙也很轻松。

王小慧 | 我总把很多人聚到一起，完全不同行业的人，有的是建筑师，有的是收藏家，有的是做生意的，也有搞文化艺术的。不同行业的人愿意相互认识，了解对方的圈子。这在德国不太容易，他们不像中国人容易自来熟。

周国平 | 我发现，异性之间比较难有很亲密的友谊，原因是性在捣乱。这里用得上"过犹不及"这句成语，"过"是自然倾向，"不及"是必然结果。

王小慧 | 我不知道能不能这样说，有智慧的人能把男女之间的亲密友谊，即使没有性的关系，仍然保持在最亲密的状态。这是需要智慧的，还需要魅力。很多人只要没有性的关系，这种亲密关系就淡化了。

周国平 ｜ 拜伦说过：性的神秘力量在异性友谊中也占据着一种优越地位，使这种关系达到了一种微妙境界；如果能摆脱一切友谊所防止的那种热情，又充分明白自己的真实情感，世间就没有什么能比得上做女人的朋友了，如果你过去不曾做过情人，将来也不愿做了。不过，这真的很难，我估计毛病出在男人方面，拜伦自己好像也没有做到。

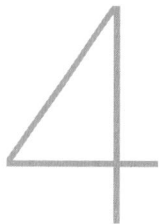

4

我非我

"众生"都各个把自己视为"自我",但我听见佛教导说:诸法无我。也许"自我"只是"众生"的一个载体,那么,何不借这个载体来看一看"众生"的变幻?

周国平 | 我在你那个天津回顾展看到《我的前世今生》系列,我当时挺震惊的,有社会的元素了,以前好像没有。

王小慧 | 对。不过,这实际上也是过去的自拍像的延续。我觉得我的作品虽然看上去主题很多,但是如果真的了解我,还是能看到我的一种内在的延续的,例如主题、题材,还有风格。我的作品,从长时间看,是有内在的联系的,包括从早期的自拍像到现在,连续二十多年了,在各种情况下拍的自拍像。自拍像变化、发展的方向,从关注个人到关注社会,有所加强。

周国平 | 这和你早期的自拍是不一样的。早期的自拍实际上是记录自己的生活,是对人生特殊关头的记录。比如车祸之后,一般人在这种情况下是顾不上艺术的,什么也顾不上的,这是所谓的临界状态。

王小慧 ｜ 我觉得写日记也是这样，事情发生愈多我就愈想写，太平淡的时候我就不想写。其实我不是每一天都写，要是事情特别多的时候，感觉特别累了，那个时候我还是逼着自己写。一定要自律，哪怕写不动了，还得写。因为不写时过境迁遗忘了太可惜。

周国平 ｜ 你的灵魂很清醒，在临界状态，人往往被肉体的痛苦给支配了，而你的灵魂在那个时候却格外清醒。这是一种特质，我觉得和你的作品关系很大。听你讲你的早年经历，特别是"文革"经历，我对这个作品就可以理解了。我以前很疑惑，一直以为你的生活是很单纯地就过来了，其实你还是经历过中国社会这种特殊的苦难的。

王小慧 ｜ 我过去在"文革"中的许多经历，真可以写成书的。有过许多苦难。这个以后有时间再说吧。说到创作，我特别喜欢长卷的形式，这也有点受中国文化的影响。我一直有这个情节，做系列的作品，都是连续几张讲一个故事。

周国平 ｜ 这些镜头都是连续地拍的？

王小慧 ｜ 都是单独拍的，拍了大概两三千张，选好了再合成。我就想用一种形式，一种中国的形式，一种长卷的形式。中国古代用长卷是有它的道理的，那时候没有电影，所以它有一点电影的因素，它可以把一段时间展开，把一段历史展开。摄影是很受局限的，它不像文字可以讲述历史，或者分析精神的各种层面的东西，但它直观，你至少能用很少的时间看到它，在十五米长度之内，看到一百年的变化。不是表面的变化，其实人的气质也都有变化。你看从前的服装，那种精致啊，那种精美啊，那种美学上的水准有多高啊。这件袍子全部是用真金线绣的。而"文革"前后，那么无聊、枯燥、乏味，抹煞女性色彩。当时的蓝布裤子居然用白的线包缝，粗糙到这种地步。

周国平 ｜ 这是借的？

王小慧 ｜ 这件是在上海电影厂借的。这是当年宫廷里贵夫人的衣服，那时就算农妇的衣服它也很讲究模样，盘扣啊，绣花啊等。"文革"时候的衣服绝对不会想着给你在腰部处理一下的。70 年代的衣服也都是很傻的，但有了花边和格子，已经很了不起了。70 年代后期才开始有喇叭裤，当时不太有高跟鞋，大多都是平底的布鞋。人的表情动作也是不一样的，后来就比较开放了，有人说我们的时代是"她时代"，这个世纪是"她世纪"，过去女人没有什么地位。

周国平 ｜ 在服装上有地位。你看过左拉的《妇女乐园》吗？女人对服装的追求推动了资本主义的发展。

王小慧 ｜ 我这个作品加了很多社会的、历史的、人文的因素。过去更多关注的是自己。

周国平 ｜ 过去真的是日记，这个已经不是日记了，已经是表现了。

王小慧 ｜ 你觉得我是在表现自我吗？

周国平 ｜ 自我的变形，自我对社会的一种探索，通过自己的变形来探索社会。

王小慧 ｜ 有人说我这是自恋，虽然我不这么看，但我觉得就算是自恋，也没什么错。人不自恋反而不健康，不爱自己的人也很难去爱

对页：自拍像《我的前世今生》长卷里，中国妇女百年形象的部分造型被挑选出来做成了中国电信电话卡收藏版，共二十张（2008）

别人，他连自己都讨厌，还怎么有能力去爱别人。所以我说，如果不是不健康的自恋，就很好。但是，如果有人把这个作品只看成是自恋，我觉得有点悲哀，我这么大的功夫白花了，说明他根本没看懂我的作品。

周国平 | 说得对。首先一点，自恋、自爱是做人的第一个条件，不爱自己的人，这种人对别人是没有价值的，他连自己都讨厌，别人喜欢他，不可能的。不过，这仅仅是第一点。第二点，你拍的不仅仅是自己，我非我嘛，在这个作品中，你到非我的世界里去经历了一番，在各个时代经历了一番。反正我当时看的时候觉得挺震撼的。

王小慧 | 大幅作品的效果很好。那次展览的展厅大约三十米宽，这幅长卷也有三十米，每个人物基本上都是真人大小。

周国平 | 你拍的同时又是众生，是众生相。可以说你经历了众生，同时众生排着队，一个一个经历了你。

王小慧 | 我是这样想的。

周国平 | 这里面是有一种悲悯的，有一种佛教的感觉。

王小慧 | "前世今生"本身就是从佛教里来的。但"前世今生"这个词，这层意思在英文、德文里都无法译。我有时候很直觉地想一些问题，德国人写我是同时活过七条生命，还有人看我做过的事情像经历了一百年，这两个比喻启发了我，所以这个作品我译成"我的最后一百年"，叫"My last hundreds Years"，本来想的是"past hundreds"，就是"过去的一百年"，后来想还是"last hundreds"（最后的一百年），前面还有好多的一百年呢。我当时是这样写说明文的：

116

自拍像《我的前世今生》之《淑媛年代》系列（2008）

> 这是中国女人百年生活的意象
> 我在每个年代找到自己
> 历史在我身上流逝
> 浓缩为影像的瞬间变幻

我其实还做了一个影像作品，更有意思，真的是图像一直在变、在变。五分钟的时间，全部是这些影像一点点在变幻。就是把照片变

自拍像《我的前世今生》之《我和我们》系列（2008）

成动的了。这部影像作品，在意大利的中国艺术节上展出，很多意大利人来看，他们都特别喜欢。在开幕式上，中国文化部长陪同意大利州长啊，还有很多官员和媒体都来了，一般在开幕式上都是礼节性地看一下，但是他们那天从头到尾看了一遍，之后热烈鼓掌。

周国平 ｜ 你这个作品可以从不同角度去解释，有多重的含义，自我、社会、历史、宗教。

王小慧 ｜ 好的艺术一定要有多层面，一个人也要有好多面，如果太单一了，你就会觉得无聊，就没意思了。

周国平 ｜ 那天在天津展，开研讨会时，有人说这组作品是"自恋""自我中心"，我觉得莫名其妙。表面上看来，这组作品的主角都是"我"，都是王小慧，但是，实际上，就像你拍的花朵是"花非花"一样，你拍的"我"也是"我非我"。在前世今生的轮回中，"我"是一切众生，一切众生是"我"，那么，这个"我"还是王小慧吗？当然不是了。王小慧的形象只是一个载体，是宇宙大化和社会变迁借以演示它们的悲喜剧的一个舞台和窗口。我在这组作品中看到的不是王小慧，而是许多受苦受难的生命，这种苦难既是生命本身所固有的，也是历史和政治造成的，我看到这些生命遭到了扭曲，但依然是活生生的。

王小慧 ｜ 虽然"文革"在我的人生是一个很重要的阶段，但是我觉得我确实不是在表现我个人。而且和文字比较起来，我的表达还非常有限，图像的好处是直观，但文字的表达会深得多，广得多，厚得多。假如有一天我有时间把我"文革"的经历拍成电影，或者哪怕写成剧本让别人去拍，或者写成小说啊，回忆录啊，至少记录了一个时代。

5

要有一个宁静的核心

我身上有两个自我。一个好动，什么都要尝试，什么都想经历。另一个喜静，对一切加以审视和消化。这另一个自我，仿佛是它把我派遣到人世间活动，同时又始终关切地把我置于它的视野之内，随时准备把我召回它的身边。即使我在世上遭受最悲惨的灾难和失败，只要识得返回它的途径，我就不会全军覆没。它是我的守护神，为我守护着一个永远的家园，使我不致无家可归。

王小慧 ｜ 好多人会觉得我每年做那么多项目，像个空中小姐一样飞来飞去，然后一年做的事情比有些人一辈子还多，觉得不可思议，奇怪我什么时候去创作，有没有可能静下心来创作。其实，我这个人能把动与静很好地统一起来。我可以动的时候非常动，我助手都知道，我常常在一个房间到另一个房间的过道上跑来跑去，她们常常要闪在一边"让"我。但是，我静下来的时候，可以连续几天不见人，不接电话，非常投入地做一件事情。大概十年前，湖南卫视采访我和陈丹燕，问到我们的创作状态，陈丹燕说她在创作的时候穿得很宽松很随便，不见人。我也是这样，可能一个星期都只是穿着睡衣，不见人甚至不听电话。如果你没有相对静的时候，你是很难进入一个氛围去好好创作的。

周国平 ｜ 我可能更偏静一点，坐在家里看书写作是我的常态。我不喜欢在外面奔波，不喜欢参加社会活动，也不喜欢上电视，我觉得这些都是干扰。我不像你这样，在动和静之间能够收放自如。当然，你做艺术，必须和制作商、画廊等打交道，我不需要，作家就是一个个体劳动者。

王小慧 ｜ 对，许多时候我是身不由己。

周国平 ｜ 老子主张"守静笃"，任世间万物在那里一齐运动，我只是静观其往复，如此便能成为万物运动的主人，叫做"静为躁君"。当然，人是不能只静不动的，即使能也不可取，如一潭死水。你的身体尽可以在世界上奔波，你的心情尽可以在红尘中起伏，关键在于你的精神中一定要有一个宁静的核心。有了这个核心，你就能够成为你的奔波的身体和起伏的心情的主人了。

王小慧 ｜ 我的被动是在大的方面，宏观地看，我很随缘，我不强迫自己做达不到的事，也不刻意追求机遇。但微观地看，具体到我要做的每一件事上，我又变得十分主动和积极，是一个完美主义者。

周国平 ｜ 这很好，宏观被动，顺从本性，微观主动，事在人为。

王小慧 ｜ 我是个很重感觉的人，人生的重大决定和选择，基本上是跟着感觉走。我不喜欢可以一眼看到底的生活，我喜欢永远的新，永远的变化，永远的已知中的未知。另一方面呢，我从小到大一直在漂泊，走了那么多年，从来没有一个实实在在的家，所以我也很想有一个家，也希望被呵护、被娇宠，有一个依靠。我喜欢浪漫情调，喜欢听有人对我说"我爱你"。在我的内心，大概有一半是想做单枪匹马、走南闯北的"英雄"，另一半是想做一个温柔妻子的"小女人"吧。

每次大的展览结束后，都是我喘口气稍微静下来几天的时间

两者往往不能兼顾，想要做事业的"英雄"，就会牺牲掉很多女人的乐趣。

周国平 ｜ 其实还是能兼顾的。

王小慧 ｜ 没有时间，也没有人。

周国平 ｜ 因为你舍不得花时间，所以没有人。

王小慧 ｜ 其实我从小就是一个有很多"小女人"情结的女孩子，可以不厌其烦地给我的洋娃娃做衣服，自己裁剪，自己缝制，然后自己移情娃娃扮演好多角色。我喜欢很多女人喜欢的东西，我愿意把家布置得非常漂亮，注意到很多细节，包括插花、房屋布置的色彩、气氛，直到洗手间和厨房的每件摆设。我喜欢穿好看的衣服，而且喜欢自己设计，自己缝纫。在读大学以前我就迷上了改制衣服，改制一些家里妈妈不敢再穿的旧衣服，会整夜整夜地缝衣服改衣服，虽然"文革"

的时候不能够公开去穿，还为这个事情不能加入红卫兵，因为同学发现了我在家里穿所谓资产阶级衣服。读大学期间，我也做了很多衣服，好像除了大衣，所有的男装女装都做过，当年俞霖穿的很多都是我亲自缝制的衣服，到现在我妈妈还留了两件做纪念。一件是他的夹克，上面许多口袋，双排明线的，很难缝的，还有金属扣。另一件是短风衣，两面可以穿的，一面还是米色小格子，缝制要求挺高，因为要两面穿，所以车线正反面都得整齐。我也没缝过，就是喜欢，自己摸索出来的，一个师傅也没有，就因为喜欢。

周国平 | 这是女孩性情，同时，做手工是一种特别好的让心安静的方法。

王小慧 | 我的一个女作家朋友，她的书很畅销，但她还是愿意花时间给她女儿织毛衣。她的母亲就说，如果你抓紧时间写作，多少件毛衣都能买了，何必花时间一针一针地织。

周国平 | 这是心理需要，和经济合算是两码事。

王小慧 | 那个女高音歌唱家丽莎也是这样，对她来说，在舞台上演唱，底下有无数的歌迷，掌声不断，一次次谢幕，给她带来的满足感，比不上在家里做一桌好吃的晚餐，受到她挚爱的丈夫和女儿的称赞所带来得多。她已经被称为第二大女高音歌王，与玛丽亚·卡拉斯齐名。事业这么成功，可是她经常会抱怨过圣诞节或新年要去为人家演唱，不能陪自己的家人。她渴望这种家庭生活，最后义无反顾地告别了歌坛，几十年了，没有丝毫后悔。与亲人在一起的确是人生最大享受之一，就像我们说的天伦之乐，什么都代替不了。

周国平 | 对，反正是不可缺少的。一个人可以去开创事业，但是如果为此抛弃亲情，牺牲平凡生活，他的人生就有重大缺陷。

得与失

不失其所者久

世界无限广阔，诱惑永无止境，然而，属于每一个人的现实可能性终究是有限的。你不妨对一切可能性保持着开放的心态，因为那是人生魅力的源泉，但同时你也要早一些在世界之海上抛下自己的锚，找到最适合自己的领域。老子说："不失其所者久。"一个人不论伟大还是平凡，只要他顺应自己的天性，找到了自己真正喜欢做的事，并且一心把自己喜欢做的事做得尽善尽美，他在这世界上就有了牢不可破的家园。于是，他不但会有足够的勇气去承受外界的压力，而且会有足够的清醒来面对形形色色的机会的诱惑。

有所为必有所不为

人的精力是有限的，有所为就必有所不为，而人与人之间的巨大区别就在于所为所不为的不同取向。

为别人对你的好感、承认、报偿做的事，如果别人不承认，便等于零。为自己的良心、才能、生命做的事，即使没有一个人承认，也丝毫无损。

成功是优秀的副产品

在确定自己的人生目标时，不应该把成功作为首选。首要的目标应该是优秀，其次才是成功。

一个人能否成为优秀的人，基本上是可以自己做主的，能否在社会上获得成功，则在相当程度上要靠运气。所以，应该把成功看作优秀的副产品，不妨在优秀的基础上争取它，得到了最好，得不到也没有什么。在根本的意义上，作为一个人，优秀就已经是成功。

习惯于失去

失去也是人生的正常现象。整个人生是一个不断地得而复失的过程，就其最终结果看，失去反比得到更为本质。我们迟早要失去人生最宝贵的赠礼——生命，随之也就失去了在人生过程中得到的一切。有些失去看似偶然，例如天灾人祸造成的意外损失，但也是无所不包的人生的题中应有之义。"人有旦夕祸福"，既然生而为人，就得有承受旦夕祸福的精神准备和勇气。至于在社会上的挫折和失利，更是人生在世的寻常遭际了。一个只求得到不肯失去的人，表面上似乎富于进取心，实际上是很脆弱的，很容易在遭到重大失去之后一蹶不振。

1

成功的尺度

我对成功的理解：把自己真正喜欢做的事做得尽善尽美，让自己满意，不要去管别人怎么说。

王小慧 ｜ 一个人应该只做自己想做和爱做的事。当年我写硕士论文，半年就写出来了，包括看参考书和构思，就是因为自己喜欢。那时（1985-1986）没人想到建筑学的论文可以这样写，大家觉得挺新鲜的。如果照现在的话说算是"跨界"研究了：我把建筑学／室内设计放到传播学理论框架中去解析，结合行为学、环境学、认知美学、心理学等学科去研究。我当年的一个朋友，现在是一个重要城市的市长，是先看了我那本论文后通过朋友要认识我，因为他说从来没见过一个理工科硕士论文能写得那么引人入胜，深入浅出。后来这论文被专业学术杂志全文连载，若干年后出版成书，还有了盗版。据说出书之前那些年，不少建筑学学生手抄传阅，很受欢迎。如果让我按常规写一个建筑学的论文，我会觉得很枯燥，会没有兴趣。对我来说，兴趣真的很重要。

周国平 ｜ 其实兴趣对任何人都很重要，我认为是真正做好一件事情的前提。问题是很多人是没有自己的兴趣的，他对他学的东西没有兴趣，对别的东西也没有兴趣，不是说他的不同兴趣发生冲突了，他根本就没有一种真正的兴趣，我觉得这是最可悲的。

王小慧 ｜ 最幸福的人就是把你的兴趣做成了你最主要的工作。

周国平 ｜ 对，把兴趣变成了职业。做自己真正喜欢做的事，并且能够靠这个养活自己，这就是幸福。

王小慧 ｜ 所以艺术家还是很幸运的，能养活自己的艺术家，你做自己喜欢的事，又能够有人喜欢你做出的东西，肯花钱去买。这又支持了你继续创作，形成良性循环。

周国平 ｜ 我觉得当作家比较好，搞文字写作，完全是个体劳动。艺术是产业的东西，尤其是演唱会、音乐会，办一场就是一个商业运作，你的市场必须有好多人合作，要和好多人打交道。不像我们，出版社你爱出就出。

王小慧 ｜ 作家写作是个体劳动，但出版社现在必须产业运作了，否则书卖不好。

周国平 ｜ 但是作家自己不需要做很多协调工作，你写好了就可以了，不需要做别的事。演唱家、画家就不行，必须协调许多关系，要有经纪人。当然，现在出版社做畅销书，也是很大的商业运作，不过那是另一回事。我的书基本上是靠市场自己去调节，卖得好了，出版社自然会来争夺。

王小慧 ｜ 你的书还是很成功的。

周国平 ｜ 对我来说，成功是很次要的概念，我真的不觉得成功有多重要。当然，我不能得了便宜就卖乖。

所谓成功有两个概念，一个是社会认可的成功，一个是自己认可的成功。社会层面上的成功，具体表现为名利，就是名声和利益。这对于我来说，也有一定的重要性，最大的好处就是单位的那些破事我可以不管了，那些细小的利益，他们争得头破血流，我可以不在乎了。比较起来，你真觉得挺小的，可是如果你没有获得在社会上的成功的话，这种具体的小利益，什么博导啊，课题经费啊，在你的全部利益中占的比例还是挺大的。现在你完全可以超脱了，真的从心底里不在乎。另外一个概念是自己认可的成功，我觉得这是一个过程，一个方向，你走在这条路上了，你很愉快，不断地创作，这就行了，最后有什么结果，也不重要。

王小慧 ｜ 我眼中的成功不是一个点，而是一条线，是一条很长的路，其实没有一个具体的终点，除非人死了，后人也许说他到顶峰了，没有人能超过他了，但对他自己来说只是一个过程，主要是没有一个真正的衡量标准的。所以我对得这个奖那个奖，参加这个展、那个展不是特别看重，得到时也挺高兴的，但我不觉得它是一个真正的衡量标准。比如某一个电影好，但没得奥斯卡奖，未必比得奥斯卡的电影就差，人家可能没在你的价值体系里参加衡量，或者不屑于参加你的衡量。刚才你讲到的社会层面的成功，也可能毁掉一个人。很多作家表面上的成功，比如说通过电视节目热销，看上去很成功，然后坐不下来了，无法静心写作了。以前他写的书可能比现在好得多，现在达不到以前的高度了。好多小说家的作品也是不能超越以前所写的了，创作力衰竭了。对我来说，成功并不意味着一定要获得社会承认，如果你给自己定了一个目标，而你坚定不移地朝这个目标走了，你超越了自我，超越了你为自己定的目标或计划，你就是成功了，虽然这种成功可能无人喝彩。

周国平 ｜ 成功还有一个概念，就是人生的成功，这比事业的成功更广阔。

王小慧 ｜ 对，事业成功并不意味着人生成功。我认识不少所谓"成功"的艺术家，但我并不认为他们作为一个人是成功的。一个真正的成功者，不论从事什么职业或事业，首先应该是人生意义上的成功者。

我的好朋友莫尼卡，是一个非常著名的钢琴家，以她为首的"斯图加特室内乐团"是国际著名的室内乐团，也是当年德国最好的室内乐团。在意大利，专门为她们举办的一年一度的室内音乐节上，她的室内乐团吸引着全世界的音乐爱好者。在众人眼中，她的事业可以说是成功的，但她做人并不成功。她甚至有时厌恶练琴，她跟我说过，只要让她做任何与音乐无关的事，她都愿意做。她很害怕一个人在家里练琴，所以她宁愿来帮我整理幻灯片，或者跟我们一起包饺子，做馅饼。她不缺喝彩与鲜花，也有很多仰慕者，也有一些暂短的情人，但没找到真爱。她觉得自己在这个世界上非常孤独。特别是在得了癌症以后，她不积极配合治疗，而是选择了安乐死。我觉得她的人生并不成功。

周国平 ｜ 这比较复杂，不能笼统说她的人生因此就是失败的。人生意义的成功也有两个涵义，一是幸福，二是道德。她不幸福，对人生是悲观的，限制在这个涵义上，才可以说她的人生不成功。

2 不受机会的诱惑

我曾经也有过被虚荣迷惑的年龄，因为那时候我还没有看清事物的本质，尤其还没有看清我自己的本质。我感到现在我站在一个最合宜的位置上，它完全属于我，所有追逐者的脚步不会从这里经过。我不知道我是哪一天来到这个地方的，但一定很久了，因为我对它已经如此熟悉。

人一看重机会，就难免被机会支配。

王小慧 ┃ 我在生活中经常会经历那种"塞翁失马，焉知非福"的事情。比如说，在我去德国不到一年时，曾经参加一个博士奖学金的竞争，从上千参加者中选出几十人面试，我幸运地得到了面试的资格，面试地点在科隆郊区的一个办公楼里。很多学生和老师头天晚上陆续报到。那天晚上我在咖啡馆里碰到了几个教授，我们谈到我的博士论文选题，是《中国古典建筑的精神背景》。其中一位教授为了孔子学说是不是宗教的问题和我争论，受到其他教授的嘲笑，那晚我觉得很得意，因为我的论点占了上风。

第二天考试时，没想到命运捉弄了我，与我争辩的教授竟然是我的主考官。他不断地刁难我，十几分钟下来我知道我没希望了。出来的时候，另一位女考官甚至追出来跟我说："你明年再来试，我觉得你很棒！"当时我非常灰心，而且觉得自己很倒霉，后悔自己前一天晚上逞能，毕竟那时还不到三十岁，觉得很受打击，十分沮丧。而且那时大家都想方设法留在德国久些，没有奖学金留下来的理由就没了。可是，多少年以后，反过来想想，那一次也许就是命运之神的安排吧，否则我不会成为自由艺术家，而可能会循规蹈矩地把我的建筑学博士读完，然后老老实实在大学里教书。

周国平 Ｉ 人生的道路的确充满着偶然性，不过，如果你真正有某一方面的禀赋和兴趣，这个东西迟早会显现出来的，它在悄悄地起作用，推动你走上那条属于你的路。当然，这会是一个由隐到显的逐渐明朗的过程。

王小慧 Ｉ 是的，我在快拿到博士学位的时候放弃了读博士和大学里铁饭碗的工作，去做一个还没有把握能够养活自己的自由艺术家，或者在车祸后放弃打官司和得到很多保险金的机会，或者在政府补助艺术家住宅申请最后一轮的时候放弃，都是凭感觉而非靠理性分析决定放弃这些东西，所以就放弃了。

周国平 Ｉ 人在一生中是不断要放弃一些东西的，倒不是因为这些东西不好，而是因为自己心中有更好的东西。所谓学会放弃，其实放弃哪里是学会的？自己心中没有更好的东西，就必定受机会的支配，和别人去争夺那些外在的名利。要什么，不要什么，取决于价值观，是价值观在做决定。

王小慧 Ｉ 有时别人会觉得我不愁吃不愁穿。站着说话不腰疼，提倡要追求艺术，不受金钱的诱惑什么的。但是我可以很自豪地说，我在最穷最窘迫的时候，也绝对不会为金钱利益所动心，而放弃我对自由对艺术的追求。

我出车祸之后，经济上非常困难。我当时辞去了两所大学的教职，又不能工作。父母到德国来照顾我，我记得爸爸都不敢喝酒了，因为太贵，烟也很节省，常常把烟头吸到很小才掐掉。有一次他在中国商店买了一头大蒜，可能是三个马克，忘在店里了，他跑了很远的路，去把那头大蒜找回来。我妈妈教德国朋友太极拳，帮忙赚点钱补贴家用，但凡是认识的朋友，我们都不收费。我妈妈与摄影家齐格丽特成了很好的朋友，我想与这有关系，妈妈坚持不收她的学费。她其实很有钱，在柏林、慕尼黑、巴塞罗那都有房子，我妈妈自己坐公交车过去，给她单独上课，因为她没时间出来上大课。当时六马克的路费对妈妈而言是很昂贵的。那时上一次课可以收六十马克，而且齐格丽特多次表示要付钱，她不理解我们为什么坚持不要，因为讲课收费在国外是太正常不过的事了。反而她不太理解中国人为什么朋友就不收钱，她觉得我们当时很需要钱。但是对我和家人来说，这是我们做人的原则。哪怕再穷，我们都不会丧失尊严。我们家就是这样的，可以一个星期不吃肉，只啃面包，但是不好意思去收朋友的钱，这是一种老派知识分子的品格吧。

周国平 | 人穷未必志短啊。

王小慧 | 我真的觉得可能很少有人像我们这样的。那时候我老做噩梦，没有安定感，没有房子，也没有固定工资。我主要是靠稿费生活，当时稿费不多。你知道画册不是畅销书，除了那本谈饮食文化的书还经常给我带来点稿费。所以，很可能交不起房租或不能按时交纳。我很感谢我的房东，在我之前的房客是个老雕塑家，他交不起房租，就用雕塑来抵。房东老先生是个医生，欣赏我，也同情我，就跟我说："你要是交不起房租，用作品来换。"我当时还是很得意的，没有用作品换，

一直是挣了钱去交房租的。这也是因为受父母的影响特别大。

我从来不借钱，在最困难的时候，我也不会想到向别人去借钱。我只接受过一次捐款，出车祸以后，我那些学生给我捐了一千马克，许多硬币，给我放到一个红盒子中，在圣诞节的时候送给我的，盒子我现在还留着，上面画的是雪景，四周都是红颜色的，里边就是整整一千马克。那些钱真的让我很感动，因为他们平时是不浪费的，我们学校一个马克可以买一杯咖啡，是自动售卖机里的，当然现冲的咖啡比从家里带来的几个小时前冲的好喝，而他们总是用一个小暖壶从家里带咖啡来喝。我觉得他们能给我捐这一千马克，这是一份很重的心意。但是我最穷的时候我也不会借钱，我宁愿自己刻苦，我想这和我爸爸妈妈的教育是有关的。

周国平 | 我也这样，借钱说不出口，其实从来没有这个念头。没有必要，无非是量入为出，再苦也能对付。

王小慧 | 那时就在不知道下个月房租交不交得起的情形下，有一个朋友要给我投资一百万，在北京开一个婚纱影楼。大概是九二年吧，当时一百万是不得了的，他商务模式、宣传计划都做好了，他门面都找好了。那时候婚纱影楼很少的，他说你当首席摄影师，每到"五一"、国庆、春节这些结婚的人多的假期，你回国来拍就行了。你自己一分钱都不用投，每年回来拍三次，其余时间你还可以全世界飞，搞你的创作。当我拒绝后，他说你看不起我们商人啊，我说那倒也不是，但我已经决定搞艺术了，就不想再回去了。他就说，你在我这儿干三年，挣的钱就可以搞你好几年艺术了。我说我干三年，呵呵，就要干第四年，第五年……也许我就要干一辈子了。

周国平 | 对，往往如此，自以为是作为手段，干着干着就变成了

目的，或者失去了目的。

王小慧 ｜ 我就觉得人有时候是要纯粹一些。有一个女朋友，她是德国小学老师，特别喜欢摄影。她说："我还有五年就可以拿到退休金，那时候我就可以衣食无忧了，但是我现在就想拍照，我还走得动，等我拿到退休金就六十岁了，我跑不动了，也拍不动了。我也很犹豫，我现在退休的话，退休金就拿不到全额了，只会是很少的一部分。"她问我怎么办。

我说："你可以退休以后拍，但你永远是业余的，但是现在拍，有可能你就成为专业的。"后来她真的听了我的话，提前办了退休，移民到了美国，现在拍肖像摄影，拍得很好的。她当时就拍得不错，我也是在这种场合下认识她的。她做过一个展览的海报，就是用她拍我戴帽子那张肖像。有时候人必须下决心选择，在我真的还不知道明天能不能吃饱饭时，还坚持做艺术而不去做商业性的东西，就是一种态度，一种选择。

后来还有各种各样的可能性，包括我爸爸做的德国医疗仪器的代理，他是帮我德国的朋友在中国开公司，他们都说你为什么不也做销售啊，可以挣很多钱。我说我不会去做这种事情的，我的理由是很多人都能做的事，就不需要多我这一个人去做。就像我过去从来不看报纸、电视，好多国家大事都不知道，如果每一个退休工人都可以知道的事情，就不需要多一个人知道，我说我只要知道我那一点点事情就可以了。

周国平 ｜ 说得好。知道那么多事情干什么？每个人都把自己喜欢的事情做好，不去瞎掺和别人的事情，这个世界不但太平了，而且一定会变得更美好。

王小慧 ｜ 我就是这样一个人，把许多看上去不实际不重要的事情看得很重，甚至至高无上，为此宁愿放弃一些别人看得很重的东西。

人总应该放弃一些东西，难的是放弃一些表面看去不应放弃、放弃了可惜的东西。人也总在选择中决定自己的路，不同的选择会导致完全不同的发展方向，有时会失之毫厘，差之千里。我的另一个重要原则是，只跟我喜欢的人打交道，假如碰上令我不舒服的人，再有收益的事也宁愿不做，绝不委屈自己。几年前我做了一个决定，放弃了一个可能对我一生道路有重大改变的一个机缘。那是我和一个在欧美非常权威的艺术评论家和策展人的决裂。这个人在70年代写了关于安迪·沃霍尔的专著，建立了沃霍尔在艺术史上重要的地位。此后他还写过另外三本关于沃霍尔的书，也写了关于很多别的大艺术家的书。在和我相识以后，他将我列入他写学术专著的五年计划之中。计划中还有创造在世艺术家拍卖记录的杰夫·昆斯，世界上最负盛名的女雕塑家路易丝·布尔乔亚等。他不但要帮我策展，还要把我作为非常重要的艺术家推向市场，并且已经与我签约。但是，经过两年的交往，我发现这个人刚愎自用、主观武断、非常专制。我宁愿要我的自由，而不要这些名利。我非常严肃地跟他谈，希望解除合约，最终我的意志得到胜利。他用了各种方式想挽留我。在我提出解约后，他也曾经哀求我，希望我再给他一个机会，他会改变自己。但是，我为了保持人格的独立，还是拒绝了他。

周国平 ｜ 拒绝是对的，和这么专横跋扈的人合作，肯定会很痛苦的。

王小慧 ｜ 我知道很多成名的艺术家都签过"卖身契"式的合约，委身于某一个画廊、经纪机构或者某一个策展人。当然他们之间也可能有很好的关系，但是也有很多人出卖了自己的灵魂，出卖了自己的自由和创作上的独立性。名与利不是我不想要的东西，但是和我的自由相比，它们就无足轻重了。这是我在艺术道路上的一个非常大的选择，也是我在人生中的一个非常巨大的放弃。假如我服从这位艺术经纪人，他是准备把我作为五个重点艺术家在五年之内重点包装的，会把我推到艺术史上一个非常重要的地位的，有名又有利，他是有这个能量的。在他研究过的、写过学术专著的艺术家的长长的名单里可以看到许多国际大牌，但是我放弃了这个机会，因为我不愿意委屈自己。对于我来说，我喜欢他或者不喜欢他是非常重要的。表面看起来，我是跟着感觉走，直觉使我做了这个决定，可是我现在仍不后悔，有时候诱惑是铺满鲜花的陷阱。

周国平 ┃ 你举个例子，你特别反感他什么？

王小慧 ┃ 当时他给我的序都写好了，而且有英文德文中文三种语言，他说你要是不跟某某人绝交的话，我的这篇序就不给你。

周国平 ┃ 这么霸道。他让你和什么人绝交呢？

王小慧 ┃ 一个美籍华人的艺术史学家、策展人，我的好朋友。他觉得那个人有威胁，就好像两个人都要抢我一样，其实那个人不是这样想的。在德国卡塞尔文献展期间，他就特别排挤那个人。卡塞尔文献展每五年一次，是世界当代艺术最重要的盛会之一。我邀请她去的，她还带了她的助手，我们三个人住在一起。文献展期间，旅馆特别难找，我们通过关系找到了一个套间，她的助手睡在外屋的沙发上，她和我睡在房间里面。这个权威是同性恋，他有个小男朋友，他的博士生，比他小三十岁。他还带一个女博士生，那个女博士生跟他的男朋友其实是恋人。男孩对他是又怕又依赖，被逼得自杀了两次。其中一次，我到医院去看望他，还偷拍了男孩的手，都是伤，是他跳楼摔得。这些都是那些天的事，那些天也太奇怪了。

周国平 ｜ 在此之前，你和他合作过吗？

王小慧 ｜ 他跟我合作大概有两年，他给我抽象作品画册《本质之光》写了序。他与他的团队专门到我慕尼黑工作室看了我所有的作品，仔细研究后决定包装我。除了我的作品之外，他们还欣赏我这个人，我有"明星气质"，是可以捧出来的。包括我的言行举止、穿衣打扮、为人态度，都符合他们的理想。几年之后，我在瑞士"大师艺术节"上得了"明星艺术家"大奖，他议论说其实他早就看到我的潜质，早就想打造我包装我的。他当时有一个出书的五年计划，我是第一个，

2008 年瑞士"大师艺术节"为我举行了展览和"向王小慧致敬"专题晚会，认识了来自世界各地喜欢艺术的人，其中不乏著名收藏家，展出作品全部售罄

杰夫·昆斯还排在我的后面。杰夫·昆斯不仅创造了最高纪录，他的作品也是颠覆性的。那个女的雕塑家路易丝·布尔乔亚，现在已经去世了，她的作品是世界上最贵的雕塑，至少是女雕塑家中价格最贵、最负盛名的。他把我列在他们中间。你想这诱惑有多大啊！在当代艺术界这个人是太权威了。所以事后想想我觉得我这样做是非常有人格的，我绝对不会像有些艺术家那样，为了名誉和利益而屈服。

周国平 ｜ 很大的利益啊。

王小慧 ｜ 他希望我搬到纽约去，甚至与他们住到一起。过去一位日本的女艺术家住在纽约，是他特别宠的，我成为他的新宠。在威尼斯双年展上，他到处拿我当他最得意的新人展示，别人都说我是他的很好的装饰。后来呢，他不愿意我和那位女朋友在一起。开始他觉得那个人无所谓，后来在一起谈事情，他发现那个女朋友是非常有脑子的女强人，就觉得她可能对他，特别是对他与我的关系是个威胁。

周国平 ｜ 这个人太专制了。

王小慧 ｜ 圈里人说他是国王，别人是臣民。他说他们说错了，他们之间是奴隶主和奴隶的关系。他说很多艺术家都是跪着排队等我的，连大牌艺术家也等他，你是我第一个主动跟你说要合作的。你现在跟我搭架子，你要自由？你根本不知道自己真正想要什么。我就说，不管怎么样，我就相信一点，自由对一个艺术家来说是最重要的。我说不光是合约的限制，精神自由对我同样重要，我宁愿卖不掉作品，也不要用自由换来的名与利。

周国平 ｜ 你们在一起待了多长时间？

王小慧 ｜ 我跟他一块大概两年吧。有一天，我们说好第二天上午

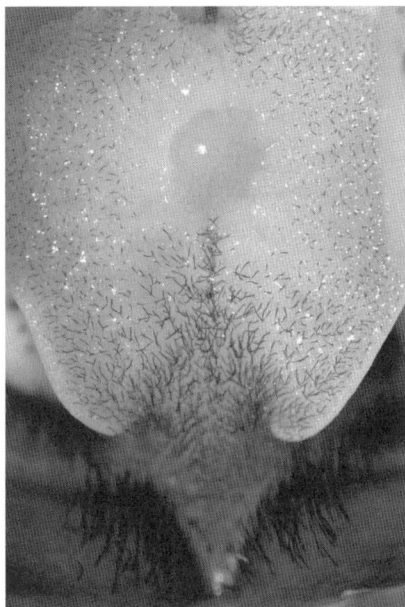
我拍摄的大牌经纪人送来的盆花，这个系列中有
三幅被美术馆收藏

吃早饭，结果他头一天就狂给我打电话，要和我吃晚饭。接了几次电话，我都告诉他我在与客人谈话，我结束以后给你打，会很晚。等到我的最后一个客人快走的时候，他又来了一个电话，我说这个客人马上就要走了，然后就可以通话了。他就说"Lebewohl"，这是"再见"的德文，但是永远不再见到，即"永别"的意思。《霸王别姬》那个电影就是用这个词译的。他用这个词，我当时就很奇怪。第二天早上我照计划去买新鲜面包等，等他来吃早饭，过了一个小时他也没来，给他打电话，他也不接。

中午他的飞机就飞美国了。下午有人送来一盆鲜花，是他在机场买的。上面有他写的一个条："我相信你的人和你的艺术。"过了一个礼拜，他又来了。这一个礼拜，我就拍了一组这盆花为素材的非常性感的作品，这组作品后来也被上海美术馆收藏了。他看了作品之后，大夸我说"你真是天才"。他就是那种喜怒无常的人。和这样的人在一起，我的精神都要崩溃了。

每一次他来德国，他都希望我全程陪他，所有的时间陪他，而对我来说时间特别重要。我对他说，我会尽量给你多些时间，但是我不能把所有的时间都给你，他就会觉得我不重视他。他没有讨论的余地，比方说讨论作品，为什么不好，他非常专断。谈合同，我提出分区代理，北美、欧洲所有的国家，他都要全权代理，我就不同意。结果，签约之前，我们在去威尼斯双年展路上的一个湖边喝咖啡，就喝了四个小时！他要我签约，我就是不签，他拿我没办法。去巴塞尔的时候，他说如果我不和那个女朋友分手，他的序就不给我了，我没同意。第二天清早，他气急败坏地跑到我的房间来，就因为我没有开手机。我还穿着睡衣，他就闯进来了，说你为什么不开手机，我就觉得没有自由。这个女朋友和助手更是愕然。

我们四个人吃早饭的时候，我的女朋友对我说，你就趁这个机会把那个合约结束了吧。因为我已经签约了，不能随便推翻。而他当时不打算给我稿子，女朋友就说这是太好的理由，是他自己先拒绝和你合作的。我就这样对他说了，他马上态度缓和下来，说："我们单独谈一谈好吗？"女朋友的助理懂一点德语，助理像闲聊似的翻译给她听，她不动声色地用中文说给我听："你千万不要答应单独谈。"后来他要送我上火车，女朋友又说："你千万不要答应他送你上火车。"我一到家就看到他传真来的译好的稿子了，我给这个女朋友打电话，问现在怎么办呢。她说，你就给他发一封信，说你已经决定不合作了，所以你也不会再用他的稿子。然后，她帮我找了洛杉矶美术馆的策展人，赶写出了现在的这个序。

周国平 ｜ 合约就是这一本书的合约吗？

王小慧 ｜ 不，是经纪人合约。这本书是其中的一个环节。但他的方式是先从学术上研究你、肯定你，树立你的地位，市场会水到渠成的。

周国平 ｜ 是吗？当时不是因为他要代理全欧美的，就没谈成吗？

王小慧 ｜ 后来他妥协了，代理范围限制在美国地区。所以有很多人觉得我很傻，许多中国艺术家，包括一些后来很著名的艺术家，初期在西方都签过的。当然我知道，有些商业上的操作是有一定道理的。作为一个艺术家，如果与你的创作和生活不发生冲突，商业的成功当然没有坏处，但是如果你觉得你的灵魂被出卖，你的自由没有了，生活就会很不愉快，那我宁可放弃商业成功也不要委屈自己。

周国平 ｜ 你这个情况比较特殊，这个大牌太专制、太霸道，如果不是这样，我觉得对于艺术家来说，有稳定的经纪人是一个好的选择。自己做市场不太可能，临时找代理人又很麻烦。当然，找到一个合作愉快的经纪人，这不容易，要靠运气。

王小慧 ｜ 有朋友当时劝我，说宁可忍几年，合约不就是过期了吗？那时你功成名就了，忍这几年也值得。她还举了当年一个电影为例，一个年轻妻子答应一个富翁只与他共同度过一个夜晚，代价是百万美金，她丈夫都愿意。我对她说，人各有志，假如这种事发生在我眼前，我一定不会为哪怕更多钱去做交易的，但如果我喜欢那个人，一分钱没有也会同意的。

3 灾难使人回到自己

多数时候，我们生活在外部世界上，忙于琐碎的日常生活，忙于工作、交际和娱乐，难得有时间想一想自己，也难得有时间想一想人生。可是，当我们遭到突如其来的灾难时，我们忙碌的身子一下子停了下来。灾难打断了我们所习惯的生活，同时也提供了一个机会，迫使我们与外界事物拉开了一个距离，回到了自己。只要我们善于利用这个机会，肯于思考，就会对人生获得一种新的眼光。一个历尽坎坷而仍然热爱人生的人，他胸中一定藏着许多从痛苦中提炼的珍宝。

周国平 ┃ 人生中难免有曲折和苦难，有时甚至会发生突如其来的灾难。你在年轻时就遭遇了两次大的灾难，安斯佳的自杀，俞霖的车祸死亡。

王小慧 ┃ 我出国留学刚一年，安斯佳因为对我的无望的爱而自杀。在这之前，我好像从来没有认真思考过自己的人生道路，没有时间也没有想到过要去思考，而由于他自杀这件事情的突发，后面有很长一段时间，我住在郊外湖边的小镇上，有了很多时间去思考、去回忆、去总结。人一生大部分时间都是在忙忙碌碌里度过的，往往只在发生了重大变故时，你才会放慢脚步。而俞霖的去世让我思考了很多，虽然我可能还不能说自己已经大彻大悟了。至少它好像一个人生的分水岭，之前与之后一切都有了质而非量的区别。在病床上不能工作的那六个月，似乎是我一生中对自己反省最多、最集中、最浓缩的一段时光。那时我才第一次那么彻底地自我追问，也就是第一次问自己许多问题，包括人生中的重大问题。

周国平 ｜ 灾难硬是把人从习惯的生活中扯出来了，使人有机会用另一种眼光去审视自己的人生。

王小慧 ｜ 任何事情都有它的正反两面。有人问我：如果你不出这些事，你还会这样优秀吗？我说：可能艺术上的深度与成熟会少很多。他就问：那为什么要受这么多苦，为了艺术的深度有没有这个必要？

《自我解脱》系列（1993）

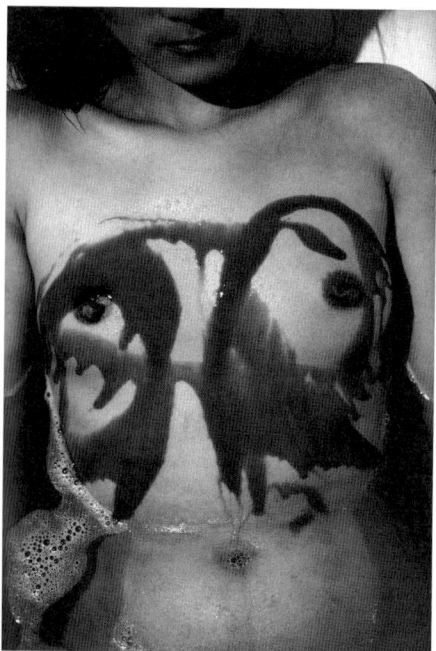

《洗去血迹》No.1（1991）

周国平 ｜ 这个不是必要不必要的问题，当受苦已经是事实的时候，你只能受着，然后去寻找它积极的一面。

王小慧 ｜ 不能让苦难白受了，艺术家的本事是能够消化和加工这些苦难。

周国平 ｜ 在黑暗中寻找点滴的光明，靠这点滴的光明生活下去。你看我大学毕业以后，在广西的山沟里待了差不多十年，真是很难受的，每一天的生活都是没有变化的，天天都一个样，一眼就看到头了。当时根本就想不到还能够出来，我觉得一辈子就在那儿了，而且天天就这样过了。

王小慧 ｜ 当时悲观吗？

周国平 ｜ 反正感到很凄凉，我对自己说这一生就这样交代了。那么年轻，觉得自己能做很多有意思的事，但是毫无可能。我也就尽可能找一点书看，写一点东西自娱，完全没有发表的可能的。

王小慧 ｜ 我觉得你当时写东西就不是自娱了，是排解心中的郁闷。

周国平 ｜ 是排解，也是为了有一个寄托。回过头看，那时候的坚持是给我后来的道路打了基础，但当时根本不知道还能走出来，只是让自己觉得当下的生活有点意义罢了。

王小慧 ｜ 反正我特别佩服那些坚强的人，我觉得我其实是挺脆弱的。我都经历了很多的大灾难了，有时候想到过去我都后怕，当时怎么挺过来的。如果再让我经受这样的事情，我会觉得不可思议，我肯定经受不了。

周国平 ｜ 其实人就是这样的，坚强是逼出来的，当灾难已经临头，不可避免了，你就坚强起来了。比如我现在也无法想象当时妞妞那个事情，我是怎么挺过来的。我是特别爱孩子的，当时也是爱她爱不够，但是，一旦知道她得了绝症，你真的没有办法的，除非你自己去死，你垮掉，你要不垮掉，你就得挺，你就得忍，你必须咬牙坚持，肯定是这样的。反正是两种结果，要么挺住了，要么垮掉了。

王小慧 ｜ 人生真是无常，就像老子说的："祸兮福之所倚，福兮祸之所伏。"

周国平 ｜ 对。所以，既然祸福这么无常，不可预测，我们就应该与这外在的命运保持一个距离，做到某种程度的不动心，走运时不要得意忘形，背运时也不要丧魂落魄。也就是说，在宏观上持一种被动、超脱、顺其自然的态度。另一方面呢，既然祸福这么微妙，互相包含，在每一个具体场合，我们又不是无可作为的。我们至少可以做到，在幸运时警惕和防备那潜伏在幸福背后的灾祸，在遭灾时等待和争取那依傍在灾祸身上的转机。也就是说，在微观上持一种主动、认真、事在人为的态度。

4 艺术家的苦和乐

苦与乐不但有量的区别，而且有质的区别。在每一个人的生活中，苦与乐的数量取决于他的遭遇，苦与乐的品质取决于他的灵魂。

对于一个视人生感受为最宝贵财富的人来说，欢乐和痛苦都是收入，他的账本上没有支出。

王小慧 ｜ 刚才我们说到这个话题，对一个艺术家来说，人生创伤可以是一种财富。要能够把人生的痛苦转化为艺术，这才是一个好的艺术家。曾经有很多人问我，是不是那一场车祸造就了我的艺术，如果没有这些灾难，我会不会成为一个成功的艺术家。我觉得，作为一个艺术家，在我经历了死亡甚至自己也与死亡擦肩而过之后，死亡这个主题或者生命这个主题就成为了我思考与创作的一个非常主要的题材。在经历那场车祸之后的十几年来，每一个阶段，我对生与死都又有新的体会，有新的形式的创作。作为一个普通人，特别是女人，我可能会希望痛苦越少越好，幸福越多越好。但是，作为一个艺术家，我可能会说痛苦造就了我，痛苦成了我的创作的源泉。

周国平 ｜ 在这一点上，哲学和艺术是共通的。哲学家和艺术家都好像有两个自我，一个是作为普通人的自我，一个是作为哲学家或艺术家的自我。那个作为普通人的自我在受苦，那个作为哲学家或艺术家的自我就把他的痛苦用作素材，哲学家借之思考人生，艺术家借之表现人生。

王小慧 ｜ 我还有一个很好的艺术家朋友，他是一个俄罗斯人，在欧洲已经生活近三十年了，在科隆的艺术学院做教授。在苏联解体以后，他曾被邀请回莫斯科，在国立美术馆里办一个回顾性的个展。当时他准备了一个集装箱的作品，其中包括他二十多年来最重要的作品，他的作品有绘画，有装置、有雕塑。他过去在俄罗斯被当作自由灵魂的象征，很多人怕他，恨他，并不愿意他回去办展览。结果，在展览前的几天，他准备去布置的时候，他突然听到一个令他非常震惊的消息，就是他那一车皮的作品被人炸掉了。我想，换了很多别的艺术家，会觉得非常痛苦，甚至一蹶不振，因为他一生中最重要的作品，至少到那个时间为止最重要的作品全部毁于一旦了。同时，他流亡了那么多年以后，第一次回到故乡去办大型展览的计划，也都付之一炬了。我非常佩服他这样艺术家的人格，他没有被这样的灾难打倒。在短短几天时间中决定继续做他的展览，虽然他所有的展品都烧光了。后来，他是用了没被烧干净的作品的残骸做了一个装置，这个展览反而更令人震撼。很多人由此而记住了他，实际上我认为这次展览可能是他一生中至少到目前为止最成功的。

周国平 ｜ 非常棒。做什么归根到底都是做人，做艺术尤其如此，艺术品是艺术家人格的直观显现。说了痛苦，我们再说一说快乐，你觉得你快乐吗？

王小慧 ｜ 有一个调查提纲，列举幸福的人的特征，当时我对照自己，觉得可以说我是一个非常接近幸福的人。比如，有远大目标，选择对自己的才能有挑战性的事做，对自己的成绩感到骄傲，自尊、自爱、自由和自信，能享受人际关系，乐于助人同时接受帮助，知道自己能承受痛苦，能从日常小事上感到乐趣，有爱的能力等。不过，现在我觉得我离幸福有点儿远，不满意，对自己不满意，对周围现状不满意，所以也不开心不快乐啊，也许因此我老做噩梦啊。

周国平 ｜ 哪段时间特别感到幸福？
王小慧 ｜ 1995 年至 2000 年那段时间，那是我最自由的时候，

我们同济大学的团队经过四年的努力，在国际竞标中胜出，获得上海世博会主题馆之"城市足迹馆"总设计权

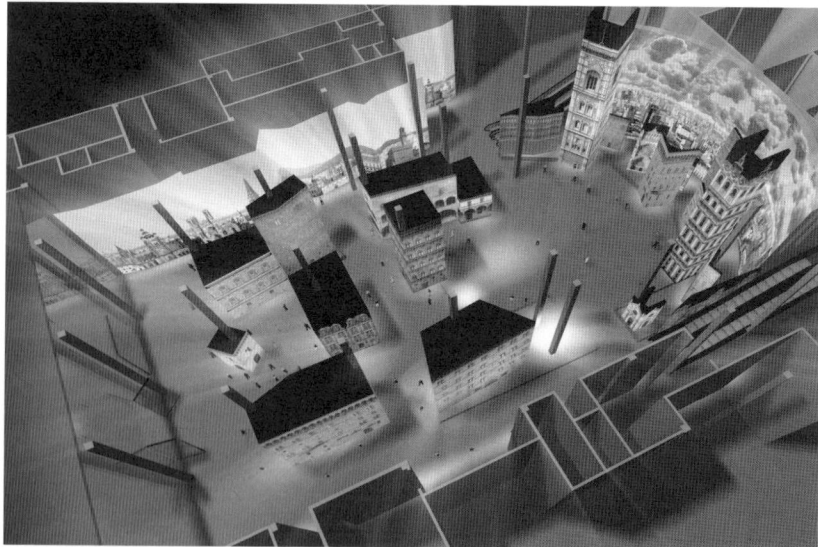

想到哪里就去哪里，想停就停，想走就走，没有任何压力，没有任何束缚的那种状态。我也没有特别刻意地去创作，但作品自己像流水似的源源不断。那是精神上最自由的时候。现在至少外来的限制特别多，但没办法，所以我现在挺留恋当时的生活。

周国平 ｜ 你一直非常忙，是时间的紧迫感，还是工作本身给你带来了太大的乐趣？

王小慧 ｜ 都不是，我现在常常觉得不开心，不是一直在做我喜欢的事。

周国平 ｜ 不是你自己的计划，是外来的任务？

王小慧 ｜ 不都是我自己特别想要的东西。

周国平 ｜ 这个我觉得，面对这样的问题，你要坚决一点，不要太勉强，我知道你不讲利益，但是你讲面子。

王小慧 ｜ 但是力量不够，真正想做的事太多，也都很紧迫的。我真的想把我妈妈的故事写出来。

周国平 ｜ 我觉得你一定要把这件事提到前面去，否则你的这种遗憾、后悔和自责都会很重的。现在你很多时间是在中国做事，是不是有些体制内的任务你不得不承担？

王小慧 ｜ 有些是必须要做的。

周国平 ｜ 像世博会的设计，你承担了，又不能按照你的心意做，是吗？

王小慧 ｜ 不完全是这样，说起来太复杂。

本页与对页：世博会主题馆之"城市足迹馆"共有两万平方米，不同楼层和不同大厅中标方案的设计图

周国平 ｜ 关系太复杂？

王小慧 ｜ 这个任务我觉得是很有意义的。世博会百年一遇，能够参与，而且是做最主要的场馆之一——主题馆。每届世博会都有一个主题，主办方都要做一个主题馆。因此，这是国家项目，能参与也是种荣誉。我的团队前后做了四年，从"课题组"到"项目"，从最早的"世界博览馆"，到后来的"城市文明馆"，现在叫"城市足迹馆"，都是讲述世界文明历史，但和原来主旨相差甚远。我们四年前做的最早的方案，我还是觉得那是最好的，看过我的最早方案的很多外国朋友也这样觉得。后来被改了不知多少稿。

周国平 ｜ 这就是名声之累，一个人成名了，社会上的事情就会特别多。你的创作也是这样，社会给你的项目不一定是你自己真正想做的，这也许是你不快乐的一个原因。

王小慧 | 有可能，反正我对自己现在的生活状态不满意，我觉得不应该这样子，但是我又没办法改变它。

周国平 | 一旦走上这条路，就有好多自己不能支配的因素，没有了退路。

王小慧 | 或者退路艰难。所以我这些年的梦常常是各种各样的逃离场面，紧张奇特至极。电影《盗梦空间》中有一个镜头，主人公逃离时巷子越来越窄，几年不能脱身。我也曾有过类似的梦境，但都不是在跑。有时是乘一艘大船，在上海式的弄堂中穿行，巷子越来越窄，拐不过弯来，因为船太大了；或是乘小型私人飞机，飞得极低，几乎要撞到房子，还有被电线缠住的危险……总是试图飞高飞远，但飞不起来，不断躲避一个个危险，目不暇接。

在几年前做的梦也常常是逃离，比如是宁静的绿色湖中一座安静的、漂亮的玻璃房子，我走在通向这房子的独木桥上，没走到时就想返回，但转身都很危险，怕掉到湖水中，结果只能艰难地骑在独木桥上一点点往回蹭。这样的逃离总好像是不美好的画面，不是灾难至少也是恐怖的场面，而且我不是慢慢地逃而是仓惶地逃。这是有区别的，很大的区别。我在德国出的一本画册叫《女人》，那本书的序中，一位德国女作家曾评价说，我做的那些梦中的水是代表感情世界，这水的景象总是很美，很吸引我，但我总是怕落到水中，总是在落入前被惊醒，是我不敢把自己放纵到情感之中，也不敢放开去爱或接受爱。也许她说的有一定道理。而现在的梦传达了什么信息给我呢？是潜意识中对现实生活表现出的反感甚至恐惧？我的梦境总是一种奇特的时空交织，或者是时空模糊。它既总好像与你距离很远，但又常常感觉上很贴近，好像真的一样。熟悉的与陌生的人物、事件穿插迭合又分离孤立，令人费解。我常常在梦中就已经在思索，醒来再继续……

周国平 ｜ 我觉得可能反映现在你的工作环境给你的压力相当大，这个体制使你在相当程度上失去艺术的自由，你内心是很焦虑的。也许没有什么好办法，客观上你必须做一些妥协，想明白了这一点，心理压力会小一些。好在你做的多数事情仍是自己想做的，而且能够按自己的想法做的，这就行了。我比较幸运，完全自己安排自己的工作，没有外来的任务。现在体制越来越强大，许多学者都被安排了，好在大家都知道我是闲人一个，不会来安排我。

王小慧 ｜《我的视觉日记》新版本的结尾，出版社觉得我写得太悲观了，我坚持这样写。我真的不知道我现在是快乐还是不快乐。孔子说"四十不惑"，我到现在还在惑着。

周国平 ｜ 这就对了啊，说明你还年轻。该惑的事情不惑，那是世故，不是真正的明白。

王小慧 ｜ 经常困惑，而且困惑比以前更大了。

重与轻

人生中什么重要

人身上最宝贵的，一是生命，二是灵魂。一个人无论追求什么东西，都应该问一问自己的生命和灵魂，那是否是它们真正的所需，它们是否真正感到快乐，如此来确定取舍。

老天给每个人一条命，一颗心。把这条命照看好，把这颗心安顿好，人生即是圆满。

人生的坐标

每一个人的人生都面临许多可能性，也都只能实现其中也许很少一部分可能性。实现多少和哪些可能性，实现到什么程度，因人而异。这不仅取决于机会，也取决于目标的定位。目标的定位，需要有坐标。坐标分两类，一是功利性的，一是精神性的。只有功利性坐标的人，生活得很实际，但他的人生其实是很狭隘也很单调的。相反，精神性坐标面向人生整体，一个人有了这样的坐标，虽然也只能实现人生有限的可能性，但其余一切丰富的可能性仍始终存在，成为他的人生的理想的背景和意义的来源。

距离显示事物的意义

人生中有些事情很小，但可能给我们造成很大的烦恼，因为离得太近。人生中有些经历很重大，但我们当时并不觉得，也因为离得太近。距离太近时，小事也会显得很大，使得大事反而显不出大了。隔开一定距离，事物的大小就显出来了。

我们走在人生的路上，遇到的事情是无数的，其中多数非自己所能选择，它们组成了我们每一阶段的生活，左右着我们每一时刻的心情。我们很容易把正在遭遇的每一件事情都看得十分重要。然而，时过境迁，当我们回头看走过的路时便会发现，人生中真正重要的事情是不多的，它们奠定了我们的人生之路的基本走向，而其余的事情不过是路边的一些令人愉快或不愉快的小景物罢了。

那不能带走的东西并未丢失

第一次离开父母远行，你审视着这个熟悉的家，仔细挑选要带走的东西。在屋子的各个角落里，到处藏着一些小物件，也许是幼时玩过的一个布娃娃，上小学时写着歪歪扭扭字迹的练习簿，某一次郊游采集的标本，陪伴你度过了许多寂寞时光的书籍和录音带，一沓沓还没有来得及整理的相片和信。你为你即将走向新的生活而激动，却仍然与昨天的生活难舍难分。这间屋子里藏着你的童年和青春，你多么想把珍贵岁月的一切见证都带走。

人在世界上行走，在时间中行走，无可奈何地迷失在自己的行走之中。他无法把家乡的泉井带到异乡，把童年的彩霞带到今天，把十八岁生日的烛光带到四十岁的生日。不过，那不能带走的东西未必就永远丢失了。也许他所珍惜的所有往事都藏在某个人迹不至的地方，在一个意想不到的时刻，其中一件或另一件会突然向他显现，就像从前的某一片烛光突然在记忆的夜空中闪亮。

我相信，人生中有些往事是岁月冲不走的，仿佛愈经冲洗就愈加鲜明，始终活在记忆中，我们生前守护着它们，死后便把它们带入了永恒。

1

纵横交叉的路

　　面前纵横交错的路，每一条都通往不同的地点。那心中只有一个物质目标而没有幻想的人，一心一意走在其中的一条上，其余的路对于他等于不存在。那心中有幻想而没有任何目标的人，漫无头绪地尝试着不同的路线，结果只是在原地转圈子。那心中既有幻想又有精神目标的人，他走在一切可能的方向上，同时始终是走在他自己的路上。

　　王小慧 ｜ 这是二十年前在爱丁堡拍的一张照片。那些车站上的铁轨，有的交错在一起，有些又在远处分岔，我父亲觉得我拍的这一张照片很像我当时的人生，诱惑非常多，不知它们伸向何方。面前有许多路可走，条条在闪光，不知应该走哪一条，每一条路都可能会很好。

　　周国平 ｜ 美国诗人弗罗斯特有一首著名的诗，说的正是这个意思。林中路分为两股，走上其中一条，把另一条留给下次，可是再也没有下次了，因为走上的这一条路又会分股，如此至于无穷，不再有可能回头来走那条未走的路了。人生面临各种可能性，选择了一种可能性，就意味着放弃了其他的可能性。

王小慧 ｜ 所以我也常常想，假如我选择了其他的路，也许真的可以也做得很好，比如当导演，比如做建筑师，比如做服装设计师，比如搞文化沙龙，还有许多许多，但我当时选了自由艺术这条路。毕竟你有一个目标，只要你朝着这个目标走，相信你一定能走近它，近了自然会找到一条路了。走这条路的时候，能坚持不放弃也是很重要的，因为这条路可能很长，很曲折，也不平坦，你可能有时候会怀疑自己的力量能否继续走下去，能不能坚持到底。坚持下去的人就成功了，梦想就变成现实了。

周国平 ｜ 前提是你的目标非常明确，你已经做出了选择。但是，人生有时候会面临选择的困境，不知道走哪条路更好。

回过头来看这张二十年前的照片，反倒感慨有些神秘的暗示，现在我所做的一切，包括跨界艺术的创作与我的人生走向，不正暗合了当年的交叉铁路所隐喻的吗？

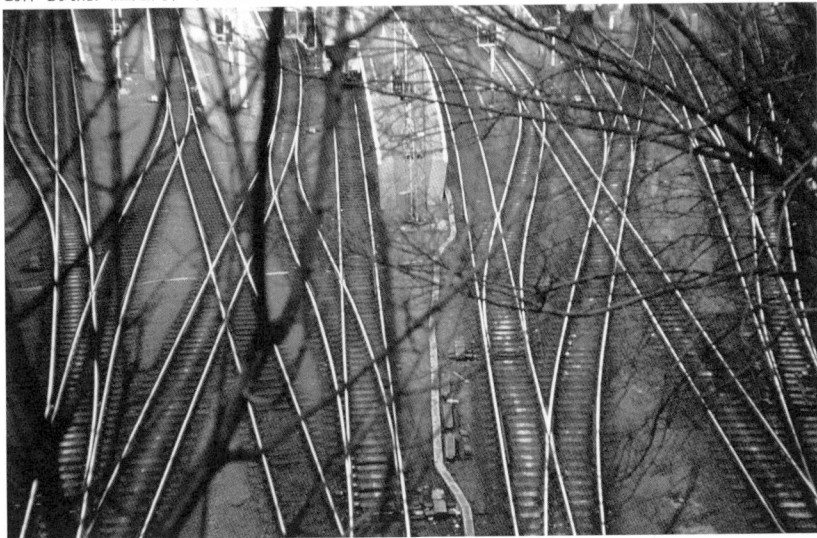

王小慧 ｜ 对，你在选择时往往不清楚它是否正确，是否要花很大代价，这代价是否值得，以及这个选择对你未来生活道路有多大影响。有的时候是需要距离才能识别，就像我们常说的"不识庐山真面目，只缘身在此山中"，观察一个事物的时候，有时候要多一个维度才能更清楚。蚂蚁在走路时，它实际上不知道方向，而我们却看得很清楚，因为我们是在另外一个维度里去看它们，所以我们会说站得高才能看得远。

周国平 ｜ 这个距离，可以是空间的，也可以是时间的。

王小慧 ｜ 是的，汽车在高速公路上飞驰，看着那些很快靠近又甩到身后的景物，我常常想：那么巨大的东西，转眼就变小，再后来就看不到了。人生中的很多事也会逐渐消失，当时觉得很大的事，过后再看也许不过是一个小小的点。那些经得起时间检验，大到足以使距离可以忽略不计的东西，才称得上有恒久的意义。

周国平 ｜ 时间是最权威的评判员，人是否伟大，书是否经典，事件是否重要，最后都是时间说了算。

王小慧 ｜ 很多事情在经过时间的检验以后，才会知道它真正的价值。在我很年轻时曾经与一个人热恋过，但是因为某种原因，我们不能走到一起，我当时非常痛苦，而且得了病以至于休学。过了很多年以后，我再遇到这个因为不能在一起而让我痛苦得无以复加的恋人，才发现其实我们在一起并不一定是合适的。假如我当年不顾一切地与他走到一起，可能付出很大，但照今天看来那肯定是一个非常错误的选择。

我在德国的导师是一个非常有名的才子，曾经是慕尼黑大学最年轻的教授，他因为和一个女学生好了，激怒了他的太太，他的太太就

80 年代末，与俞霖在柏林墙前，当时真的很年轻，对世界充满好奇与渴望

把房子一把火烧掉了，当时成为媒体上轰动一时的大新闻。他太太的家族地位非常显赫，她父亲是当年我们大学的校长。要知道，就好比是哈佛、耶鲁的校长，因为我们学校在德国高校排名是前两名的。这件事当年对他的影响非常大。可是，当我到他那里求职的时候，他用这样的话来宽慰我："有的时候让你觉得天都会塌下来的事情，在经过十年、二十年以后，你会觉得它无足轻重，甚至可以一笑了之。"当时他跟我讲这句话的时候，我还体会不了，直到我自己经历了很多事情以后，我才觉得他说得对。

周国平 ｜ 我自己体会，到了一定年龄之后，价值观已经相当明确和坚定了，选择的困境就比较少了。你知道你到底要什么，什么东西是真正重要的，就不太会受外界因素的左右了。你站得足够高，这种精神上的距离在发生作用，在一定程度上代替了时间和空间的距离。

2 浪漫不需要钱

曾经有一个年代，笼罩着一种精神浪漫的氛围，思潮即时尚，哲学是最有诗意的东西。曾几何时，一切思潮都消退了，沉寂了。今天，物质浪漫取代了精神浪漫，最有诗意的东西是财富，绝对轮不上哲学，时尚成了时代的唯一主角。对于今天的青年来说，那个年代已经成为一个遥远的传说。

王小慧 ｜ 有些人总是说，人生不享受干什么？在那种享乐主义者看来，好像我是苦行僧，把工作作为全部的生活内容。我有时候就想，像他们的那种享受，我真的能完全放松身心地去享受吗？而且我会真认为那是种人生大享受吗？其实我机会挺多的。

周国平 ｜ 我相信是这样。

王小慧 ｜ 现在好多追求物质的女孩子想要的东西，其实对我来说都是唾手可及的。但我觉得那都是过眼云烟的东西，有些我甚至不屑一顾。

周国平 ｜ 你的兴趣不在这里。

王小慧 | 我一直说浪漫不需要钱，创意也不需要太多钱。钱太多，反而不去创意了。

周国平 | 浪漫不需要钱，说得非常对。

王小慧 | 现在的年轻人觉得，浪漫就一定要高级餐厅，一定要香槟，一定要蜡烛啊。我说如果在一个小茅屋里，两个相爱的人，还是可以很浪漫的，不需要物质的东西来陪衬。当然可以有物质的东西，我不是反对物质的东西，我觉得物质不是前提，不是必需的。

周国平 | 首要的和必需的是心灵的丰富，情感的真切。现在的年轻人太看重外在的东西，把品味、情趣、格调这些精神层面的东西都归结为物质的东西了，其实只是追逐时尚罢了。不过没办法，这个时代大家内在的东西比较空，就只好看重外在的东西。一个人只有内在比较充实，才不会看重外在。

王小慧 | 我想起有一个中国留学生，当时二十六岁，当我的助手。一个六十二岁的很有钱的人追我，她开玩笑说，你怎么不动心啊，这个人这么苦苦追求你，你连正眼都不看他一下，他要是追我的话，我就嫁给他。我说，你们年龄差太多了。她说，假如他在游艇上向我求婚，船舱摆满玫瑰花和蜡烛，多浪漫啊，我马上就答应他。她想象的那种浪漫，或是她们这一代人心目中的浪漫，完全被好莱坞电影的那种媚俗、那种伪浪漫给洗脑了。我对她说，那不叫浪漫，如果你不爱他的话，那一切就都不叫浪漫。但在她们觉得你怎么知道我不会爱上他呢，他如果对我非常好的话，我觉得我也会爱上他。我不知道现在的年轻人还懂不懂什么叫真爱。

周国平 | 有人说过，在今天这个时代，金钱是最性感的。事实也

"王小慧与 10000 个梦"展览的大型装置作品

由一万五千根十米长的红丝带，三千个红气球与一万只被年轻人画了他们梦想的小车模组成。俯视之下，玻璃板下透出灯光，照得红丝带和红气球格外鲜艳

是这样，巨大的财富往往能增加一个男人的魅力。没准她真会爱上他呢？

王小慧 ｜ 德国新的俗话："厚重的钱包使男人性感。"所以她爱的还是财富，或者说是财富带来的所有周边的这种可能性。

周国平 ｜ 对，她就不会去设想爱上一个六十二岁的穷艺术家。

王小慧 ｜ 我记得第一次到威尼斯，我和我的老大哥在圣马可广场坐下，一人点了一杯矿泉水，因为咖啡馆里最便宜的就是矿泉水，当时就是为了享受那个圣马可广场夜晚的感觉。我们在学建筑史的时候，对这个广场学得了如指掌，连平面图都记得非常清楚，没想到自己能在那种地方散步，好像在做梦一样的。那时候在威尼斯咖啡厅一杯矿泉水大概是四五个德国马克吧，换算为人民币差不多二十块钱，你想我当时一个月工资只有五十多块钱，太奢侈了，呵呵，喝一杯水要二十块钱。我的同事都不会在外边喝咖啡，我和那个老大哥喝水，你不喝水就不能坐在那儿慢慢地体验。坐贡多拉在小水巷转，就更贵了，本来同去的同事商量大家分账，但还是觉得太贵了没乘。我还记得有个电影叫《大班》，我们都特别想去看，我的同事包括这个老大哥就站在电影院门口，站了最少半个小时，但十个马克还是太贵了，正好是一个月的工资。当时还是按中国的消费标准来看，来判断价格的。

周国平 ｜ 刚出国时都这样，用国内的物价来比。

王小慧 ｜ 当然日常生活也花钱，但大家都在存钱，存钱买大件，像冰箱、洗衣机这类东西，就我不存钱。我都买胶卷了，或者买邮票、打电话。那时俞霖在柏林，我们要打长途电话。记得拿一大把的硬币，在那个电话亭里头，很快就用光，真的挺浪费的。我一直信奉这一点，我绝对给精神花的钱比给身体花的钱多。我已经有十几年没有去理发馆了，自己剪一下就算了。过去做留学生时是因为没钱去，现在有钱了没有时间去。我常常有机会上电视或被杂志邀请拍照片，他们通常安排了发型师，化妆师，我一般嫌太花时间就不让他们弄。自己很快可以搞好，为什么让他们搞一两小时？大部分在国内我做 SPA 和游泳都不必自己付款的，是赠送的，非常高级的地方，但我因没时间也很少去，或强迫自己花点时间给身体，为了健康才偶尔去的。主要是没时间。刚出国留学时觉得理发太贵，就不会去花这种钱。但看电影我就不吝啬，看歌剧我也不会吝啬，歌剧就更贵了，我买学生票，那两个小时哪怕站着听，也觉得太享受了。别人就觉得很奇怪，我的那些同事会花很多时间去买肉，因为在郊区，像咱们现在麦德龙这样的大超市，周末经常做广告，这次牛肉便宜，下次鸡便宜。他们每个星期要坐班车去很远的地方，那时候自己都没有车的，坐两个小时去买肉，就是为了便宜两个马克！我也喜欢吃肉，但我不舍得花这个时间，我宁愿不吃，或者贵一点就贵一点，不是非得要省那个钱。

周国平 ｜ 还是精神至上啊，所以愿为精神享受多花钱，又不愿为省钱多花时间。

王小慧 ｜ 我不存钱，认为该花的钱我就花。大家就觉得奇怪，你怎么肉不去买，却去看电影，电影多贵啊，他们觉得太傻了。一起出去的同事都觉得我很傻。我拍照片太多时，大家警告我少拍点，因为每按一下快门价格是二十七分尼，也就是照当时中国算法一块五毛钱，太贵了。好像后来跟学校党组织汇报的时候还说我的主要缺点是不存钱。我是在说我不省钱，包括我买花，这也是精神享受，花让我心情愉快，我宁愿花这个钱买鲜花搁在屋子里，那你说为什么买鲜花不买肉，"宁可食无肉，不可居无竹"啊！

周国平 ｜ 这才是真浪漫。

王小慧 ｜ 我觉得现在好多媒体是在误导年轻人，那些杂志啊，电视啊，总是让大家不断地消费！消费！消费！不重视精神的东西。陈凯歌说现在的孩子不幸福，有太多的物质包围着，没有了他儿时的那种自然的幸福感，那种真正无忧无虑的心境。

周国平 ｜ 这也在个人，你真正拥有精神的东西，精神上是富有的，就不会受它误导的。一个人在什么样的精神氛围中生活是很重要的，我的意思是说，虽然这个时代是不重视精神的，时代的总的氛围是这样的，但是，你自己完全可以不受总氛围的影响，自己给自己一个小氛围。比如经常读书的人，那些好的书籍就构成了他的主要的精神氛围。

王小慧 ｜ 我一个当出版家的朋友，他太太是作家。她有一篇文章写得挺好玩的，老公每天都拿一包一包沉甸甸的书回来，他老公说，不要读杂志，要读书，读杂志使人越来越浅薄，读书使人越来越深刻。

周国平 ｜ 说得对。同样是传媒时代，西方的传媒技术还更发达，我们还是学人家的，但是，很奇怪，我们迷恋于电视、网络的人比他们多得多，他们许多人不理这一套，业余时间仍然主要用来读书。还是底子不一样啊，人家有重精神价值的传统，我们没有啊。

王小慧 ｜ 我在欧洲的朋友圈中有不少人甚至是拒绝电视的，他可以有家庭影院，钱对他们不成问题，家庭影院里可以放各种电影，可以听最好设备放出来的音乐，看电视也只是为了新闻，而许多人仍愿通过电台广播听新闻，所以他们常常在浴室放收音机听广播，或是在车上听，车上也有有声读物，听别人朗诵书，这样节约时间。家里客厅有许多书的人总让人有好感，如果只有电视机和酒柜的，甚至可能让有些人看不起。

周国平 ｜ 对，从居室里的物品基本上可以判断出主人的品位。我出差住宾馆，最苦恼的一件事是，几乎所有宾馆床头灯的亮光和角度都是不适合看书的，它给你准备了电视，但根本没考虑有人要靠在床上看书。我是不看电视的，靠在床上看书则是每天的一大享受，这在现代社会里差不多成了不合时宜的怪癖。

王小慧 ｜ 所以我 2010 年用了半年时间做了" 2010 梦想计划"这个大型的艺术项目，吸引了一万名青年参与，他们用文字、访谈、绘画、摄影还有影像等多种方式讲述他们的梦想。我的初衷也是为了在这个

两千平方米的展览厅里，红色装置占据主要空间，我还用四百个废弃的旧电视机做了一个电视墙，播放两千零一十个青年讲述他们梦想的影像

物欲横流的时代提醒一下青年人，除了物质以外我们是否还需要追求一些精神的东西。我一直欣赏徐志摩的那句话：宁做物质上的平民，也要做精神上的贵族。许多物质的东西你一旦拥有多了时会发现，其实你并不需要那么多。我自己就觉得占有的物质已经太多了，多少双鞋、书包、衣服一两年都不去碰一下。我不反对物质生活的丰富，但前提是不能仅仅追求物质生活而丢失了精神生活。后者永远应当是比前者重要得多。

3 内在的从容

无论你多么热爱自己的事业，也无论你的事业是什么，你都要为自己保留一个开阔的心灵空间，一种内在的从容和悠闲。唯有在这个心灵空间中，你才能把你的事业作为你的生命果实来品尝。如果没有这个空间，你永远忙碌，你的心灵永远被与事业相关的各种事务所充塞，那么，不管你在事业上取得了怎样的外在成功，你都只是使用了你的生命而没有品尝到它的果实。

周国平 ｜ 许多年来，你把你的全部精力投在工作上、创作上，这样是不是太苛待自己了？我觉得，一个艺术家也应该有一个好的生活状态，不能总是工作。如果节奏放慢一点，对你的艺术未必没有好处。

王小慧 ｜ 我也是这样觉得，但是没办法，身不由己，就像穿上了魔鞋一样，有时候是想停的，就是停不下来。

周国平 ｜ 需要一个外力。

王小慧 ｜ 就像童话《小木克》里的那个孩子，被渔网拦住了，他才停下来。

周国平 ｜ 现在少了一张渔网。

王小慧 ｜ 对，我经常想，这张渔网就是病，让我病倒了，我才会什么都不干了。我有三个很好的朋友都得了癌症，他们整个生活方式都改了，有的人因为癌症，反而活得更健康了。

我最好的一个德国朋友，跟我合作写书的那个女作家，她得了乳腺癌，很多年了，现在她挺健康的，每天坚持锻炼，生活也调整得很好，她和她丈夫之间的感情也更好了，是特别让人感动、羡慕的那种关系。

还有一个好朋友，是生活在美国的中国人。那天我在网上看到她和一位名人一起的一张照片，剃了个光头，感到挺好看挺特别。而且我觉得只有她那种瘦瘦高高的类型才适合这样，真的很帅的。我说你现在玩酷了，她说不是啊，我化疗呢，差点死掉。她说其实是你害了我，因为二十年前，她是一本国内很权威的建筑学专业杂志的编辑，也喜欢我那本建筑学的学位论文，帮我连载在杂志里，她说你当年对我说的一句话害了我，那句话就是"要挑战极限"，多年来她就一直在挑战极限，根本不考虑身体的。自从得了病之后，她完全改变了生活方式，除了养生健身之外还经常去逛逛街，做做按摩。她说你还是太虐待自己了，何苦呢？你说没时间，其实时间是你自己分配的，就看什么事情对你更重要，你才把时间花到那事上。她说你要分配给自己时间，其中包括健身的时间，休闲的时间，消费的时间，享乐的时间。她说你害了我，现在我警告你必须善待自己。我很感谢她的忠告。我觉得我要是得了她们的病，肯定没有那么乐观勇敢。

周国平 ｜ 其实别人也会觉得要是发生了你这样的车祸，肯定没有你这样勇敢。生活就是这样的，发生了灾难，旁人看起来很可怕，在漩涡之中的人只能承受，旁人就会觉得你勇敢，这个勇敢是逼出来的。

王小慧 ｜ 对，可能是这样的。西方人有一句话："工作是为了生活。"他们说我相反，生活是为了工作。

周国平 ｜ 这个工作应该是自己真正喜欢的，能够让自己的能力真正得到生长和实现的。其实西方的传统一直认为，这样的工作是人生的意义，是生活的目的。如果工作是自己不喜欢的，当然就只能是谋生的手段了。

王小慧 ｜ 他们觉得安逸的生活是高品质的生活，是在享受生活，但他们没有创造性。对我来说，一定要有创造性。他们因为工作不是自己喜欢的，一旦停止了工作，就会很开心，而我工作的时候会比我没事干的时候更享受一点。这点我小时就这样，没事干时觉得很无聊，

2010 年在哈佛大学参加关于中国如何对外树立自己形象的主题论坛

要问妈妈我现在做什么呢？妈妈如果让我画一样东西，或看一本书，或弹钢琴我就高兴了，因为有事干了。所以她那时给我的绰号是"小闲不住"。

周国平 ｜ 不过你不工作的时间还是少了一点。我有这样的感觉，有时候完全沉在写作中，思维很活跃，当然也是很好的状态，但不可能总是这样。我觉得必须有休整的时间，而且这对写作也是特别有好处的，好多东西是在那个放松的状态中生长的，再回到写作中，你会感觉精力更充沛，思维更活跃。

王小慧 ｜ 我是没有充电的，德国人骂女人的俗话是"母牛"，意思是你人很蠢，我在那边讲学开场时有时会对德国人开玩笑说：我是一头"母牛"，人说牛吃的是草，挤的是奶，但我连草都没时间吃，就得给你们挤奶了。其实我是喜欢充电的，喜欢有时间多看书，多看展览，特别喜欢看电影，还有听歌剧，时间更多时去旅行。至少能有点时间泡泡澡、睡睡觉，与好友聊聊天。

周国平 ｜ 不要委屈自己，要给自己喜欢的这些事留出时间，这实际上也是给自己的心灵留出自由的空间。心灵的自由空间是一个快乐的领域，其中包括创作的快乐，阅读的快乐，欣赏大自然和艺术的快乐，情感体验的快乐，无所事事地闲适和遐想的快乐等。所有这些快乐都不是孤立的，而是共生互通、互相促进的。如果一个人永远只是埋头于创作，不再有工夫和心思享受别的快乐，创作的快乐也会大打折扣。

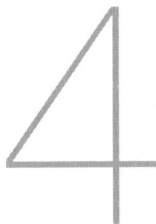

4 心灵的谷仓

一个年轻女子从前方走来，她左手端着烛台，右手小心翼翼地护着摇曳的烛光。她无法阻止蜡烛在时间中渐渐燃尽，但她想让烛光永驻，带着它走向世界，照亮一切时间。

人分两种，一种人有往事，另一种人没有往事。

有往事的人爱生命，对时光流逝无比痛惜，因而怀着一种特别的爱意，把自己所经历的一切珍藏在心灵的谷仓里。

王小慧 | 生活中有很多有形或无形的东西，你无法把它们带走，这种体会太多了，因为我总在世界上漂泊，常常感到不可能把所有想要的东西都带走。二十年前我创作的这组照片，叫《试图带走珍贵的东西》，里面就是用烛光来象征这些无法带走的珍贵的东西，后来这组作品被收入英、美、德《150 年大师摄影作品集》。对我来说，这些珍贵的东西就好像烛光一样，你没办法把它带走，一切都只能保存在记忆中。

周国平 | 对，你没办法带走，但只要保存在记忆中了，它们就仍然在。记忆是留住人生中珍贵时光的唯一方式，但记忆也会暗淡和消失，

所以我们需要艺术和写作。对于个人来说，艺术创作和写作的最初动机是抢救记忆。

王小慧 ｜ 人生中有许多东西是时间和空间也不能割断的，比如说真正的友谊、亲情，虽然你不能把它带走，但是它永远会在那里，即使你远在天涯海角，我刚才对你说过，就好像是一个半径可以无穷放大的圆一样，你是圆心，这个圆会永远包容着你。

周国平 ｜ 我也觉得，人生中最珍贵的东西都和感情有关，包括爱情、亲情、友情。

王小慧 ｜ 别人看得很重的东西，我看得很轻，别人都不理解。比如说在德国办理退休金啊，养老保险啊，十年前我觉得很遥远，现在我还是觉得很遥远，不是我要想的东西。并不是我多么富有，但是，如果说一份退休金对我可能有意义，我会觉得很奇怪。而我德国的朋

《试图带走珍贵的东西》No.1、No.2（1990）

友认为迟早应该想这个事。还有税务啊、财务啊我不愿意在这类事上花精力，比如那次车祸，打车祸的官司可能会赢很多钱，可是我觉得我的时间花在打官司上太无意义。这些好心的人就说怎么会无意义呢，可能会拿一大笔赔偿金啊，为什么你不试试看。可是我就觉得那样的话，我就总是缠在这件事里边，浪费时间，而其实精神也很不愉快。有的时候我也蛮固执的，不听人劝。周围人都这样劝你的时候，你还坚持，就证明这人固执，是不是啊？

周国平 ｜ 这倒不是，如果你确实讨厌这个事情，你还是应该听从内心的声音，因为你真去做的话，你会很难受的。

王小慧 ｜ 对的。我总结说，跟着感觉走，最后还是不想做，就不做。可是理性地分析，好多事情还是应该做的。

周国平 ｜ 理性是一种公共性，对大家都适用的道理，但未必适用于你。说到底是一个价值观的问题，你最看重的东西不能放弃，其他的就只能是可要可不要了，人不能什么都要。

王小慧 ｜ 在《我的视觉日记》里我写过一句话："假如上帝只允许我带走两样东西的话，那就是照相机和日记本。"到时候如果真的着火了，我就抢我的日记本，不去抢那些存折、首饰、手表什么的。

周国平 ｜ 我在《人与永恒》初版序里写过类似的话，我说："有两样东西，我写时是决没有考虑发表的，即使永无发表的可能也是一定要写的，这就是诗和随感。前者是我的感情日记，后者是我的思想日记。如果我去流浪，只许带走最少的东西，我就带这两样。因为它们是我最真实的东西，有它们，我的生命线索就不致中断。"对一个人最珍贵的东西，就是那些最特殊、最个人的东西，仅仅属于他，其中凝结了他的岁月和心血，这种东西对别人也许完全无用，对他却是一切别的东西不能比的。那些物质的东西，包括金钱和财宝，其实是最没有个性的，在谁那里都是一个样，可以在任何人之间转手和流动。

王小慧 ｜ 对。2010 年 11 月 15 日上海一个住宅楼着了大火，我听到很痛心的事是一位住在那楼里的艺评家，他的一部未发表的书稿付之一炬了，其他能用金钱买到的东西的损失是无法与之相比的。我也曾丢过一个书稿，和第一次回国记的日记本，我知道那损失是多少保险金也补不回来的。再写的东西永远与第一次写的不同。我喜欢你的那句话，"心灵的谷仓"，你说有往事的人才会把自己所经历的一切珍藏在心灵的谷仓里。我就喜欢搜集这种东西，这种包含着珍贵记忆的东西。比如说俞霖帮我放大的照片，无论买家出多少钱我都舍不得卖掉，很多人想买，别人说你卖掉一张没关系，你不是还有其他的嘛，但我就不忍心卖它。

周国平 ｜ 一个东西对于你的价值取决于在你人生中的意义，不是市场价格能够估量的。

王小慧 ｜ 他们说你有很多照片是他帮你洗的，这张照片你有底片，以后可以再洗，但是我就是不肯卖。我也没时间洗，有时间的话，我还不如给我妈妈写书。所以，我的价值观跟别人的不大一样，有时候我觉得我挺迂的。

周国平 ｜ 这才是真浪漫，珍惜心灵的财富，活在精神的世界里。在那些假浪漫的人看来，这就是迂，是犯傻和过时。

王小慧 ｜ 德国有一套圣诞故事丛书，每年请不同作家写他们自己的圣诞故事，是我的一个女朋友主编的。有一年她邀我写一个圣诞故事，我就写了一个，题目叫做《有一点点圣诞的感觉》。我就讲到那一年我与当时男友分手时，我坚持要在圣诞节回来，一天都不能等。结果圣诞节那天晚上飞机很空，几乎没什么人。那天的菜特别好，因为是圣诞节嘛，但送来的所有东西我都不吃，就是一直在写日记。我旁边的一个瑞典人，他问我是不是不舒服。我不能给他讲整个跟男朋友分手的故事。我就说："我挺害怕的，一年没回家了。我现在回家，一定很冷清、很孤独，我害怕回家，回家会很难过，不想过圣诞节。"在法兰克福机场转机，我回慕尼黑，他也转去斯德哥尔摩，他很高兴能回去见他的家里人了。分手时他说他要上厕所，问我能不能帮他看着他的包。我有点奇怪，那个包也不是很重，就像一个手提公文箱那样大小的，我觉得没有多少必要，但我也没有多想，那时候整个人云里雾里的。我等了他一会儿，他就回来了，给我拿来一瓶香水，包装得很精美。他说："这个是给你的圣诞礼物，想给你一点点圣诞的感觉。"我特别感动，这样一个素昧平生的人！我觉得他们真的是很有人情味的。

周国平 | 那是哪一年？

王小慧 | 1995 年，我从香港回德国的时候，在法兰克福机场发生的事情。我在那篇文章的结尾说，"那个人跟我告别了，我就傻站在那儿很长时间，拿着这包礼物，很感动。这个香水我多少年一直都没有用它，每次看到它，我都感到这种温暖，这种陌生人之间的温暖。"我觉得好多人不珍视这些，我就挺珍惜的，比如说这个香水别人就有可能会用掉它，但我放了十五年，因为它对我而言意义特别，已经不是物质的了，而是一种回忆，一种美好的回忆。

实与虚

内在的眼睛

我相信人不但有外在的眼睛，而且有内在的眼睛。外在的眼睛看见现象，内在的眼睛看见意义。被外在的眼睛看见的，成为大脑的贮存，被内在的眼睛看见的，成为心灵的财富。

许多时候，我们的内在眼睛是关闭着的。于是，我们看见利益，却看不见真理，看见万物，却看不见美，看见世界，却看不见上帝，我们的日子是满的，生命却是空的，头脑是满的，心却是空的。

不存在自在之物

我们不是以外在于世界的方式活在世界上的，每个人从生到死都活在世界之中，并且不是以置身于一个容器中的方式，而是融为一体，即我在世界之中，世界也在我之中。对我而言，唯有那些进入了我的心灵的人和事才构成了我的世界，而在进入的同时也就被我的心灵所改变。这样一个世界仅仅属于我，而不属于任何别的人。它是否实有呢？如果答案是否定的，则我们就必须进而否定任何实有的世界之存在，因为现象纷呈是世界存在的唯一方式，在它向每个人所显现的样态之背后，并不存在着一个自在的世界。

即使在上帝眼里，世界也没有一个本来面目。上帝看世界必定不像我们看一幅别人的画，上帝是在看自己的作品，他一定会想起自己有过的许多腹稿，知道这幅画原有无数种可能的画法，而只是实现了其中的一种罢了。作为无数种可能性中的一种，既有的世界并不比其余一切可能性更加实有。唯有存在是源，它幻化为世界，无论幻化成什么样子都是一种虚构。

心灵也是一种现实

理想，信仰，真理，爱，善，这些精神价值永远不会以一种看得见的形态存在，它们实现的场所只能是人的内心世界。正是在这无形之域，有的人生活在光明之中，有的人生活在黑暗之中。

对于理想的实现不能做机械的理解，好像非要变成看得见摸得着的现实似的。现实不限于物质现实和社会现实，心灵现实也是一种现实。尤其是人生理想，它的实现方式只能是变成心灵现实，即一个美好而丰富的内心世界，以及由之所决定的一种正确的人生态度。除此之外，你还能想象出人生理想的别的实现方式吗？

不做梦的人必定平庸

两种人爱做梦：太有能者和太无能者。他们都与现实不合，前者超出，后者不及。但两者的界限是不易分清的，在成功之前，前者常常被误认为后者。可以确定的是，不做梦的人必定平庸。人们做的事往往相似，做的梦却千差万别，也许在梦中藏着每一个人的更独特也更丰富的自我。在一定意义上，艺术家是一种梦与事不分的人，做事仍像在做梦，所以做出了独一无二的事。

1

现实与非现实之间

> 人同时生活在外部世界和内心世界中。内心世界也是一个真实的世界。或者，反过来说也一样：外部世界也是一个虚幻的世界。

王小慧 ｜ 在 Feldafing 这个地方我住了很长的时间，80 年代末，德国那个演员自杀以后，七个月都住在那个美丽湖边上，每天在湖边散步……人住在那种地方和住在上海这地方感觉完全不一样的。所以，我妈妈住的天津那个家的窗子，我用的是磨砂玻璃，为了和外头分开。我就是不愿意看到太现实的世界。作为一个艺术家，我喜欢和现实世界有距离。我 2008 年在瑞士出的一本画册就叫《现实与非现实之间》。我选择拍摄的场景，不是日常生活的场景。好多人都选择现实生活的场景，那样拍起来容易许多。我希望做的东西时间、地点和人物有种不确定性。

周国平 ｜ 艺术就是要打破现实与非现实之间的界限。这也是现代哲学的一个基本立场，就是不承认这个区分，现象背后并没有一个本质，因此不能用所谓本质来判断虚和实。

王小慧 ｜ 我从小就喜欢一种不现实的生活状态，不是真的跟大家在一起的。以前不许骑自行车带人，我爸爸从幼儿园接我的时候，要骑车带我，有时候会被警察抓，到警察局谈话。我在外面等着，就想着各种各样的故事情节，有时候会觉得恐怖得不得了，比如想象我爸爸被警察枪杀了。那是五岁左右。到六岁时让我长托了，一个星期接一次。开始时特别孤独，几天不吃饭，哭啊，很自闭，不跟别的小孩子玩。小时候如果有人问我希望将来的生活是什么样子的？我说要像小说、电影一样的。那时我想电影里的人不睡觉不吃饭，很少做日常的事情，如果我们的生活像电影一样就好了。大概是幼儿园的时候，我还很有道理地对小朋友们说："你看电影，你看过他们上厕所吗？你看过他们洗脚吗？当然没有啦。"当时我的直觉是，电影都给你看最好看的地方。没有无聊，只有精彩，假如人生像电影该多好。后来我的生活也总是流离于现实与非现实之间。

《女人的上海花园》No.4（2008）
这幅作品曾在拍卖会上卖到二十八万元

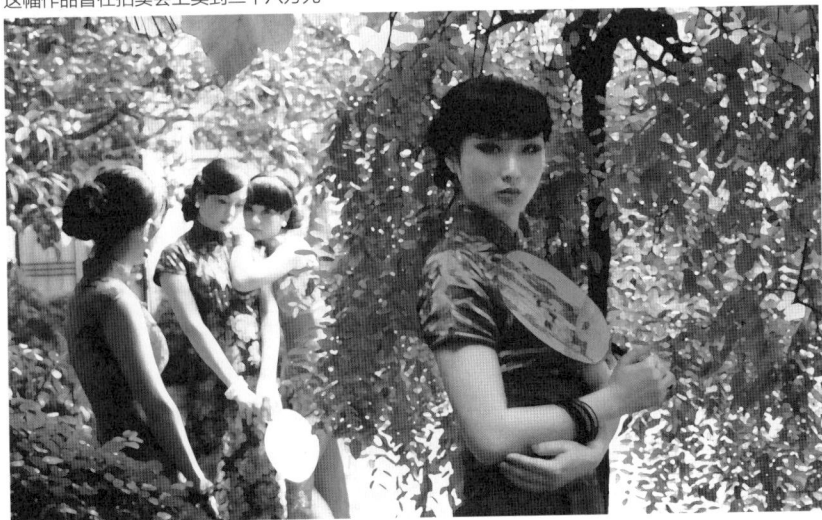

周国平 ┃ 你喜欢抽象摄影，看来不是偶然的。

王小慧 ┃ 包括电影《破碎的月亮》，实际上好多是非现实的场景。我喜欢的拍摄场景都有点非现实的，包括《女人的上海花园》，我说那里像是"世外桃源"，给人的印象绝不像一般的上海里弄。太现实的地方，我就觉得特别受拘束，感觉就不自由了。像我拍的泰国妓女，和别人看到的泰国妓女感觉是不一样的，总有点虚幻的味道，不是很写实的。这还是我摄影作品中最纪实的一个系列，在科隆的摄影博览会得了奖，大家都说这哪叫纪实摄影，好像拍电影一样的，像是做出来的场景。我说就是纪实的，而且我以后不再这样拍了，我觉得这对我来说还是太实了一点。我现在想我为什么有时候不很开心，来上海后生活、工作很好，可以做很多事情，效率很高，我又是个工作狂，为什么还不满足？我觉得最大的问题可能是太实，我不喜欢。

周国平 ┃ 包括所做的事情？

王小慧 ┃ 对。我不喜欢柴米油盐酱醋茶，虽然每个人都会遇到这些事情。假定是我做饭，我一定会做得不一样。我做的中国饮食文化的书，全世界有八种翻译语言，1992 年出的，到现在仍卖得很好。可以说是我书中发行与流传最大最广的。我的所有艺术画册都没法与之相比，艺术画册有人买就已经很高兴了。那本书十几年来一直寄稿费的，所以当我忽然看到什么意大利语、西班牙语，还有葡萄牙语的稿费我都好笑。当然最多的是英文。美国通过电视网络"Time Life"销售，我生活在美国的大学同学也是通过电视广告找到我的。中国人其实不吃"饭后甜食"的，西方人吃饭必须要有"饭后甜食"，所以给西方人写中国的餐饮书，必须要有甜食，他们会有汤、冷菜、热菜，如果没有甜食，烹饪书就不完整。许多老外觉得一餐饭不吃甜食吃多少都好像没吃完似的。水果往往打发不了他们，或者他们觉得这餐饭不够上档次。他要请客，他照你的书准备，就要有甜食，然后我就想方设法发明甜食。

周国平 ｜ 你发明的？八宝饭就可以了嘛。

王小慧 ｜ 八宝饭，他们会觉得太麻烦，不会做的，也没那么多配料。而且不见得爱吃。你想已经吃得很饱了，而且他们通常不会像我们只吃菜不吃米饭，他们眼里的中国饭必须有米饭的。再上"八宝饭"感觉重复，而且米饭太多，他们也吃不大下。我在那儿生活时间很长了，知道他们爱吃什么。比如说，我有一个甜食，他们是很喜欢吃的，也很中国特色，但事先不能告诉他们是什么做的，要不他们可能会不吃。我做的是豆沙布丁，加上土豆粉搅淡了。如果你说是甜的豆沙，他们不会接受的，先入为主，外国人吃豆子是咸的。在中国，我们吃绿豆汤是加糖的，而外国人吃绿豆汤和红豆汤是咸的，墨西哥人是辣的、加肉的。习惯不一样。所以我们吃红豆如果是咸的，我们会觉得很奇怪；你说甜的红豆，他们也会觉得很奇怪。不告诉他们是什么，但如果他们吃了觉得好吃了，非要知道时，我才告诉他们。他们经常认为是巧克力什么的，巧克力布丁。我做成太极的形状，这边是豆沙布丁，这边是杏仁露，这边放一颗红樱桃，这边放一颗白莲子，就成了一个"太极图"的样子。这样很好看，又很好吃，还很"中国"。我举这个例子是想说我连做菜都要做得有文化，有创意，反正不要太实的，如果要做人家每天都做的家常菜，我就会觉得没兴趣做了。离日常现实生活远一些，有距离我才喜欢。

周国平 ｜ 要陌生化。这是俄国文艺理论家巴赫金的一个概念，他认为陌生化是艺术最重要的一个因素。

王小慧 ｜ 对，"陌生化"是准确的词儿。抽象也是"陌生化"。

梦境中的寻找

女人比男人更信梦。在女人的生活中，梦占据着不亚于现实的地位。

男人不信梦，但也未必相信现实。当男人感叹人生如梦时，他是把现实和梦一起否定了。

王小慧 ｜ 这一组《梦境中的寻找》和我很多潜意识是有关系的，这是早期的作品，以前没有展览过，但是好多人看了，还觉得蛮有意思的。

周国平 ｜ 我也特别喜欢，给人的感觉是神秘、荒诞又有另一种真实。

王小慧 ｜ 这部大型画册《九生》，我第一次把这些未发表过的梦境组照发表了出来，它也是我的精神活动的一个写照。你看人和人之间的疏离感和孤独感。这个窗子就是演员自杀跳下去的窗子，是我留学第一年的学生宿舍，当时所有给中国的信件都在这个窗子前的写字台上写的。我记得出国前有一个好友对我说，两样东西你不要省，一样是邮票，另一样是胶卷，我挺感谢他说的这两句话。我当时就这两样没省，其他的都挺省的。我没买新衣服，没吃好东西，不是不喜欢那些好看的衣服首饰，也并非不喜欢那些好吃的，那时最馋的是中国菜，饺子，但啃啃硬面包我也没觉得是吃苦了。我每天写信，写给朋友，写给家人。胶卷钱没省也成就了我后来"改行"，没有浪费的那么多胶卷怎么会有我的今天。那时不是数码相机可以随便拍随便删除的，可以说那些年我绝大部分的钱用在了摄影上，当然那时钱也的确少。张艺谋不是曾卖血买相机吗，我没他那么夸张，但他若不那样没准也进不了电影学院，也没有后来……这组照片很多是无意识地拼贴的，像这种噩梦、恐惧、死亡、孩子的梦想，都是想表达一种情绪，那种孤独、失落和无助的感觉。我总觉得人其实是挺孤独的，艺术家尤其孤独。

周国平 ｜ 这些照片和你自己做的梦对应吗？

王小慧 ｜ 不是一一对应，不过似曾相识，至少氛围是相似的。我是一个特别喜欢做梦的人。我拍城市的场景，陌生、恐惧的这种感觉，还有人和人之间那种疏离的感觉。我在梦里头也总是狂奔啊、逃跑啊，还有梦里好多人你是不认识的，你可以和他很亲近地在一起，但是想来想去你都不知道他是谁。我做的梦经常会很离奇，是清醒的时候绝对想象不出来的一些画面和意象。所以，我很珍惜这些梦，会在夜里爬起来记这些梦，记在日记本上，所以那是名符其实的"夜记"而不是"日记"了。我的医生劝我不要这样，说这样会影响睡眠，伤害身体，但是我觉得不记下来太可惜了。而且我还试着从这些梦的暗示中探寻，这些梦到底告诉了我什么，我的潜意识活动到底是怎样的，我为什么会有这些梦。我的梦中经常会有恐惧和焦虑，会有逃亡或者不知身在何处。我感到奇怪，甚至在我感觉非常好的时候，生活非常顺利的时候，非常快乐的时候还会梦到那些恐怖的景象。我的梦境经常是不现实的，很少有日常生活的景物，而且那些梦又有一种冷酷的美感，所以我也

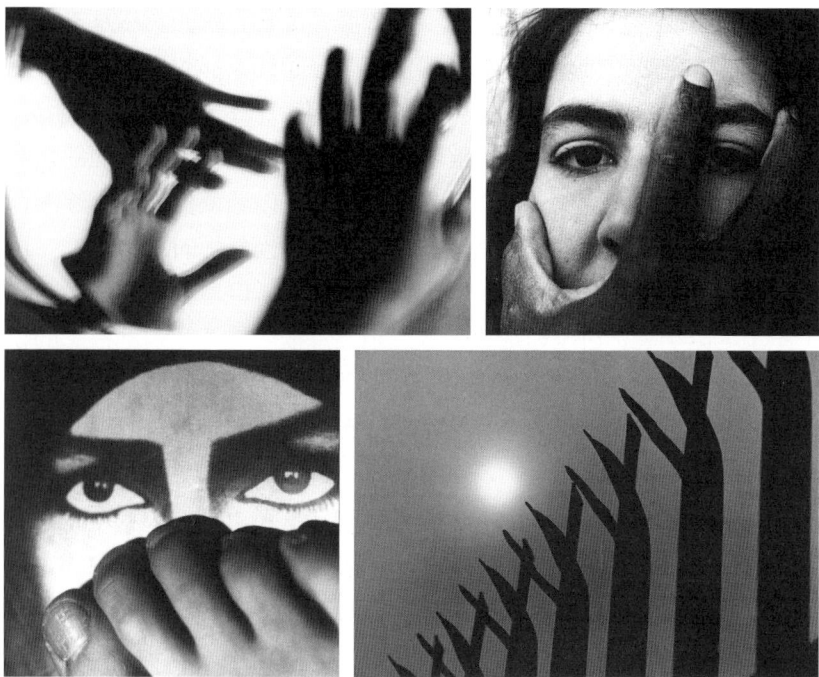

《梦境中的寻找》系列（1986-1992）

试着把这些梦用图像方式表现出来。在这一点上，一个摄影艺术家和一个摄影记者是完全不同的，因为前者不光是客观记录，而是去寻找内心的感受，有许多精神层面的东西。

周国平 ｜ 你记录梦是一个特别好的习惯。

王小慧 ｜ 别人会觉得奇怪，我为什么花那么多工夫把梦记下来，特别是我的大夫说打断睡眠去记梦是不健康的，但实际上梦是睡眠被打断的时候才能记起来的。

周国平 ｜ 对，做了梦了接着睡，肯定就忘了。当然，记了就睡不着了，但我觉得是值得的。大夫不是艺术家，他才那样说。这些梦的记录特别珍贵，不但是艺术的素材，文字本身也有价值。

王小慧 ｜ 那是我最不假思索的、最直白的东西，句子也没去组织。

周国平 ｜ 组织句子是容易的，把原始的东西捕捉住是最难的，也是最有价值的。

王小慧 ｜ 你以前做过吗？

周国平 ｜ 我以前也有这个习惯，一个有意思的梦，我会趁印象新鲜就赶紧记下来。

王小慧 ｜ 你有没有那种重复的梦境，似曾相识，以前也梦见过？

周国平 ｜ 以前有，这些年很少了。从小时候一直到三十来岁，很长一段时间，经常梦见进到庙里面，被那些塑像、蜡烛、烟火包围了，非常恐惧地想逃出来，但转来转去找不着出口。我发现，如果你留意梦，梦后回忆和记录梦，对你自己是一种鼓励，会做更多的梦，而且梦境会比较清晰，好像你做梦的同时还置身在梦外看你的梦。不过我现在好像比较少做梦了。

王小慧 ｜ 证明你的生活太安逸了，太舒适了。

周国平 ｜ 做梦是好事，许多哲学家比如尼采非常重视梦，认为梦在人生中占据着重要的位置，艺术家实际上都是做梦者。

王小慧 ｜ 嗯，白日梦。但是为什么认为梦是重要的，因为是潜意识吗？

周国平 ｜ 他的观点其实跟你是一样的，并不认为现实是我们的主要生活，也许真正能透露人生秘密的生活是在梦中。

王小慧 ｜ 所以我觉得各种梦中的场景，那种恐惧的、离奇的、荒诞的场景，是我真正的心理状态，白天有太多的理智，太多的假象，许多不是我真正真实的东西。我在梦里经常是没有退路，或者是上了很高的地方下不来。可是为什么害怕呢，我好奇怪。

《梦境中的寻找》系列（1986-1992）

周国平 ｜ 没有退路啊，说不定你白天工作的狂热也和这有关系，没有退路，不能退，不敢退，必须往前走。

　　王小慧 ｜ 可是我好像总是在考虑退路，比如这是一幢高楼（展示日记本上画的草图给周看），外墙面上有好多石头凸出来，我试图从上面爬下来，知道很危险，又没有梯子什么的，或是梦见好多级楼梯，你明明知道你最多只能跳三级楼梯，可是有五六级，想跳又不敢跳，结果是飘着跳下去。类似图景小时常常梦到。还有那种沉船，我也不知道怎么逃出来，水在往里涌啊。

《梦境中的寻找》系列（1986-1992）

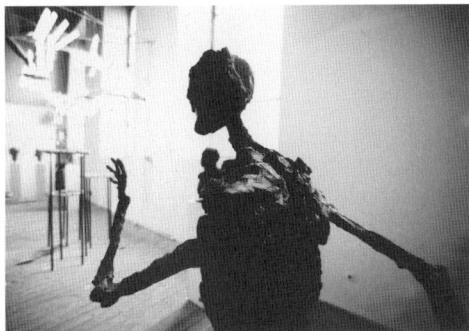

周国平 ┃ 现在还做这种噩梦吗？

王小慧 ┃ 我说的就是最近这些年，我现在给你看的这些日记（"夜记"）本都是近几年的，我觉得特别奇怪，因为这些年，我各方面好像都很好了，比较稳定了。过去我没有系统地去记梦，我觉得那时候很合情合理，是在一种很不安定的状态下。现在虽然也不安定，但按理说好得多，就是你有家了，在别人眼里是功成名就了，虽然我自己不这么看。而且现在不像过去，没有那么多要害怕的事情了，当年不知道留在德国，还是到美国或澳大利亚，没有长久居留，也没有工作，不知道要生孩子还是不生，连买个家具都要考虑以后是不是能搬走。按理说我现在应该不再害怕。白天状态下正常的我是很少害怕的，很自信的。怎么还会害怕，会做各种各样害怕的梦。还是因为过去的经历对现在的影响太大，这种恐惧的阴影一直抹不掉，意识深处还是不断在恐惧？

周国平 ┃ 过去的阴影当然一直存在的，不会因为你外在生活的改变而完全消退，仍然是你心灵的一部分。另外，你现在的这种生活也是有很大压力的。你说到不开心，其实你想逃避一些东西，但又逃避不了，这种东西还在。如果你要做一个艺术家，你就让这些东西继续存在着吧。如果你想要做一个普通人，那就把自己的状态清晰地分析一下，然后采取措施。你也不要去记梦了，把注意力放在正常的生活上。

王小慧 ┃ 哈哈，接着睡觉，健健康康地生活。

周国平 ┃ 你看你记了多少啊，这里面肯定能出来很多精彩的东西。

王小慧 ┃ 记得很多，但很乱，得花许多时间好好去整理。大部分记不太清楚，醒来几个小时后几乎全忘了。不过现在日记本里几乎只记梦了。比如这一段（指着日记本），"只记得混乱，逃难，人很多，很久电梯都不动，又觉得楼在倾斜，然后总算从电梯里出来了……"这一段，"夕阳美极了，是红色的，一圈一圈的，我站在岸边，但水是大红色的，我想拍下来，但是没有带照相机……"还有这一段，很奇怪的："玻璃样透明的女孩子，整个都是红色的，但阴部是蓝色的，也是透明的，人身上都流着红色的液体，怎么会是这样子？"

周国平 ｜ 这段太奇特了，很诡异。

王小慧 ｜ 反正就是诸如此类的（继续翻看本子）。你看这一段："很大的房子，不同的走廊，蓝色或绿色，带金色图案的顶，金碧辉煌。有一个男人，他写了一个紫色的条子给我看，但是条子太长了我没全念完……我走过去看到我的一个女朋友，她是一个公主，正在用海绵洗脸……然后我再回去就不认识路了，只看到走廊变成浅色的波浪形花纹，非常非常亮……"有没有什么意义不知道，但是我找不到回头路倒是经常的，而且好多的这种楼梯啊，走廊啊，上啊，下啊，很复杂的。

周国平 ｜ 像迷宫。

王小慧 ｜ 对！各种形式各种景象的迷宫，有时我试着画出来，有时太复杂画不出。你看这一个梦，我在苏州园林这样的地方跑，突然发现自己的下半身没穿衣服，我跑得特别快，因为怕别人看到我。

周国平 ｜ 这样的梦我也经常有，在公众场合突然发现自己是裸体的。

王小慧 ｜ 然后怎么办呢？

周国平 ｜ 就很慌了，有时候被人看到了，有时候没有，反正就是跑、躲。

王小慧 | 我觉得这里面不只是人体的意思，还包括了隐私，想要躲避。我们现在生活得太公开了，几乎没有隐私。

周国平 | 对，他者的眼光，社会的压力，这样一个赤裸裸的自我无处躲避。

王小慧 | 还有梦见洗手间，很恶心，很怕脏，我觉得照中国说法是怕铜臭。中国详梦书里说，粪便是金钱。我总是看到了特别怕沾上。使劲躲，把风衣、裙子尽量拉起来……而且，厕所的样子也都各式各样，绝对不是我见到过的，构造复杂极了。我梦到过的那些高楼，那些街景，那些似曾相识又绝不认识的地方都那样离奇，我常觉得白天让我想象让我设计都不可能有那么奇妙。人在潜意识中的想象力何等丰富！话说回来，你觉得我怕沾上污便是怕碰到钱吗？

周国平 | 我觉得这个是瞎解释了，中国详梦书好像没多大道理，常常是牵强附会。

王小慧 | 只有怪的梦我才记，一般的我就不记了。梦到亲人的机会不多的，别人说日有所思，夜有所梦，但是我和我远在澳大利亚生活的婆婆常常说，怎么俞霖也不来看看我们，无论我们多么想他。

周国平 | 这说明梦和醒真的是两个不同的世界。

王小慧 | 荣格说："往外看的人，做着梦，往内看的人，醒着。"我是想通过梦往内看。我昨夜的梦很长，但我是被自己看到的景象感动得流泪而醒的。结尾是在国外一位收藏家的家里看到了一个室内的木制的水池，水池中有个日本式的用竹筒一段做的勺子形状的装置，水一点点滴下来，积满了又流下来，沿着一个竹水槽缓缓地往上流。

我当时有点奇怪水怎么可以往上流，而且又那么缓慢，通常那么慢不可能向上流的。背景的音乐是肖邦的一首玛祖卡舞曲，我很熟悉的，简单而优雅。虽然西方的音乐和这很东方的场景似乎不相干，但极美极和谐。看着那在静与动之间状态的水我心中突然莫名地感动，以至于流出了眼泪。我想我内心深处还是渴望这种静的。

周国平 ｜ 我理解荣格的意思是，往外看的人看到的只是假象，往内看的人看到的才是真实。做梦是往内看的一个重要途径，和你的意思不冲突。赫拉克利特在相近的意义上说，人在醒时看到一个共同的世界，在梦中才回到各自真正属于自己的世界。梦不但反映心灵的真实，而且很可能显示了世界和人生的神秘真相。你的这些梦太精彩了，一定要坚持记，我相信对你的创作会有特别的启示。

3 命运和神秘主义

狂妄的人自称命运的主人，谦卑的人甘为命运的奴隶。除此之外还有一种人，他照看命运，但不强求；接受命运，但不卑怯。走运时，他会抑揄自己的好运。倒运时，他又会调侃自己的厄运。他不低估命运的力量，也不高估命运的价值。他只是做命运的朋友罢了。

塞内加说：愿意的人，命运领着走；不愿意的人，命运拖着走。他忽略了第三种情况：和命运结伴而行。

王小慧 ｜ 人生好多事情都是开始失之毫厘，结果差之千里。为什么射击时手要特别稳？我其实射击挺准的，以前还得过一个小奖呢。在你手边一毫米，五十米外就可能几厘米、十几厘米，就射不到了。扣动扳机时手必须稳得不得了。为什么用长焦镜拍照手也要特别稳呢，抖一点点都不行，镜像越远就差得越厉害。人生也是这样。

周国平 ｜ 人的命运真的很难说，你说细节的改变导致结果的巨大差异，这好像是偶然性，但你怎么知道不是必然的，是上帝早就安排好的呢？

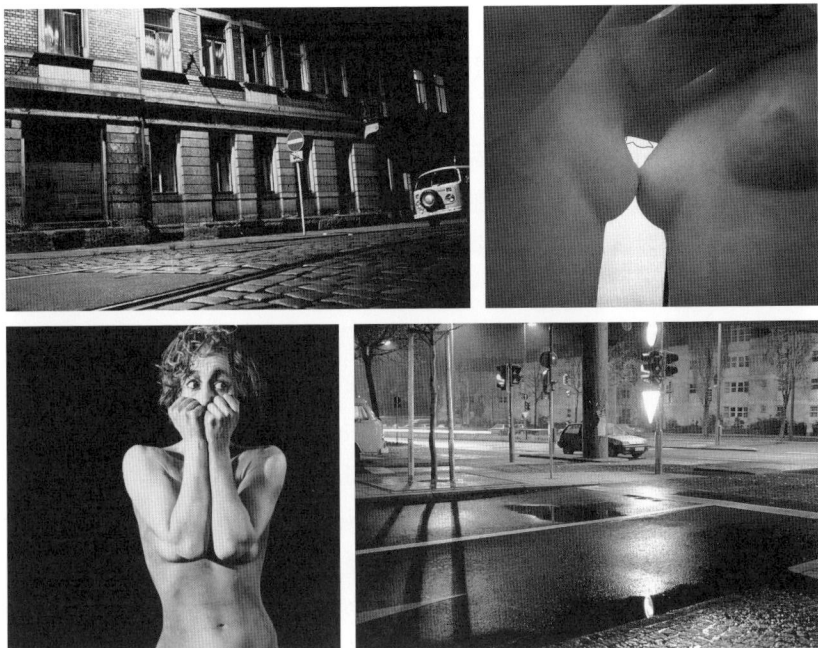

《梦境中的寻找》系列（1986-1992）

王小慧 ｜ 我觉得是必然的。我那个早年常有书信来往的作家朋友曾写过："生活中的偶然是生命的必然。"

周国平 ｜ 其实也有性格的问题。比如你那么看重工作，这一点决定了你对许多事情的态度，因而也决定了你的遭遇。如果你稍微妥协一点，可能就是另外一种结果了。所以也不是上帝安排的，或者说上帝安排了你的性格，你的性格决定了你的命运。

王小慧 ｜ 父亲说过我就是信一个"命"、一个"缘"这两个字。我一直挺信命的，解释不清楚，但是这个东西太强大了，你好像没办法和它拧着做。那个"运"也许还能改变，不说去左右它，可以努力让它偏离一点"命"。你是宿命论者吗？

周国平 ｜ 不是吧，在命运的问题上，只能说我是一个不可知论者。我相信在精神取向上人能把握自己的人生道路，但是，人是支配不了自己具体的尘世遭遇的。这个意义上的命运到底有没有，是不是预定的，在多大程度上有支配的力量，这些都在人的认知范围之外。我的态度是，把握好自己能把握的事情，那种不可知的、自己把握不了的事情，就不去管它了。当然，既然知道有不可知的事情，就应该做好精神准备，一旦发生了，你就接受它。我说过一句话：和命运结伴而行。一个不幸的事情发生了，你自然会抗争，但往往抗争的可能性是非常有限的，那时候就只好妥协，否则就是和自己过不去。宿命论不完全是消极的，常常能够给人一种力量，使人有勇气承受厄运。

王小慧 ｜ 但是什么时候人认识到这个厄运是不能抗争的了？

周国平 ｜ 这是因人而异、因事而异的吧，但终归有事实非常明显的境况，那时候谁都会明白抗争不了了，继续抗争只是徒劳的挣扎。

王小慧 ｜ 与你相比我觉得我自己大概是很迷信的了。在全世界不同的地方，包括中国的大陆和香港、泰国、美国，当然还有德国我都找过算命的，他们用不同的方式算，有看手相的，看面相的，看生辰的，看星相的，还有看名字的。有一本美国人写的书，专讲看名字的方法。

周国平 ｜ 中国人的名字也能看？
王小慧 ｜ 对，看拼音，很奇妙的。

周国平 ｜ 中国也有，所谓的姓名学，比如起名字，根据生辰讲究笔画、部首等。

王小慧 ｜ 你相信吗？

周国平 ｜ 我是将信将疑，宁信其有，相信了总没有什么坏处。

王小慧 ｜ 我也是。问题是那些用不同方式算命的，算出的结果很相似，绝对不同的方式，源于不同学说，地理位置都相差那么远。但奇怪的是有不少已经应验了，让你不得不信。所以呢，我现在很有兴趣让人帮我再算。但是，许多人都说不要算，算多了不好，我也不知道为什么不好。

周国平 ｜ 你给我举一个例子。

王小慧 ｜ 比如最早预言我和我先生俞霖只有五年缘分的那个盲人，真的是很准。他们夫妻俩都是完全的盲人，孩子是健康的，后来孩子成了他们的经纪人。当年有好多车都等在他家门口。他讲我爸爸也讲得准得不得了，讲我妈妈也是特别准，后来我妈妈他不给算了，他说七十岁以上的人不算，但是他说我妈妈长寿，距离现在已经二十年了。当时我妈妈不信他说我们只有五年的缘分，妈妈找他算的，没有告诉我。她总来信问我们俩关系怎么样，我说挺好的，我还奇怪她为什么总这样问，是不是怕我们离婚，因为出国后离婚的中国夫妻挺多的。俞霖出车祸，离我们结婚差两天就整整五周年。

周国平 ｜ 真的很神秘。

王小慧 ｜ 有的事真的奇怪，无法解释。比如出车祸的那一年，我有一个天津大学来德的留学生老乡，想搭我们的车去布拉格，我们就对她说今后我们经常去布拉格的，因为拍一本画册要去好多次。那次是第一次，你就不要去了，我们先去探探路，等第二次去再带你。结果，我出了车祸。之后很多人到医院来看我，她没来，我和她是很好的朋友，我就很奇怪她为什么没来。隔了很长时间，很偶然的机会，别人跟我说，这个人好像命中注定不应该去布拉格，她大概是等不及我们了，和电影学院的另一个中国留学生去了，结果也是半路翻车，把脑袋撞坏了，也住院了。按照算命先生的理论，那段时间就是不该往那个方向远行。她不跟我们出事，也会跟别人出事。

周国平 ｜ 出车祸以后，你去找过那个算命的吗？

王小慧 ｜ 六年都在国外没去算，我后来回国时才算的，前面那次是我妈妈帮我算的。他说，你应该每年都来算，我会告诉你那一年不应该出远门。他预言的很多事的确都应验了。我相信他，他绝不是瞎编。因为他脑子再好，如果瞎编的话也得记得住啊。连我们自己都记不住，那么多人找他算命，每天都门庭若市，不可能每次都能说得一样。他是根据生辰八字算，所以每次说的都一样。你可以用笔记，但是不可以录音。有一次，跟我一道去算命的一位德国朋友不相信，一定要录，我就找了一个录音带给他，是我学英语用的，因为当时没有空白带。他说我悄悄地录，反正算命的是盲人看不见我，他就搁在两腿之间夹着这么录。算命前，我还是小心起见问了一下算命先生可不可以录，他说录了对你自己不好，你最好不要录。录完了以后，一听什么都没有了，英语也没有了。这个德国人说，是不是他录音机不熟悉没按对键？我说没按对键，英语应该还在。他把这盲人惊为天人。我遇到的类似的事情挺多的，都没法解释。

周国平 ｜ 的确没法解释。你再说一件。

王小慧 ｜ 这类事情如果没有证明人的话，说了都没人相信的。还有一件特别奇怪的事：我先生给我做了一个通讯录装在很精致的皮本子里送给我，我用了好多年，后来已经被我改得一塌糊涂了，因为地址电话改得特别多。我先生最早给我做这个本子时，尚未普及电脑，没有打印机，他是打字、复印、缩小、打洞，才装订成了这么一个本子，花了很多心血做成的，很漂亮，当时人都羡慕我的。我就整天背着从不离身的。几年后因为改得密密麻麻实在不像样了，我就想重做一本，在回中国时请我爸爸的助手用电脑录入。后来我快回德国时问助手做好了吗？他们说录好了，但打印总出问题。我到现在都不懂电脑，更不要说十几年前了。我就说解决问题吧，反正我希望走的时候能带走。他们找了天津大学的一个电脑专家，请他帮忙解决问题。出于礼节我在与他们中午吃饭时关心询问了一下。他把打出来的纸给我看。你想我的通讯录上面都是外语，但每一行的中间有一个中文的"霖"字！你现在觉得是偶然的事吗？没人能解释。你看过《人鬼情未了》那个电影吗？中间有一段，灵魂在让电子的键打出文字给女主人公看，它不断地打，不断地给她信息，关注她的命运，你记得这个情节吗？

周国平 ｜ 记得。

王小慧 ｜ 而且我爸爸的助手以及修电脑的专家都不认识俞霖的，我那时候还没出自传，我也不曾跟他们去讲，他们不知道我先生叫什么名字。何况"霖"不是一个常见字。一起吃午饭前，他们拿给我看时，我第一反应是什么？我说俞霖不想我把这个本子更新换代，因为新本子弄好之后，他给我的就不会每天随身带了，而他希望我随身带着他给我做的东西。吃完午饭，下午他们告诉我说，"霖"字没了。

周国平 ｜ 已经打出来的没了？

王小慧 ｜ 打出来的还有，所以我留着。电脑上没有了，再打印就正常了，可以做新本子了。也就是说在我说了这句话以后，问题自己

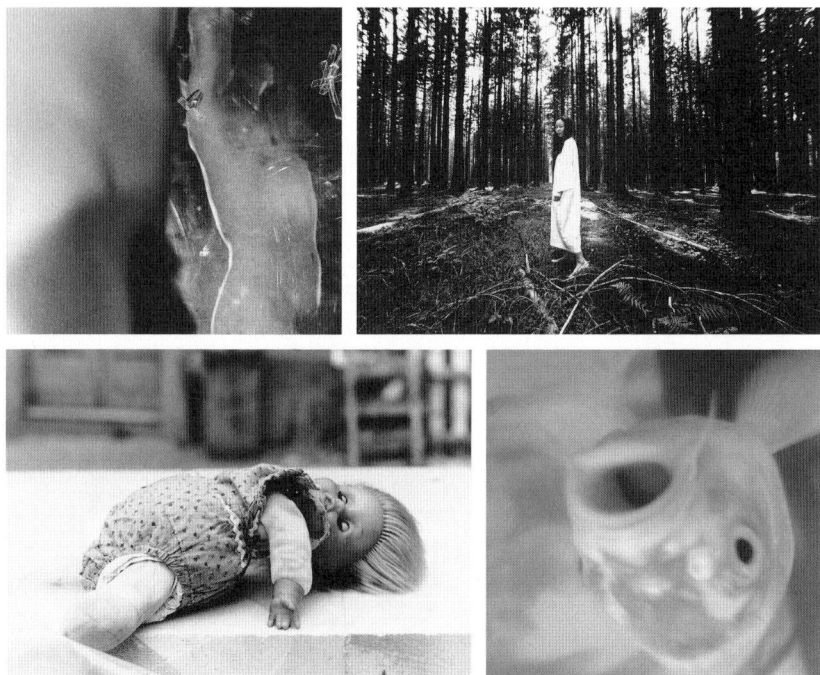

《梦境中的寻找》系列（1986-1992）

解决了，根本没人去动它。所以我相信一定是灵魂在支配这个东西。幸亏有这么多人做证明，否则别人也许会觉得是在编故事，我留了两三张纸做纪念，后来我问了好多懂电脑的人，他们都说没法解释。

周国平 ｜ 真的没法解释，除非相信灵魂在人死去后还在。

王小慧 ｜ 我爸爸公司里的人都觉得不可思议，我事后还问他们知道这个"霖"字是什么意思吗？也许有人知道我先生的名字。他们都说不知道。很玄妙，是吧？

周国平 ｜ 对。也许已经证明是有灵魂的。

王小慧 ｜ 有人说有科学证明的，人死的那一瞬间轻了二十一克。

周国平 ｜ 这个倒是可以用别的原因来解释的，未必是灵魂的重量，我觉得灵魂没有重量。我相信神秘一定是存在的，神秘是不能用科学来解释的，能用科学解释的就不是神秘了。还有轮回，灵魂转世，有个美国人写了一本《前世今生》，举了很多例子来证明，他访问了许多这样的人，能够说出自己前世是什么，生活在什么地方，今世没到过那个地方，但都说得很具体、很对。

王小慧 ｜ 我认识欧洲一个收藏家，又是字迹学家，德国字迹学会主席。十几年前德国所有的大公司很相信这个的，宝马、西门子等，凡是主管级以上的职位，都要手写一封求职信，这个求职信都要给他看过。

周国平 ｜ 是鉴定真实性，还是鉴定人的性格？

王小慧 ｜ 性格，他能判断出来。二十年前，我刚去德国留学时教他中文。他看了我写的很长的一个单词，就说你将来是会在万人之上的，我说你瞎说，我就是一个小留学生。他说你看着吧。当时他分析给我听，我写的大写"T"横的一划很长，字母后面一串小字都在这划之下。因为你说到轮回和前世的话题我想起来他。这个德国朋友很喜欢我，动感情的时候还当着我爸爸妈妈的面哭了，但我对他没感觉。我就半开玩笑说我帮你找一个中国女朋友吧，他说我要跟你一样的，我说没有跟我一样的，但是我给你找一个比我更年轻漂亮的吧。我想到了在美国的一个老同学，我觉得她是我们同学中最年轻、最漂亮的，她很早去了美国，结了婚，生了两个孩子，后来离婚了，一个人带着两个孩子生活。这个德国人也是大收藏家，我就说，你去洛杉矶时，我让

《梦境中的寻找》系列（1986-1992）

她带你去洛杉矶的美术馆，因为在郊外要开车去的。看完美术馆，你要请她吃顿饭，如果你们都感觉好，就在后几天来往，如果她拒绝你，你不要再打扰她了。去了之后，他告诉我说，觉得这个女人，一见如故。在美国的日子里天天在一起，相见恨晚。我没想到他们发展这么快，觉得他可能是在吹牛，许多男人自我感觉都太好了。可是，没几天我那个女朋友半夜给我打电话，说她睡不着觉要与我聊聊，是不是命中注定，好像老早就认识他。又说这么多年，多少人追她，她都没感觉，这么老远来的一个人，她每天一下班就跟他在一起，谈到深更半夜，好像多年密友。后来他常去美国看她，她也常来德国，两个人一起旅行，投缘得很。再后来两人就结婚了。

周国平 ｜ 是因为太投缘了，产生的一种诗意的感觉吧？

王小慧 ｜ 这个男的特别喜欢亚洲文化，他很相信这个，说他认识会算命的人，说他前世是在韩国一个庙里做和尚，因为我，他把那个庙烧了，不当和尚了，逃出来了。这一辈子就碰到了我。算星相的人也曾对我说，为什么我要到德国去？我星相的所有数据都跟德国特别配，我在德国有太多太多前世的朋友，必须我去德国看他们。当年我觉得他胡诌，将信将疑。

周国平 ｜ 像这种神秘现象，是没法搞清楚的，你自己经历了，你就相信吧。我是没有遇到过，如果遇到了，我就相信。

王小慧 ｜ 你还是半信半疑啊。

周国平 ｜ 因为不是我亲自遇到的，间接听到的就比较多了，包括从当事人那里听到的。不过，即使我自己没有遇到，我也绝不否认这种神秘现象的可能性。一位朋友曾经介绍我见一个奇人，是个女的，她能把亡灵招来，谁想见死去的亲人，她能让你见到，一刹那的时间。那个朋友的父亲过世以后，就让她招过，真的看到了。

王小慧 ｜ 就像一些好莱坞电影中的那样……但是你觉得事先知道好还是不知道好呢？

周国平 ｜ 还是不知道的好。你知道之后，未来对你就没有吸引力了。我也不愿意知道我什么时候死，不管长寿短寿，你给了我一个确定的时间，我就觉得很可怕，我愿意它是未知的。就像现在这样生活，有清醒也有困惑，该明白的事情明白，该糊涂的事情糊涂，我觉得挺好。

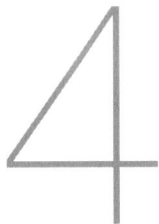

4 死亡是生命形式的转换

死亡是神秘的黑夜,生命如同黑夜里一朵小小的烛光。它燃烧,照耀,突然被一阵风吹灭;或者,逐渐暗淡,终于慢慢地熄灭。

在另一个黑夜里,同一朵烛光会不会重新点燃?

也许,在天国里没有黑夜,只有光明,所有的烛光其实并未熄灭,只是回到了那永恒的光明中?

王小慧 | 《九生》是 2003 年在上海美术馆展览的五千枝莲蓬的作品,一个小时拍一次,记录莲花生和死的过程。片子只有八分钟。展览第一天莲蓬还是绿油绿油的鲜活的,几周后展览结束时都死了干枯了,变为黑色。那时候是国庆节长假,提前四天讲座的票已经卖光了。我去的时候,发现好多观众都等在讲座厅外边,里面坐不下,我急中生智,提议大家干脆都到展览大厅里,给大家现场讲解,讲座成了导览了。

周国平 | 《九生》这个名字起得好。

王小慧 | 《九生》是脱口而出的,当时两个策展人在我家里讨论五千枝莲蓬到底从哪里能找到,不知道能不能找到,因为十月已太冷了,

荷是夏天的花。我说能找到的话这个装置作品就叫《九生》，她俩马上拍案叫绝。后来我就想，怎么会灵机一动想到这个词？大概原来学建筑学的时候，知道中国古代最大的阳数是"九"，皇帝的东西都以"九"为规矩，含无限的意思。生命是循环往复的，是无限的，所以我就想到了"九生"。

周国平 ｜ 名字是要好好想一想的，做到又不俗又有吸引力。你的几个作品的名字都很好，很有哲学意味，比如《本质之光》《现实与非现实之间》《无边界》。

王小慧 ｜ 我真的都是很直觉地想到的，没有多动脑筋。也许就是

上海美术馆六百平方米的展厅展出由五千枝莲蓬组成的多媒体影像大型装置作品，多年之后许多人还记忆犹新，那荷塘月色般的景象令他们印象深刻

点小聪明吧。我们的书叫什么名字呢？我可以先"画龙"，靠你来"点睛"啊。

周国平 ｜ 其实你不但画了"龙"，"睛"也"点"出了。我们的书就叫《花非花》吧，因为你拍花比较多，而所拍出的又并不是一般人看到的花，是一种陌生化和抽象，很能代表你的风格。不但作品，而且你的人生态度，都是亦实亦虚、实中见虚的。这也是哲学和艺术的共通之处，不停留在现象，要看现象背后的东西。我还想问，你的作品里常常出现死亡主题，这和你的经历有关吧。

王小慧 ｜ 我有过几次和死神擦肩而过的经历。最早是很小的时候，差一点触电，那时大概一两岁，我没有记忆了。妈妈告诉我的。然后是在"文革"刚开始的时候，我和小朋友一起滑冰，掉到冰窟窿里了。那次感觉非常恐怖，眼看着就没救了，冰不断地裂开，我整个人往水下沉，脚底下好像踩到一捆软的东西，可能是一捆稻草。我先想喊"救命"，但又想到同伴，于是改喊"有小孩落水了，快救人啊……"。因为和我一起还有两个比我更小一点的孩子，我自己大概也不到十岁，他们一个九岁，一个六岁。当时有两个红卫兵跳到水里，把我们救了上来，没有留姓名。我湿淋淋哆嗦着走回家。那时我爸爸关在"牛棚"里，爷爷帮我脱下湿棉袄，帮我在炉火旁烘干，一边唉声叹气……那情景至今我还历历在目。直到很多年以后，我都会做同样一个梦，就是我在冰上面，冰块在裂，我不断地跳到略大一块冰上，但那块又在破碎，继续下沉……那种恐惧感无法用语言形容。再一次就是天津地震的时候，那是 1976 年，唐山大地震死了几十万人，天津是离唐山最近、受灾最重的一个大城市。当时因为出身不好，我和母亲被迫从大房子换到小房子，家具都没有地方放，变卖了，送人了。房间里只有一张床、一个桌子和我心爱的钢琴，床的上方搭了一个小阁楼，写字台架在下面的床上，刚好脚可以伸在写字台下面。地震的时候，我好像有预感，那天晚上居然会失眠！我那时从无失眠经历，那晚感到不仅睡不着，而且憋气。于是我跑到离我们家有二十多米远的阳台透透气去了。刚回屋没几分钟就开始震了，所以我就立刻躲到了桌子下面没受伤。否则后果不堪设想。那一次地震，我家四面墙壁有三面都倒下，只有我妈妈睡觉的那一个墙角没有倒塌，她被散落的砖头埋到颈部，幸好头没有被砸到。当时想逃出我们住的弄堂几乎不可能，因为弄堂全被旁边倒塌的楼房堵住了。停了电，没有灯，有人拿手电，找到了斧子，砸开了后门，大家在混乱中逃到隔壁医院的后院。那一次我们楼上好像死了四个人，我们是有惊无险。但对一个未成年的小姑娘那次经历也使我多年都心有余悸。所以我对地震很敏感。上大学时，一次在宿舍四楼感到了地震，所有同学笑话我太过敏了，第二天收音机就播出地震的消息，虽然很小，没有产生什么危害。对我影响最大，打击最大的死亡经验当然就是车祸那一次，我丈夫死了，虽然我又是大难不死，但我对死亡的思考是从这一次才真正开始的。

周国平 Ｉ 思考的结论是什么？

王小慧 Ｉ 死亡也许只是生存形式的一种转换和重新塑造，就像沙漏漏完后又重新开始。我宁愿相信死亡是到另外一个世界去，这个世界是未知的，但不一定就是恐怖的，我宁愿想象那个世界是光明的。所以，在《关于死亡的联想》那一组摄影作品中，我拍了带光的房子。我也宁愿相信好人死后升天堂的说法。

周国平 Ｉ 关键是有没有灵魂，在肉体死亡后灵魂是不是不死，很多人宁愿相信答案是肯定的，这样人生的意义才不会落空。

王小慧 Ｉ 人的命运真是不可测的。外滩 18 号你听说过吗？上海

和妈妈在天津的家里，当年唐山地震我家房子塌了，十几岁的我抱住妈妈说，将来我会给你一个新房子的……

非常重要的地标建筑物，而且文化与商业结合得很好，包括保护历史建筑、室内设计和改造。老板是四十多岁的台湾人，她父亲是投资人，她和中学时代的女同学来上海创业，她主持这个地方。人特别好，又年轻，又漂亮，又成功，又随和，这几样加起来太难了，一般这样的人会太娇气，或者脾气不好，或者不努力……她今年年初出车祸去世了，是司机开车，在高架路上。我当时特别震惊，那么好的人。所以有时候上帝也是不公平的。

周国平 ｜ 太可惜了。真是人有旦夕祸福。西藏谚语说：明天和来世哪一个先来到，只有天知道。据说人的寿命有定数，这个定数就不只是取决于身体状况了，还有许多不可测的外界因素。

王小慧 ｜ 你母亲身体挺好吧？

周国平 ｜ 挺好的，九十三岁走路直着腰板，走得很快。

王小慧 ｜ 长寿也会遗传的。

周国平 ｜ 我父亲早就去世了，不到七十岁，心脏病突发，原来不知道有心脏病。

王小慧 ｜ 这也是福气，很快地死。只能这样想，没有受折磨，没有受太多痛苦。

周国平 ｜ 最好是长寿、速死，数量和质量都有了，所谓的无疾而终。

王小慧 ｜ 我妈妈的外婆就是这样。她年轻时也不得了，嫁了人，被人看不起，因为是大脚，就两三个月不出门，愣把大脚裹成了小脚。多有毅力啊！当然可能也不是真正的三寸金莲，但至少不会被人笑话了。去世的时候，她也没病，有一天她说："我觉得今天挺好的，好日子，太阳也好。"说完就拿一条长木凳子搁在院里，说："跟大家告别一下，也别给屋里弄脏了，我走了啊。"躺在那儿就没再醒，真的是无疾而终。

周国平 ｜ 怕不怕死？

王小慧 ｜ 没想过，但我觉得应该怕。

周国平 ｜ 我反正挺怕的，因为怕，就要面对，才想得特别多。

王小慧 ｜ 我没有想过，如果我面临这个问题会怎样，如果我得了绝症，我肯定恐惧。我甚至觉得还有一种恐惧，就是恐惧老去。别人推荐了一本书，是钱锺书的太太写的，我曾经送给我母亲，希望她看一看。

周国平 ｜ 哦，《走到人生边上》，我太太当的责任编辑。

王小慧 ｜ 是不是讲了很多关于生死的问题？

周国平 ｜ 对，讲得很好，很诚实也很平静。我写了一篇评论，老太太很高兴，给了我两个字的评价："知我"。

王小慧 ｜ 我给我妈妈买了。她一定会经常想到死亡，我不敢跟她谈这个问题。

周国平 ｜ 面对死亡，真正有信仰的人是无所畏惧的。

王小慧 ｜ 但说到底，一个人生命长短不是最重要的。

周国平 ｜ 对，反正终有一死。

王小慧 ｜ 所以，还是要使生命有价值，生命的意义是给这个世界留下痕迹，留下美好的东西，最好是我的艺术。经历过死亡的威胁，我深感生命的脆弱和可贵，发誓要对我的生命负责，珍惜活着的每一天，不为虚名或无谓的事而消耗光阴。

周国平 ｜ 圣埃克苏佩里把创造定义为"用生命去交换比生命更长

久的东西"，我认为非常准确。创造者与非创造者的区别就在于，后者只是用生命去交换维持生命的东西，仅仅生产自己直接或间接用得上的财富；相反，前者工作是为了创造自己用不上的财富，生命的意义恰恰是寄托在这用不上的财富上。

王小慧 | 有一位摄影家，死前拍了一千卷胶卷都没有冲洗，他当时知道自己活不长久了，他就是要用生命交换比生命更长久的东西。所以，他利用每一分钟拼命地拍摄，对他来说，把时间花在冲洗上是太可惜了，他宁愿留给后人去做，把胶卷作为财富留下来。我觉得这是一个好例子。

周国平 | 可以有不同的方式。中国人说立功、立言、立德。在死亡面前为生命争取意义有两个层面，这是社会的层面，更高的层面是宗教。

意与象

赋予感受以形式

每个人都有那种奇妙的瞬时的感觉，可是大部分人抓不住，日常琐屑生活的潮流把他们冲向前去了，他们来不及、顾不上去回味和体验。有些人抓住了，但不能赋予形式，表达不出来。只有少数人既能抓住，又能赋予形式。

人的感受性是天生的，因而也是容易的。最困难的是赋予自己的感受以适当的形式。天才与一般聪明人的区别就在于此。也正因为这个原因，许多人有很好的感受性，但其中只有极少数人为世界文化宝库提供了自己的东西。

与万物交谈

人习惯于以万物的主人自居，而把万物视为自己认知和利用的对象。海德格尔把这种对待事物的方式称作技术的方式。在这种方式统治下，自然万物都失去了自身的丰富性和本源性，缩减成了某种可以满足人的需要的功能，只剩下了功能化的虚假存在。他呼吁我们摆脱技术方式的统治，与万物平等相处。

这也是现代许多诗性哲人的理想。在摆脱了认知和被认知、利用和被利用的关系之后，人不再是主体，物不再是客体，而都成了宇宙大家庭中的平等成员。那时候，一切存在者都回到了存在的本来状态，都在用自己的语言说话。尼采曾用诗意的语言描绘这种境界："这里一切存在的语言和语言宝库向我突然打开；这里一切存在都想变成语言，一切生成都想从我学习言谈。"

另一种存在

艺术家不是简单地把外在世界的东西搬到了作品中，他更是在创造不同于外在世界的另一个世界。雪莱说："诗创造了另一种存在，使我们成为一个新世界的居民。"这不仅指想象和虚构，凡真正意义上的艺术创作，都是精神性自我为自己创造的一个自由空间，这是艺术的真正价值之所在。

抽象：意识建构世界图像

抽象艺术所表达的是对世界的一种理解。世界并无一个仿佛现成地摆在那里的、对于人人都相同的本来面目，因此，以意识反映实在为宗旨的写实艺术便失去了根据，而以意识建构世界图像为鹄的的抽象艺术则获得了充分的理由。为了避免引起写实之联想，艺术家便尽可能地排除形式与外部物质对象的联系，使符号达到高度的纯粹，这就是抽象。但是，抽象本身不是目的，也不是标准，艺术家的天才在于用最纯粹的符号建构出内涵最独特也最丰富的世界图像。

1

别处的风景

凡人群聚集之处，必有孤独。我怀着我的孤独，离开人群，来到郊外。我的孤独带着如此浓烈的爱意，爱着田野里的花朵、小草、树木和河流。

原来，孤独也是一种爱。由于怀着爱的希望，孤独才是可以忍受的，甚至是甜蜜的。当我独自在田野里徘徊时，那些花朵、小草、树木、河流之所以能给我以慰藉，正是因为我隐约预感到，我可能会和另一颗同样爱它们的灵魂相遇。

王小慧 ｜ 这个《别处的风景》系列是早期刚出国时的印象，已经二十多年了，那是对这个陌生世界的第一印象，也是我第一次把自己融入了我所要表现的世界里。

周国平 ｜ 忧郁的情调。

王小慧 ｜ 对，早期的那些风景特别明显。那时候旅行不是很自由的，基本上是参观建筑。我记得是乘着一辆大面包车在欧洲各地行走。我比谁拍得都多。这是我们一块去的法国郊区，去朗香教堂的路上拍的。勒科比西埃是我最喜欢的艺术家之一，朗香教堂是他著名的作品。

他既是个建筑师，也做雕塑，也画画。他经常有突破性、颠覆性的创作，是现代主义建筑界特别重要的一个人物，但他造的房子和其他所有现代主义建筑师完全不一样，很有个性。你看这个葵花地，很典型的法国南部风景，特别忧郁，安静、诗意而优美，但又有种沉重。那些葵色彩灿烂，无言地叙说着什么，传达一种情绪，与我当时的心境非常吻合，一种莫名的，怅然的思乡情绪。

这是我在英国 Land's End 海边拍的一个孤零零的电话亭，Land's End 的意思大约就是我们说的"天涯海角"了，到了很偏僻的尽头，天边了，是很伤感的风景。那时候电话亭对我意义蛮大的，给中国打电话只能到电话亭打，也不敢多打，要到银行换一大堆硬币才能打一个电话。对留学时代初期的我，五个马克说一分钟的话真的

《苏格兰地端岬》（1987）
那个在"天涯海角"孤零零的电话亭与我当时的乡愁很吻合

《阴云笼罩的月亮湖》，奥地利（1986）

是太奢侈的事情，我同事买肉为了便宜两个马克，就要花两个小时去
郊区买。他们中许多人那时是绝不会考虑给家里去个电话的。这是我
拍的结了冰的巴伐利亚的湖，总的气氛有一点忧郁，这样的风景就特
别吸引我。阳光灿烂的那种风景或是日出日落，所有人都要拍的，我
就反而放弃了。去年四月份我又去了奥地利的月亮湖，参加萨尔茨堡
的音乐节。主人招待我们玩，开车出去，艳阳下湛蓝的湖，我一张照
都没拍，所有人都觉得好漂亮，我觉得我的月亮湖不是这种感觉的，
一直都是我这张照片上那种很悲凉的情绪。

周国平 ｜ 很沉郁的。

王小慧 ｜ 冯骥才曾经评论说："这些对美好瞬息的珍爱，不期而遇的欢愉，还有淡淡的惋惜，构成一种低调的人生诗，一种又苦又美的心境，一种抓住感动了她的事物便牢牢不放的刻骨铭心的气质。这是好的作品，其实也是她自己。艺术的发现都是发现自我，艺术是把自己个性的灵光投射在世间万物上，然后再一点点收回到自己的作品里。"我觉得他写得很准确。我的电影《世纪末的京剧人》其实也是很悲观、很低调的。我是 1992 年拍这个纪录片的，当时京剧不像现在这样火，包括昆曲。我当时拍的基调是比较消沉的，我采访了很多人，包括很有名的演员和剧院经理，那些人都说真话。结尾的时候，一个唱老生的名角钮荣亮老先生说："我不怨，但是我很悲哀。"一个小时的片子，在欧洲六个国家电视台都放映过，大家都觉得很好，但也沉重。我觉得我从小就有这种悲剧倾向，在幼儿园跟小朋友玩，不会去玩那些躲猫猫之类的游戏，而喜欢自己演戏，内容基本上都是悲剧的东西。我后来的艺术创作好像没有特别轻松的，最轻松就是吸香烟这一套自拍像，还有点幽默、调侃的成分在里边，其他都是比较严肃、忧郁的。

周国平 ｜ 你应该是喜欢大海的。

王小慧 ｜ 我去过世界上无数的海，喜欢收集不同的海边的贝壳，放在一个大的玻璃瓶里。同样的海景，在你不同心情的时候，给你的感受可以是完全不一样的。它可以非常安静，非常明亮，非常清澈，也可以非常汹涌。它可以让你觉得想要哭，也可以让你觉得欢畅，它可以引起你很多的思念情绪，也可以激发你很多的写作灵感。一个人在海边的时候，你的想象力被激活了，像大海一样无边无际，你会觉得你和大自然完全融为一体，也会觉得自己那么渺小，那样微不足道。有人说海的风景太单调，但我最喜欢的风景永远是海，它的气质最能使我感动。我 1996 年至 2000 年五年的旅行中，许多日记是在世界某处的海边独自写的。

周国平 ｜ 我也喜欢海。看海，必须是独自一人。和别人在一起时，看不见海的真相。那海滩上嬉水的人群，那身边亲密的同伴，都会成为避难所，你的眼光和你的心躲在里面，逃避海的威胁。你必须无处可逃，听凭那莫名的力量把你吞灭，时间消失，空间消失，人类消失，城市和文明消失，你自己也消失，或者和海变成了一体，融入了千古荒凉之中。

王小慧 ｜ 你写海的文字多吗？

周国平 ｜ 很少。我这样写过："瞥见了海的真相的人不再企图谈论海，因为他明白了康德说的道理：用人类理性发明的语词只能谈论现象，不能谈论世界的本质。"你经常在旅行，走了世界上这么多地方，印象最深刻的是哪一次？

王小慧 ｜ 我在《我的视觉日记》一书中曾写过，很难说清楚我最喜欢的地方，因为有太多地方让我留恋，每个地方又那么不同，那么富有个性，给我完全不同的感受，但印象最深的，可能最与众不同的旅行应当是在夏威夷的火山岛了。那里几乎没有游客，方圆几十里有时竟看不到一个人，也没有一棵树。那是我见到过的最壮观，最令人叹为观止的景色。那一眼望不到边的凝固的黑色的岩浆，那让人感到自己十分渺小的尺度，那让你觉得可以与上天对话的超现实的意境，还有那三天旅行中唯一碰到的岛上的居民，那位与海和一条狗生活的老人。那才是真正的孤寂，真正的独处，与这纯粹得不能再纯粹的天与地，与这美得无以复加但又单调与沉闷的景色相依为命，每天只面对大海沉思冥想，我是做不到的，当时我写道："我想我仍然只是一个凡夫俗子，偶尔要来感受一下这大自然的震撼力，却一天也离不开人群和城市。"我过去很多旅行是没有计划的，但我绝对不是那种到此一游。我去了无数次的地方，比如说巴黎，大家所谓的名胜古迹我就可能没有去过。我经常是无目的地去旅行。

周国平 ｜ 无目的的旅行才是真正的旅行，有目的的就是工作了。

王小慧 ｜ 对。出车祸之后大概有七年的时间，我非常的沉沦，完全是自闭状态。我其实没有停止创作，但都是给自己创作，所以我的早期作品是完全个人化的。然后，从 1996 年到 2000 年，那五年完全在全世界跑，没有目的，完全自由，非常开心。如果觉得这地方好，就多住两天，如果不好的话，马上就可以走。我有时候坐火车，小站就下来了，觉得喜欢就待下来，不喜欢就走。

周国平 ｜ 这样真好，随兴所至，会有许多未知的因素，偶然的遭遇，意外的发现。

王小慧 ｜ 我觉得对于一个纯粹的艺术家来说，那的确是应该的状态。自由的，没有束缚的，随心所欲的状态。

2 花有灵魂

在观赏者眼中，再美的花也只是花而已。唯有当观赏停止、交流和倾听开始之时，花儿才会对你显灵和倾谈。

周国平 ｜ 在你的摄影作品中，花是一个很集中的题材，也最有名。你为什么这么喜欢拍花？

王小慧 ｜ 花卉系列的拍摄是很主观的，就像你说的，不在观赏阶段而在倾听与交谈阶段。我拍花常常在夜里，夜深人静之时，我真的感到花似乎有灵魂，在用自己独特的语言讲述着它们的故事，展示着它们的存在，就像人一样各有自己的姿态、神情、性格与特征。与花的这种无声的交流，就好像两个不同的生命体在对话。我用近摄的方式拍，感到我的灵魂也好像进入了花里面，成为了一体。这些花柔美娇嫩看似很轻，但表达的都是生命之"重"。"生、死、爱"一直是我创作的主题，比起"关于死亡的联想"那样沉重的主题似乎轻松些、间接些，但其核心并不轻松，也许更广义，更坦然，更有哲理。

周国平 ｜ 人摆脱了功利的眼光，就会发现万物都是生命，既独立又和我们的生命是一体，从而开始与万物交谈。

王小慧 ｜ 我觉得花真的是和人有一种感应的。我的干女儿的妈妈，她的父母很喜欢养花，还曾经开过一家花店，在院子里种了各种各样的花。后来她父亲去世以后，无论她母亲怎么精心照料，凡是她父亲种的花全都死掉了。他们觉得不可思议，因为她母亲是很懂得怎样养花的人。类似的情况我也亲身经历过，在俞霖去世以后，留下了他心爱的水竹，高及天花板，我和父母无论怎样修剪叶子，施肥浇水，都不能阻止叶子一天天枯黄，一天天落下。等冬天过后，我们还抱着希望，也许它开春能再长

《花之灵·性》No.1（2001）
许多人奇怪我照片超乎现实的色彩及绘画般的笔墨，以为是后期制作的结果，其实是我前期经过若干实验直接在冲洗底片过程中做出来的

出新芽，但它真的好像有灵魂一样，随着我先生离我们而去了。所以我真的相信花有灵性，同时我也觉得花和我能够相通，似乎我能懂得它的语言，在我拍花的时候，我总觉得是在和它们交流。

周国平 ｜ 真正重要的是你的这种状态，而不是拍摄的技巧。

王小慧 ｜ 花的生命短暂而灿烂，象征了生命的轮回。2003 年我准备 10 月份上海美术馆的展览时，我的设想是用五千枝新鲜的莲蓬展示 五个星期，展示它从生到死的全过程。但那时候已经过了荷花开放的季节。荷花是夏天的花，一般到 8、9 月份就没有了，所以我在 9

223

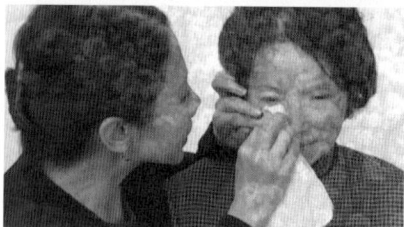

影像作品《又见梨花》（3'46"）（2003）

月底想找新鲜莲蓬的时候，几乎找遍了全国也没能找到几百支。花的
供应商都说季节已经过了，人不可和天斗。可是，在我几乎绝望的时候，
偶然地从一个亲戚那儿听说，浙江有一个地方叫建德，那个地方出莲
子，那里的人不把莲花或莲蓬当作花来欣赏，而只是为莲子，为了做
月饼馅的莲蓉而栽培它们。结果我真的实现了我的愿望，在那里找到
了五千枝绿油油的莲蓬。

周国平 ｜ 真是天下无难事，只怕有心人。

王小慧 ｜ 当时我的策展人曾鼓励我说："你一定能办到，因为你
是王小慧。"这类事在我身上真的不止一次出现过。作为宝马的"年
度艺术家"，在 2004 年 4 月在慕尼黑准备展览时，我要拍一个关于
母亲的影像作品，题目是《又见梨花》，需要拍梨花。可是，拍摄的

影像作品《又见梨花》（3'46"）

时间最迟可以拖到 2、3 月份，而梨花通常 4 月才开。当时我也是找了很多的地方，梨花都没有开。我试过用腊梅、桃花甚至剪纸做假花代替梨花，都不成功。听朋友说偶尔在机场高速路旁看到过有两枝散落的梨花，我们就去找，花了很多时间找到了，结果还是觉得太少，没办法拍。在失望而归的路上，司机迷了路，我们跑到一个根本不认识的乡村，突然眼前一亮，发现成片的梨树，整整一个梨花园。这又成全了我的艺术创作。好像迷路是天意似的，使我赶在四月以前做好了这个短片。我又一次相信我和花的缘分，相信花是懂我的，花是通灵的。德国人爱说我有"保护天使"，它可使我一次次大难不死，我相信我的"保护天使"用中国话说一定是个"花仙"。

周国平 ｜ 不过，你拍花的技巧也是很特别的。

王小慧 ｜ 我拍花其实用各种方法，比如冰冻、烧烤、碾压等。曾经有位女孩子告诉我，她在一位女摄影师那里做助理，有一天她老板打开我的画册的一页，里面是一张带气泡的花，交待她任务，今天不把它模仿出来别回家。她们想了各种办法，买了油、汽水、颜料，还找了另一个男摄影师来帮忙打灯光，至深夜也没模仿成功，结果她回家的车也没有了。我有些特别美的细节比如一些黑色斑点是腐烂发霉的痕迹，有些花我放了一年再去拍，已经又重新长出绒毛绽出新蕾。我开玩笑说，我太蹂躏花了，花神也会生气的，朋友说它们应高兴，因为你的艺术使它们永恒。

我想到以前妈妈好友讲过的一个笑话，某个皇帝的一个御厨，烧得一手好菜，很受皇帝宠爱，他有一个菜是用一把热刀，把生鸡蛋一切为二，里面是嫩嫩的黄，一点也不会切散、切碎。别的厨子怎么也做不出来。御厨暗笑：他们哪知道我那鸡是吃芝麻喂大的。

3 细节、想象力与抽象

在孩子眼里，世界充满着谜语。可是，成人常常用千篇一律的谜底杀死了许多美丽的谜语。这个世界被孩子的好奇的眼光照耀得色彩绚丽，却在成人洞察一切的眼睛注视下苍白失色了。

周国平 ｜ 有人评论说，你的抽象摄影常常是把细节推向极端的结果，我觉得有一定道理。

王小慧 ｜ 我的抽象摄影实际上也就是把许多细节重新表现。

周国平 ｜ 你很善于捕捉细节，在捕捉到以后，就在这个细节上驰骋你的想象力，幻化出与原物完全不同的形象。孩子都有这种本领。

王小慧 ｜ 我小时候就是这样。我想起小时候住的一个地方，就是我妈妈"文革"中被迫住的。我们那层楼有一个公共厕所，这个公共厕所是没有人管的，很差也很破，包括水房啊什么都在那边，墙面剥落了，地上常有一摊摊的水迹。我每次上厕所时，看着地面上抽象的图案就能想出各种各样形象的东西，有时候像魔鬼，夜晚一个人上厕所时总感到挺恐怖的，人家说这个小孩怎么总是瞎想啊。后来我拍抽象作品，别人说你怎么知道那个是玻璃瓶子或者地上的斑马线上的图

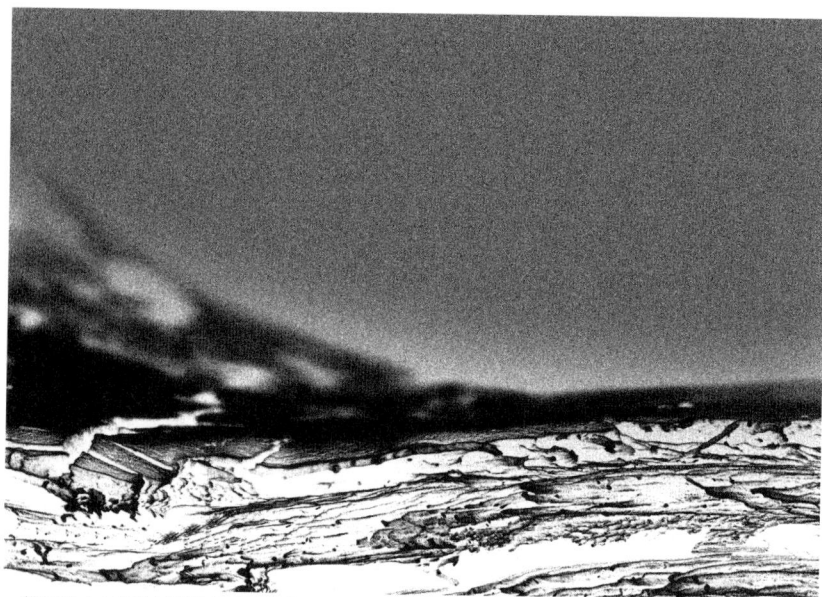

一粒细沙大小的竹子碎片几十万分之一尺度下拍出的照片（2010）

案？你怎么会把它们拍成好像是一个风景，我在小时候就习惯这样了。我好像一眼就看出来了，别人看了照片还要琢磨半天。最近我拍摄的纳米照片，可以说把微观世界放大到了极致，以纳米的尺度去观察物质，比如说拍一根头发丝的五万分之一倍，你能想象吗？我这样对你说吧，一毫米你应该知道吧，千分之一毫米是一微米，再千分之一微米才是一纳米。我与纳米科学家一起拍，因为只有他们才会操作仪器，而且我找到的几十种素材都需喷上金再放到真空中培养后才能拍摄。但拍完的结果使这些科学家大吃一惊，虽然他们与我一起拍摄，但他们看到的只是物质化的抽象图样，而他们每天都看见的图像在我眼中，特别是在我组合再创作之后会成为那么不同的景象，所以有德国评论家说我的眼睛与常人不同。评论家 Peter Von Guretzky 曾经说："她是以独到的眼光去观察我们周围的世界，好像比我们多出了一个感官，能看到完全不同的东西。每个熟悉她的人都知道她是那么即兴地摄影，似乎毫无计划，毫不经意地去注意我们根本不会看上一眼的东西，但事后当这些东西作为成果展示在我们面前时，你几乎不能相信这是我们一同看到的东西。我们对之司空见惯的，由她用完全不同的形态表现出来了。"还有我拍的那个马蹄莲，我一拍，他们就说像个男人在走路，或者是女人在走路，它有一个胯骨的曲线，可是前面还有一个花心儿很像男人，后来就叫它"行走的人"吧，管它是男人女人。

一粒细沙大小的蟹壳碎片几十万分之一尺度下拍出的照片（2010）

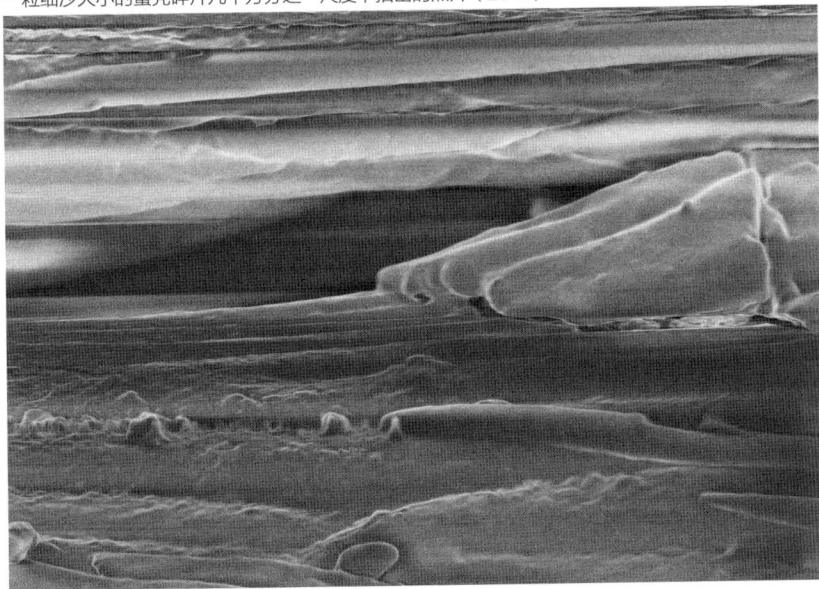

周国平 ｜ 从幼时的想象转到后来的抽象摄影，最早是什么时候开始的？

王小慧 ｜ 你看这个也是早期的风景照片（翻画册给周看），那时候拍的有点受中国画的影响，我小时候学过中国画，拍得像水墨画。这已经有一些抽象的倾向了。这是我最早的国画，你看也挺抽象的。

周国平 ｜ 这些国画都还在吗？

王小慧 ｜ 这三张当时卖给了一个女医生。她是我的第一个收藏家，现在我多少钱想跟她买回来，或者用任何一个作品和她换，她都舍不得。

周国平 ｜ 这些画是什么时候的？

王小慧 ｜ 大概有二十三四年了吧。那是我刚出国第一年办的一个画展，画展这一辈子就办过一次。我觉得就是好玩，不是真的要办展，那时候已经有抽象的意识了。当时家里给我带来一卷宣纸，里面还裹着两瓶咳嗽糖浆，因为德国都是西药的。结果瓶子碎了，宣纸染上了一块一块的药水，所以宣纸就不好看了，废了。那个纸在德国特别珍贵，我舍不得扔掉，就用我先生给我刻的"慧"字的图章盖满，盖上了图章污渍就不明显了，然后在这底色上我画上了这个书法。

周国平 ｜ 你的这组摄影拍的是残荷。

王小慧 ｜ 对，叫"乱箭穿心"。当时一个报社的记者一定要采访我，我说你就来一个小时吧，来了以后，他建议说我们去散散步吧，我觉得特奇怪，那么冷的寒冬，他还真挺有诗意的，这个二十多岁的小男孩。

周国平 ｜ 在国内吗？

王小慧 ｜ 在天津，很多年前了，我说大冷天的散什么步，他说旁边南开大学有个很漂亮的荷花湖，我带你去那儿散步。我说行，就带着我家小兰去了。我看到那个湖，真的特漂亮，有的地方冻了，有的地方没冻。我第一眼看见，就说乱箭穿心呀，那个倒影是心的形状。我拍了好多，中间胶卷不够了，还开车回去拿胶卷，结果一拍两小时，手冻得哆哆嗦嗦的。

周国平 ｜ 我有个画家朋友也拍过残荷，在圆明园拍的，和你拍的这些有相似之处。我看了很惊讶，才发现残荷这么美，是天然的抽象画。

王小慧 ｜ 所以说生活中的美和艺术中的美有时候是相反的，生活中的丑在艺术中可能会变成很美的东西。比如我二十年前拍的许多垃圾，破海报等。

周国平 ｜ 在生活中其实也不丑。

王小慧 ｜ 生活中有些约定俗成的观念是错误的，是束缚人的。

周国平 ｜ 实际上是从观念出发的，不是生活本身的东西。

王小慧 ｜ 于是大家从观念出发以为最好看的风景应当是落日啊什么的，我觉得那是最俗气的风景。

周国平 ｜ 第一个发现落日之美的人是天才，后来重复的人就是庸人了。

王小慧 ｜ 大家都去表现的时候，其实就审美疲劳了。

周国平 ｜ 大多数抽象摄影给我的感觉是不美的，但你的作品很美。

王小慧 ｜ 不过话说回来，我不追求那些所谓的"美"。当然我不希望我的作品丑，但我追求的应当是比美要深刻得多的东西。艺术家

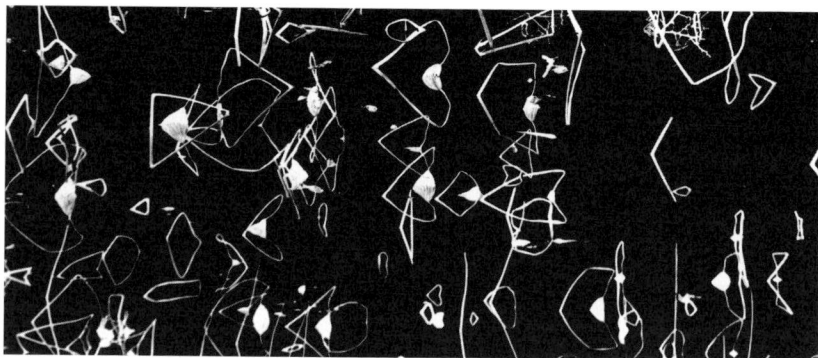

《冬日荷塘》摄影系列（2002）

的看和普通人的看是两种不同的看，艺术家常常能看到别人看不到的东西，他们有独特的视角、独特的眼光。如果去重复别人的眼光和视角，那么这种看作为一种艺术的意义也就不大了。很多艺术家苦于找不到自己独特的视角和眼光，而这也是他个人风格形成的前提。

周国平 ｜ 美是一种形式感，你在追求更深刻的内涵时，这种形式感始终在无意识地起作用，结果作品仍然会给人以美感。我觉得，好的艺术家一定有这种形式感，几乎是一种本能。把美当作目标的确是比较低的层次，作品就会肤浅、平庸。有些美学家提出审丑的概念，我认为也是肤浅的，好的艺术家不会在审美、审丑这个浅层次上纠缠。

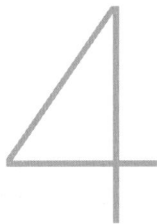

4 抽象是简化和浓缩

西方绘画之从具象走向抽象，是因为有感于形式的实用性目的对审美的干扰，因此而要尽可能地排除形式与外部物质对象的联系，从而强化其表达内在精神世界的功能。但是，一种形式在失去了其物质性含义之后，并不自动地就具有了精神性意义。因此，就抽象绘画而言，抽象本身不是目的，也不是标准，艺术家的天才在于为自己的内在精神世界寻找最恰当的图像表达，创造出真正具有精神性含义的抽象形式。

王小慧 ｜ 我很想知道你是怎样解释"抽象"的。

周国平 ｜ 前几年我参加过一个叫帕腾海默的德国画家的研讨会，他住在波恩附近的一个小镇上。他在北京的中国美术馆举办过一次画展，在南京也举办过一次。后来，波恩美术馆请了几个人去德国开研讨会，我在会上做了一个发言，回来后整理成一个稿子，这个画家很喜欢。他应该是属于极简主义的，有点像蒙德里安，但比蒙德里安更少一点。

王小慧 ｜ 能否再解释得详细点？

周国平 ｜ 我认为抽象绘画就是精神建构世界图像，这个图像同时是画家内在精神世界的表达。我原来没有想过这个问题，既然要发言，就琢磨了一下。我就想，为什么西方绘画会发生这样一个从写实向抽象的转折，抽象越来越成为主流了？这和西方哲学发生的转折是相关的、一致的。西方哲学的转折是从康德开始的，他引起的思想革命是近代以来最大的。两千年来，西方哲学一直在做一件事情，就是认为我们感官所接触到的世界变化无常，是一个现象世界，背后应该有一个不变的、永恒的东西，那才是世界的本质，西方哲学就一直在寻找这个本质。康德非常有说服力地证明了一点，就是我们感官所接触的世界确实是现象世界，但是我们靠理性去认识的世界仍然是现象世界，

一粒细沙大小的蛋壳碎片几十万分之一尺度下拍出的抽象图案（2010）

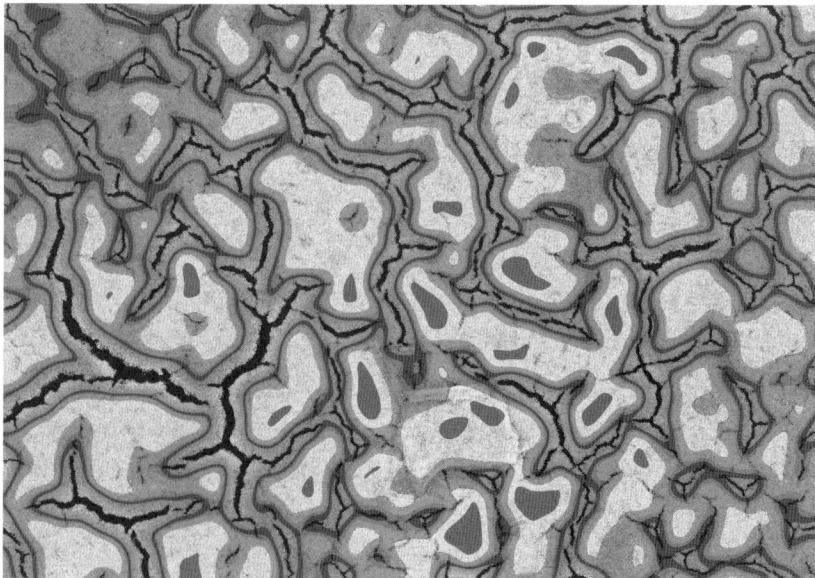

因为理性无非就是用逻辑去整理感官材料，使它们有条理，这样所得到的知识和现象世界背后的那个所谓本质还是毫无关系的。你用主观所固有的思维形式去整理你主观感觉所获取的材料，最后得到的东西仍是主观的，没有超出现象的范围。这个道理几乎说服了所有的哲学家，所以在他以后，如果还有哲学家说我要探究世界的本质，他就是外行了，他抱的就完全是一种过时的观念了。那么，我们怎么再认识世界呢？尼采就说，认识就是解释，而解释是多元的，从不同视觉对世界就会有不同解释。你可以看出，这样一来，认识者的主观就有了很大的自由。现代哲学家普遍认为，认识世界是一个建构的过程，你的意识去建构一个世界图像。这样一个观点就和绘画有关系了，因为写实绘画是要画出事物本来的样子，现在哲学告诉你，事物并没有所谓本来的样子，事物所呈现的样子是你建构出来的。所以我就说，抽象艺术就是对世界图像的建构，建构出来的是一个可能的世界，世界有无数种可能性，你建构出来的只是其中的一种可能性。

王小慧 ｜ 关于抽象的问题其实我也没想太多，但摄影的抽象与绘画的抽象似乎是不同的。摄影最早大家都追求逼真，摄影术发明以后，肖像画家生意就被抢掉了。再后来逼得好多画家就不画写实的了，因为写实你总比不上摄影吧。但是，摄影已经发展了一百多年，还去追求怎么逼真就又毫无价值了。有人说，当代艺术共有的特征是形象的抽象和思想的具体。摄影作为一种独立的艺术已经受到越来越多的承认，这是与它不断摆脱仅仅再现外部世界的记录性功能分不开的，它在寻找自己独特的语言和表现方法。我以前拍了很多写实的东西，后来就不做了。虽然我的纪实作品得国际大奖，许多作品人们至今还津津乐道，但它绝不是我现在或今后创作的内容了。后来我故意不去写实，越疏离，而是搞纯抽象摄影，距原来的形象越远，我觉得越有意思。而且纯抽象也不是一眼能看出来的。刚拍抽象的时候，人家会夸奖你多像什么具象的东西，这个是雪景，这个是雾中的山。

周国平 ┃ 你感觉特别受侮辱吧。

王小慧 ┃ 没有，刚开始还蛮高兴的，后来就不喜欢了。其实何必要让它像什么，你欣赏它本身的形式，而不是它像什么。我现在也特别不喜欢人家说，啊呀，你这个作品真的像油画一样的。像油画就好吗？摄影有它自己的魅力。我愿意后期去加工它，是因为我想强调我想要的东西。我想有意克服摄影技术上的局限。比如你拍我的话，我的脸是清楚的，手也是清楚的，以专业术语解释的话，我们是处于同一"景深"之中。但假如我要想手不清楚而强调脸的话，我就用一些后期的手段把手变得不清楚。如果是用照相机去拍，它是很忠实于距离的科学道理的，不可能手清楚而脸不清楚，因为处在同一个距离。或者是背景不清楚，或者是近景不清楚，但是同一个距离不可能有清楚有不清楚。想让脸清楚，身体不清楚，项链不清楚，手中的东西不清楚，你就得后期去修正它。纯抽象的形式我也特别喜欢，西方建筑学有种说法："形式即内容。"我是学建筑学的，受西方这种包豪斯的正统的教育，这么多年了，根深蒂固的，对简洁的美特别欣赏。我是非常喜欢极简主义的，包括别人说你的家怎么那么单调啊，都是白的，都是直线，没有装饰。我读书时学的理论说，"装饰即罪恶"。一切都有它自己的形，如果再人为地去加些不必要的"装饰"，我就觉得形式太乱了，不单纯了。我特别喜欢单纯，连家里摆一束花都要同样的花，一色白或一色黄，而像日本插花，各种各样的人工雕琢，不同色彩的精心搭配，我就不喜欢。我喜欢单纯的、简易的、原始的东西。今年春天我的绿化工人说，想帮我在阳台上配一个景，我就担心各种各样的花草，反而不好看了，我想种些秋天的芦苇，我想要高，只有芦苇比较高，而且长得快。绿化工人不解，他觉得照他的方案配上不同色彩的花才好看。

一根头发粗细的纤维几十万分之一尺度下拍出的抽象图案（2010），所有色彩都是我事后加的，光电显微镜拍出的全是黑白影像

芦苇多枯燥啊。我喜欢简洁的表达方式，也就是和生活的距离拉得远一些。我不喜欢自然主义的表达，不想让艺术作品再现生活。

周国平 ｜ 你理解的抽象就是形式吗？

王小慧 ｜ 不是，但对摄影来说是。我是把它浓缩、提炼。就好像是把化学的元素提炼出来。抽象是把复杂变为单纯与简洁，而这单纯与简洁并不意味着枯燥，它虽然将各种物体简化为一些基本的视觉要素，诸如形、色、肌理等最低限度的视觉符号，但往往最简单的符号最一目了然。同时，经抽象了的形象因为失去了具体性，反而可能使画面有了一种理解上的多义性，这种理解与观赏者的人文背景紧紧关联。在建筑学上，把可视的东西归结为形、光、色，形又分实体的形和空间的形，人们一般都注意实体的形，但是空间的形更重要，它对人的心理感觉有最大影响，你想一想在教堂里的感觉是什么样的。空间的形对人的心理的、视觉的影响其实很大。

周国平 ｜ 建筑学里面有这种提法吗？就是空间的形和实体的形的区别。

王小慧 ｜ 好像不系统。我在我的硕士论文中谈了，分析得挺具体的。这书都二十多年了，还在印，说明大家还在看。我分析就连实体的形都是有点、有线、有面的，比如说一个点的形，点又有实的点和虚的点，有很多讲究的，我举了很多例子，看到五花八门的建筑，最后就压缩成这些东西。把建筑的视觉符号抽象了分析它。

有评论家说，我的这类抽象摄影作品是把材料加以浓缩使其超出自身的含义，它不仅表现了材料构成的美感和形态塑造，而且给了单纯的表现以更多理解的可能性，更多的想象空间，更广范围的表达，最不被注意的东西由此与最有美感和震撼力的东西联系到了一起。所以，抽象的过程就是这样一个寻找、简化、精练、浓缩的过程，将复杂变为单纯和简洁，好像一系列的化学反应程序，往往抽象的形态最能表达本质的东西。

周国平 ｜ 我觉得在这个过程中直觉非常重要，打一个比方，就好像开了"天眼"，能够看见具象世界背后的东西。你的抽象不是概念的演绎，更多是直觉，所以让人感到特别自然。我不喜欢刻意做出的观念艺术。

王小慧 ｜ 我不喜欢每一张照片都给它一个固定的名字，我喜欢有系列的，或者总体上是观念性的。所以那位美国的学术权威说我做的不是"观念艺术"，但是我是"观念性的艺术家"。他还发明了一个可以用来描述的词是"conceptualizing",是一种现在进行时的含义,不是我们通常比较狭隘的"观念艺术"的理解。这个观念是流动的,不能单独地判断。比如"视觉日记"那样的照片单独地、割裂地去看的话,你会觉得它是个很纪实的东西。但是长久地去看,我十几年如一日地做这个事情,就是一个观念性的艺术。举个例子来说得更明白些,曾经有一位艺术家做过一个简单又很难做到的行为艺术,就是把自己关起来,一个小时打一下卡,整整打了一年。打卡这个事情很普通,很多公司上班族天天要做,但是他把这个事情连续地做下来,睡觉的时候也做,测试到了自己的极限,人的极限承受度,就是"观念艺术"了。

周国平 ┃ 现在你最喜欢做的事情还是摄影吧,在做的过程中很享受。

王小慧 ┃ 虽然我现在创作面很广,形式也很多,即非常跨界。我对其他领域创作比如雕塑、影像、新媒体也感兴趣,但如果很久不拍照片,我就不开心,拍照的时候最开心。我说的拍照不是日常意义上的拍照,那我每天都在拍 "视觉日记",我说的拍照是指创作。因为现在的创作比较观念性,因此想的时间更多,真拍的时候并不多的。《女人的上海花园》拍摄只拍了三天,《上海女孩》也没拍多长时间,至多十天吧。就是拍的时间少,后期制作的时间长,准备服装、道具的时间也长,构思孕育的时间更长。还是觉得拍照的时候最开心。

魂与艺

艺术是生命的自由活动

我相信若要在艺术上取得突出的成就，是必须有相应的天赋的，所以在任何理想条件下也不可能人人都成为大艺术家。然而，另一方面，广义的艺术原是生命的自由活动，在此意义上，每个具有正常生命本能的人就都具有广义的艺术创造的潜能。可惜的是，在大多数人身上，这种潜能始终未得开掘，甚至因生活的重压、职业的限制、功利的争逐而萎缩了。

人有两种活动，一是生命的自我娱乐和自我享受，一是消耗生命以谋求外在的利益。一个人若因客观的逼迫或主观的欲念而过于操劳操心于后一种活动，前一种活动就必然被压抑，久而久之，性灵终于磨灭了。这样的人即使以绘画为毕生职业，他也只是一个从事着功利活动的画匠，他的作品必定缺少生命和艺术的光辉。相反，如果一个人的性灵足以抵抗功利世界的压力，智慧足以看淡功利世界的诱惑，在当今这个极端功利社会中仍能陶然于生命的自娱，那么，无论他是绘画、写作、歌唱，还是仅仅有滋有味地生活着，他都无往而不是生活在一个真正意义的艺术世界之中。

艺术中的真和美

对于一个艺术家来说，只有两件事是最重要的：第一是要有真实、丰富、深刻的灵魂生活，第二是为这灵魂生活寻找恰当的表达形式。前者所达到的高度决定了他的作品的精神价值，后者所达到的高度决定了他的作品的艺术价值。

如果说前者是艺术中的真，那么，后者就是艺术中的美。所以，在艺术中，美是以真为前提的，一种形式倘若没有精神内涵就不能称之为美。所以，美女写真照不是艺术，罗丹雕塑的那个满脸皱纹的老妓女则是伟大的艺术作品。

艺术的个性与人类性

当我们谈论艺术家的个性之时，我们不是在谈论某种个人的生理或心理特性，某种个人气质和性格，而是在谈论一种精神特性。实际上，它是指人类精神在一个艺术家的心灵中的特殊存在。因此，在艺术家的个性与艺术的人类性之间有着最直接的联系，他的个性的精神深度和广度及其在艺术上的表达大致决定了他的艺术之属于全人类的程度。在这意义上可以说，一个艺术家越具有个性，他的艺术就越具有人类性。

艺术没有国别之分，只有好坏之分。一个好的中国艺术家与一个好的西方艺术家之间的距离，要比一个好的中国艺术家与一个坏的中国艺术家之间的距离小得多。人类精神在最高层次上是共通的，当一个艺术家以自己的方式进入了这个层次，为人类精神创造出了新的表达，他便是在真正的意义上推进了人类的艺术。

艺术家没有社会使命

我不怕危言耸听，宁愿把话说得极端一些：我认为艺术家没有社会使命。当然，一个人除了做艺术家之外，还可以有别的抱负，例如做革命家、改革家、社会批评家等。但是，在那种情况下，他所承担的社会使命属于他的后面这些角色，而不属于他的艺术家角色。

如果一定要说使命，艺术家只有精神使命和艺术使命。在精神上，是关注灵魂，关注存在，关注人生最根本的问题。在艺术上，是为之寻找相应的表达。简言之，艺术家的使命就是创作出有深刻精神内涵和精湛艺术形式的好作品。毫无疑问，这样的作品一定能在社会上发生有益影响，但是，这不是艺术家刻意追求的目的，而只是自然的结果。

1

艺术与哲学

哲学与艺术都是人类精神生活的形式，在本质上是相通的。好的艺术作品必有一种哲学的底蕴，传达了对世界和人生的一种基本理解或态度。但是，哲学在作品中应该隐而不露，无迹可寻，却又似乎无处不在。作品的血肉之躯整个儿是艺术的，而哲学是它的心灵。哲学所提供的只是一种深度，而不是一种观点。哲学与艺术的最差的结合是，给艺术作品贴上哲学的标签，或者给哲学学说戴上艺术的面具。

王小慧 ｜ 艺术家应当用他的艺术表达对人生的思考，哪怕仅仅是提出问题。我曾说过，在艺术中真比美更为重要，那些仅仅用技巧来制造美的人，在我眼里不是艺术家，他可能只是一个高超的手工艺匠人。

周国平 ｜ 对，你说的实际上是指作品的内涵，这是第一位的，如果内涵贫乏，所谓美就只是技艺罢了。

王小慧 ｜ 那天我给大家讲德国的设计，真正好的设计一定要实用的，首先要实用，不实用的设计再漂亮也没有用。功能第一，这是德国的设计方式。

周国平 ｜ 不把审美也看作是设计的功能的一部分吗？

王小慧 ｜ 可以说是精神上的功能。有时候设计上精神功能更重要，我并不反对精神功能，但是原则是不能妨碍基本的实用功能。如果精神功能和实用功能是有矛盾的，你一定不要牺牲实用功能，能附加上精神功能当然更好。所以那天我在为大众汽车活动讲德国设计时就说，主持人洪晃的衣服胸前有朵花，花是装饰，装饰就属于精神功能，有了花衣服就好看嘛。但是如果有了花不好穿、不好坐，假如屁股后面都是花，坐也不能坐，那就很不实用。

《阴与阳》No.1（1990）

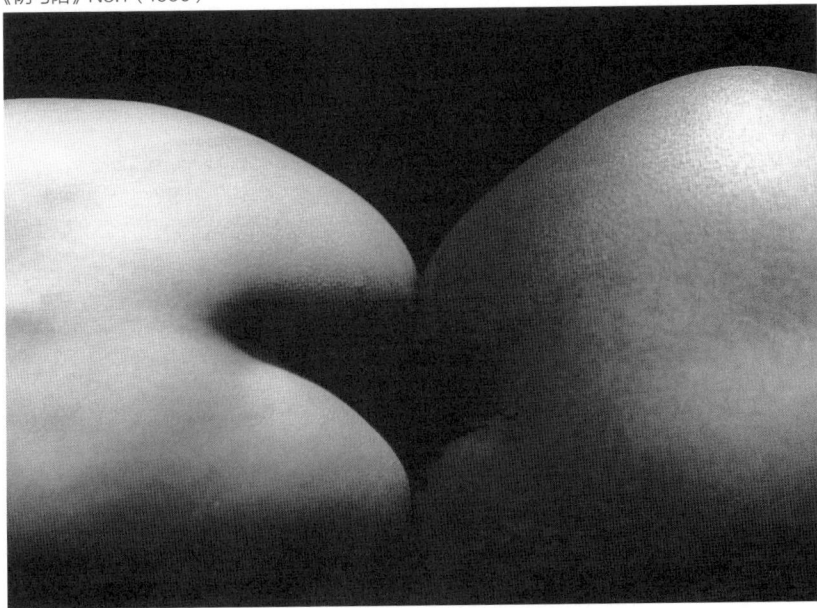

周国平 ｜ 实际上也会影响审美的感觉的，如果你感觉到它妨碍了生活功能的话，你会觉得累赘的。不过，现在工匠很多，艺术家太少了。

王小慧 ｜ 我讲座的时候，从不回答技术问题。

周国平 ｜ 工匠很多，艺术家太少了。

王小慧 ｜ 在中国好多人比较重视工艺性的劳动，比如说油画可以卖很高的价格，因为油画可能要画几个月，摄影就是很快拍出来的东西。很多人把"工"看得很重。可是，好多大师的作品，可能就是一个线条，你说那个线条多少时间画出来的？更有甚者，也许是个现成品。最著名的"现成品艺术"的开山鼻祖杜尚用一个小便池作为他的艺术品展出，现在这个小便池价值连城，你说那里有他任何手工在里面吗？他的"工"不是手工，而是脑力劳动，是颠覆性的思维方式，是他在艺术史上不可磨灭的革命性的一步。这些才是真正价值所在。靠手工而提高价值的充其量是工艺品。就像好的设计可能用便宜的材料甚至是废品做的，在西方价格仍然可以卖得很贵。因为好的设计不是在卖材料，是卖创意。创意与材料之间相差越悬殊，设计应当是更好的。

周国平 ｜ 艺术中真与美的关系，实际上涉及哲学与艺术的关系问题。尼采有一个观点，他认为哲学家和艺术家的使命是一样的。大自然为什么要产生哲学家和艺术家？因为在大自然本身的过程中，人类的生存是没有意义的，一切都是没有意义的，这是重大的缺陷，所以需要产生出哲学家和艺术家，来为人类也为大自然创造一种意义。哲学家是从理论上来解释和证明这个意义，艺术家不是这样，他创造出另外一个世界，一个有意义的世界。所以尼采说：艺术是生命本来的形而上活动。不过，艺术家这样做不是有意识的，只是结果，他的作品阐述了生命的意义。真正的艺术大师往往都有一种哲学性质的冲动，只是自己未必意识到。文学家可能意识到，因为他的手段是文字，和哲学家比较接近，画家、摄影家、音乐家就不会明确地意识到。

王小慧 ｜ 他可能有这种背景。

周国平 ｜ 这个背景不是他经历的事情，而可能是一种情绪。

《合二为一》系列（1990）

王小慧 ｜ 艺术家是很直觉地，很感性地，而不是理性地去思考哲学的问题。

周国平 ｜ 起码他在无意识中有对生命意义的一种关切。哲学无非是两大问题，一个是灵和肉的关系，一个是生和死的关系，其实所有的哲学和宗教说到底都是要解决这两个问题。

王小慧 ｜ 我没有思考，可是我的好多作品都和它们有关系，不是有意识地去解释哲学问题，是在无意中反映了哲学问题，或者说碰撞到了哲学问题。

周国平 ｜ 所以我觉得你的许多作品是有哲学意味的。其实哲学不是一门学问，是不是看哲学书不重要，一个好的艺术家本身就有哲学的直觉，对那些有哲学意味的现象、场景、细节，他会有一种敏感，不是思考，是直觉一下子触到了本质。

王小慧 ｜ 艺术家有时候碰到了，自己并没有意识到，所以需要哲学家来诠释。

周国平 ｜ 艺术家应该是直接创造，艺术家有太多的思考反而是坏事。

王小慧 ｜ 艺术家是不是有义务提出问题？或者说艺术的意义是不是要提出问题？

周国平 ｜ 关键是用什么方式提出。好的艺术作品都是在提出问题。艺术家没有必要在作品之外去讨论这些问题，那是批评家的事情，让这些没有创作才能的人去讨论吧。尼采特别看不起批评家，他认为批评家是靠艺术家为生的寄生物。

王小慧 Ｉ 可是现在中国有好多艺术家都依赖批评家。

周国平 Ｉ 那就不是真艺术家了，他们之间是一种商业的关系。其实，我看人不看他是哲学家、艺术家还是批评家，这些只是社会分工。人和人的根本差别在灵魂，换一种说法，人在精神上是有种的差别的，这种差别实在太大了，并不比人类和其他动物的差别小。不管你从事的是什么工作，你是什么种都一定会表现出来。要说沟通的话，是有一个前提的，先天的东西必须是相互靠近的，才谈得上沟通。

2 个性和社会责任

对于艺术家来说，重要的是找到仅仅属于自己的眼光。没有这个眼光，创作一辈子也没有作品，世界再美丽富饶也是别人的。有了这个眼光，就可以用它组织一个属于自己的世界。

一个艺术家的存在理由和价值就在于他发现了一个别人尚未发现的新大陆，一个仅仅属于他的世界，否则无权称为艺术家。

王小慧 ｜ 我不喜欢现在的这种跟风和模仿，很多艺术家没有自己独立的思考，往往是看什么能有商业价值就去做那一类的作品，甚至更简单地走捷径，看某一类作品走红，就改头换面地抄袭、仿造。我们在艺术博览会上会看到很多作品，远看似乎是某一个艺术家的，走近一看其实不是，而是非常相似的一类作品，这样的作品在我眼里是没有价值的。

周国平 ｜ 对，无论在艺术界，还是在学术界，都是只有少数人在创造，多数人在制作和仿造。我说的这少数人，一定都是有自己真正的兴趣和想要解决的问题的，这使他们的作品具有一种内在的统一性和独特性。如果没有，就只好在外部动机的驱策下从事制作和仿造了。

王小慧 ｜ 艺术家必须有个性，在做人上也是这样。曾经对我影响很大的一家人，德国收留过我七个月的门可教授和他的雕塑家夫人，他们有一个儿子，一个很有才华的画家。在他当时还是一所艺术学院的穷学生的时候，他爱上了一个名模，但他知道这个名模很可能会对他不屑一顾。于是有一天，那天是愚人节，他打了一个电话给这个名模，说自己是什么制片人，要选演员，想和她谈谈，有一部电影想让她演。那个名模打扮得漂漂亮亮地来赴约了，他给自己贴了假胡子，化妆成一个大牌制片人的样子，这是他们恋爱的开始，他的别出心裁使他赢得了这个女孩的芳心。

周国平 ｜ 女孩受骗了，但发现受骗的滋味很好，这个骗子很可爱。

王小慧 ｜ 不过这个女孩后来被他的教授"抢"走了，因为那个教授是德国最著名的画家之一。此人有个性也是出了名的。为此师生二人决裂。不过言归正传，艺术要有个性，没有个性也就没有艺术，而艺术的个性首先是因为艺术家有个性，艺术家的个性又往往是与他的才华成正比的，越有才华的艺术家越有个性，甚至往往表现出很多怪癖。他们有超人的才华，这是他们的怪癖的资本。还以那位世界最伟大女高音之一的丽莎为例，当她单枪匹马闯荡美国的时候，她第一次得到了和大都会歌剧院签约演唱歌剧的机会，她的经纪人要给她开新闻发布会，她拒绝了。她说，如果我凭我的声带不能征服美国，再多的宣传也无济于事。当今我们娱乐圈的现象正好相反，太注重包装，包装里面往往空无一物，甚至是假冒伪劣产品。现在许多艺术家想成名就相信包装，而不是靠自己的实力。也有的艺术家小有名气就耍大牌，其实这种"摆谱"根本不是个性。像丽莎这样凭借真实才华表现出来的尊严才是真正的个性。在她告别歌坛很多年后，她得了一个瑞士国家级的大奖，她是瑞士人，当时生活在西班牙，她不去领奖，颁奖的人觉得非常奇怪，因为还没有一个得这个奖的人不是亲自去瑞士领奖的。她一生得过很多奖，但从来不把这些看得很重要。在很多人看来，这就是怪癖。但是我能理解，我跟她深入交谈过，她从心底里鄙视所谓的荣誉，至少那对她的生活无足轻重，真正看重的是自己的平凡生活。对于她来说，她的先生晚上陪着她一起入睡，入睡之前对她说"我爱你"，而且要几十年如一日，否则她难以入睡。这些对她来说才是最重要的。

周国平 ｜ 我很欣赏你说的这位艺术家。真正有个性的人一定是非常真实的，他只是顺应自己的真实秉性做人和处世，习俗和舆论都不能影响他，甚至根本不在他的视野范围之内。有没有怪癖不是标准，我倒觉得，伟大个性的共同特征是绚烂至极归于平淡，我称之为丰富的单纯。

王小慧 ｜ 由个性问题我想到艺术家的自我与社会的关系。大家都在谈论艺术家的社会责任，但我很难想象一个艺术家只关心社会，不关心个人，他的艺术是种什么东西？这一点我得听听你的意见了。

周国平 ｜ 我认为自我始终应该是一个核心，这个自我是精神性的自我，和灵魂同义。我不相信一切灵魂中没有问题的人，灵魂中没有问题，就等于没有灵魂。你仔细看就会发现，灵魂中的问题其实都是人类精神的共同问题。所以，所谓灵魂其实就是人类精神在个体身上的存在形式。那么，当一个人关心自己灵魂中的问题并且试图解决它们的时候，他实际上就是走在人类精神探索的道路上了。只有这样，你在关心社会问题的时候才会有一个方向，一种基本的价值观。你说你关心社会，可是如果你不关心你自己的灵魂，我就有理由怀疑你的所谓关心社会究竟是为了什么，这种关心既然没有精神上的动机，就只能是功利上的动机了。

王小慧 ｜ 作为学者，你们是怎样做的？

周国平 ｜ 基本上是两种方式。一种是比较单纯地做学术，就是弄一个课题，找资料，做分析，写成论文或专著之类。一种就是关心社会，一些人有点像幕僚，接受政府部门的订单，调查研究，出谋划策，另一些人则作为在野人士，对社会问题积极发表言论，指点江山。这些人表现出一种社会使命感，在一段时间里往往也能成为社会上的风云人物。我和这两种都不太一样，学术也做一些，比如翻译和研究尼采，言论也发一些，比如批评现行教育，但更多是关注人生问题和精神生活问题，写这方面的文章。

王小慧 ｜ 你怎么看这些有社会使命感的人呢，不管是学者还是艺术家？

周国平 ｜ 应该有社会使命感，但是使命感不应该是外在的。我发现，相当一些所谓有社会使命感的人，他们往往带有功利目的，图名图利，比如引起当局的注意，不同方式的注意，喜欢或是讨厌，讨厌也是一种方式，真有人是借此牟利的。

王小慧 ｜ 我就记得有一幅漫画，画一个作家脱了裤子，撅着屁股，说："赶快打我吧，我好出名啊！"

周国平 ｜ 这很形象。我不认为我不关心社会，但我有我关心的方式，而且从实际效果来看，我对社会是有好的影响的，这从青年人对我的书的反应就可以看出来。不过，这也不是我所追求的，我从来没想过要做一个青年导师，我做不了，这个称号完全不适合于我。我这个人是很个人化的，我跟你一样，只是做着自己喜欢做的事罢了。我写作是因为我觉得有乐趣，当然我不是没有动机的，动机是要解决我

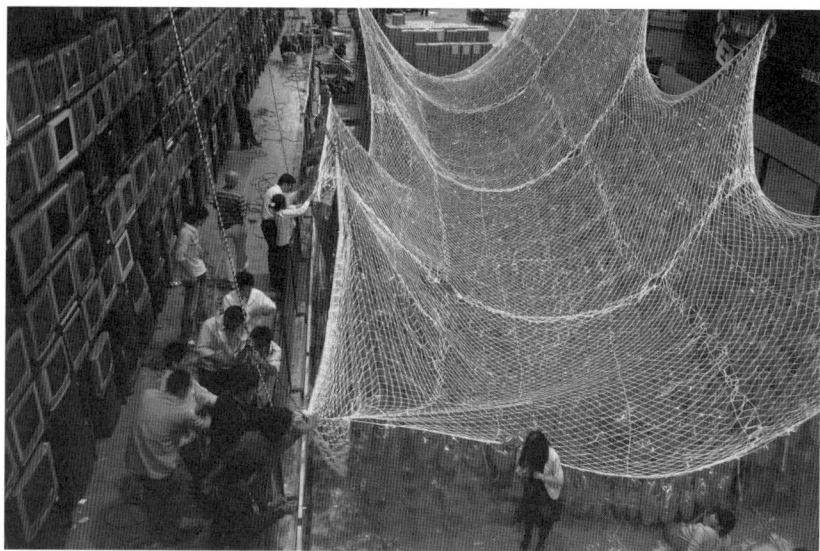
"2010 梦想计划"上海展，"王小慧与10000个梦"布展现场，几十个人一起把几千个气球拴在网上拉到顶上

自己内心的问题。我这个人从小就是一个多愁善感、比较脆弱的人，容易想不开，所以就使劲地想啊写啊。不是写文章，在很长的时间里是写日记，写作成为我的职业是很晚的事情。

王小慧 ｜ 如果我要关心社会问题，我不会直白地去说，我也是用艺术的形式表现出来，比如说《上海女孩》，是表现了现在上海女孩的生存状态和精神状态。我知道前些时候有的艺术家在网上拍卖三鹿奶粉，我认为太直接了，我宁愿和现实拉开一点距离。如果说作为艺术家有社会责任，我宁愿去搞我的艺术品拍卖，然后真的把钱捐给小孩。反正我觉得没必要直接去做社会学家、心理学家，甚至统计学家做的事情，这不是我的方式。

周国平 ｜ 这也许有社会意义，但不是艺术。

王小慧 ｜ 有的人认为是艺术，或者认为是当代的艺术。

周国平 ｜ 因为直接介入社会？

王小慧 ｜ 对，直接介入社会问题。

周国平 ｜ 像这样的问题一直是有很多争论的。比如说，第二次世界大战时候的法国，萨特和加缪都是法国优秀的哲学家、文学家，在这个问题上就争论得很激烈。萨特强调介入，直接在现场，他很受青年爱戴，是一个偶像级的人物，他人缘很好，也确实讨人喜欢。加缪则认为，作为文学家不应该直接介入，应该用作品来说话。我同意他的看法，作为一个作家，你应该去写你的灵魂对社会问题的感应，而不是直接参加社会活动。后来他们两个人都参加了抵抗运动，萨特认为理应如此，加缪认为是形势所迫，作为一个公民不得不站出来。我认为，凡是从事精神工作的人，不论是哲学家、作家、艺术家，和这个社会都是应该有距离的。起码可以这样说：当你直接介入社会活动的时候，你不是作为艺术家，而是作为社会活动家。所以我不喜欢现在的许多行为艺术，其中不乏哗众取宠之辈。艺术家还是要管好自己的灵魂，管好自己的自留地，有灵魂和自留地就行了，你是带着灵魂去种地的。光是自留地，没有灵魂，当然是很浅薄的。一个有正义感的人，一个正直的人，他对社会问题总是有反应的，总是会在作品中表现出来的。当然也可以直接表现社会的题材，但是一定要用艺术的方式。

王小慧 ｜ 一是要用艺术的方式，二要有意思，不要为了社会责任而做。还有一点，我觉得艺术家还是要纯粹一点。

周国平 ｜ 动机如果是为了功利，为了引起注意，这是卑鄙的。为了显示自己有承担，有社会责任感，这是做作的，是在演戏。动机必须是真诚的，真正感觉到有切肤之痛。评判的标准是艺术，并不是你表达了社会题材就是好作品，表达社会题材也可能是垃圾。

王小慧 ｜ 艺术史上有人因为参与了社会问题而出名了，一些人觉得这是捷径，他们没有毕加索那样的天分。

周国平 ｜ 动机不纯，能力又不足。

王小慧 ｜ 还有就是耐不住寂寞，我觉得真正的艺术家是能耐得住寂寞的。

"2010 梦想计划"本身其实就是一个有社会性的艺术行为，全国上万有梦青年参与到这一活动中，这是我与来自广西的少数民族女大学生一起唱山歌。与年轻人一起，我自己感觉也年轻些

周国平 ｜ 从事精神劳动的人都必须有这个品质。你可以参加社会活动，但是真正的创作一定是在寂寞中完成的。

王小慧 ｜ 包括心态，如果受太多干扰，没有平静的心态，就不会有好的创作。现在好多年轻艺术家还未出道就在挖空心思想如何走捷径，如何趁早出名，实在是很糟糕的现象。

周国平 ｜ 关于知识分子的社会责任，我再说几句。我认为应该有这样的担当，但是出发点必须是一种精神关切，用我的话说，就是做一个守望者，守护人类的基本精神价值，瞭望社会进程的精神走向。我发现那些一心要做风云人物的人，相当一部分其实是没有操守的，他们不停地在变，昨天鼓吹西化，今天捍卫国粹，昨天强调变革，今天赞美体制。我从这里就做出了一个判断，他们的所谓关心社会是很功利的，灵魂中完全没有根基。我曾把中国知识分子和俄罗斯知识分子做比较，像托尔斯泰、陀斯妥耶夫斯基这样的大作家，车尔尼雪夫斯基、别林斯基这样的批评家，他们都是非常关心社会的，但你看他们的作品就知道，个个灵魂里都充满痛苦的追问，都有广阔而深邃的个人精神生活。中国的作家、学者有几个是这样的？可是大家都争先恐后地要在社会问题上发言。艺术家的道理也是一样的，如果没有灵魂生活，不关注精神价值，所谓关心社会就只是一种表演，而且往往是有利可图的表演。那个评论家说从小我到大我，如果小我是指个人灵魂，大我是指社会关切，那么，前提是首先得有饱满的小我，然后才会有真实的大我，如果小我是空洞的，大我就绝对是虚假的。

王小慧 ｜ 对，对，讲得真是太精彩了。

周国平 ｜ 中国很多人是没有精神性自我的，我觉得这是中国文化的一个毛病，不光是从现在开始的。

王小慧 ｜ 你觉得不是现在才有的？我以为你是在说现在。

周国平 ｜ 现在的商业环境中更严重了，但不是现在才有的。在中国的文化传统中，有两样东西是没有地位的，一个是上帝，上帝是一个符号，其实代表最高精神价值，另一个是个人。我们从来只重视社会，为了社会的稳定，把上帝和个人都牺牲掉了。修身、治家、齐国、平天下这一套东西，其中哪里有个人灵魂生活的影子？西方文化是把上帝和个人看得比社会更重要的，社会应该为精神价值和个人自由服务，而那样的社会恰恰是高质量的。世界历史上的四大导师，苏格拉底、耶稣、佛陀都是灵魂导师，而孔子只是伦理导师。你在中国历史上能找到一个灵魂导师吗？根本没有。

王小慧 ｜ 艺术家有没有责任解答现实社会的问题呢？

周国平 ｜ 我的回答是没有。

王小慧 ｜ 我也挺困惑的，过去我不太关心社会，只关心我自己的心灵。但被看作是太个人化，我也在怀疑自己是否应多关心社会问题，否则就缺乏责任心。

周国平 ｜ 这不是责任的问题，如果你作为责任去做，肯定是坏的艺术。如果一个艺术家是敏锐的，生活在这个时代，他会感受到的，在作品中会表达出来的，这是个自然的过程，从结果来看，有社会意义。不应该是追求的，而是自然的。

3 最好的文化无国籍

一切关于东西方文化之优劣的谈论都是非文化、伪文化性质的。民族文化与其说是一个文化概念，不如说是一个政治概念。在我眼里，只存在一个统一的世界文化宝库，凡是进入这个宝库的文化财富在本质上是没有国籍的。无论东方还是西方，文化中最有价值的东西必定是共通的，是属于全人类的。那些仅仅属于东方或者仅仅属于西方的东西，哪怕是好东西，至多也只有次要的价值。

周国平 ｜ 你是一个中国艺术家，却是先在西方获得成功再回到中国来的，这样的例子不太多。你在西方做艺术的体会是什么？

王小慧 ｜ 在当今西方中心的强势文化中，一个东方艺术家要获得认同，首先靠的是独特的"自我身份"，否则会被淹没在成千上万艺术家的大海里，那个大海是无情的。无论在巴黎、纽约或柏林，多少来自世界各国的艺术家聚集在那里，用我那位大牌艺术经纪人的话来说，是比海边的沙子还多，有很多还在为基本的生活而奔波甚至说在挣扎，谈不上随心所欲地自由创作。有很多人在等待机会，等待着被发现，被接纳，被认同。就像作家祖慰在一篇对我的艺术的评论中描

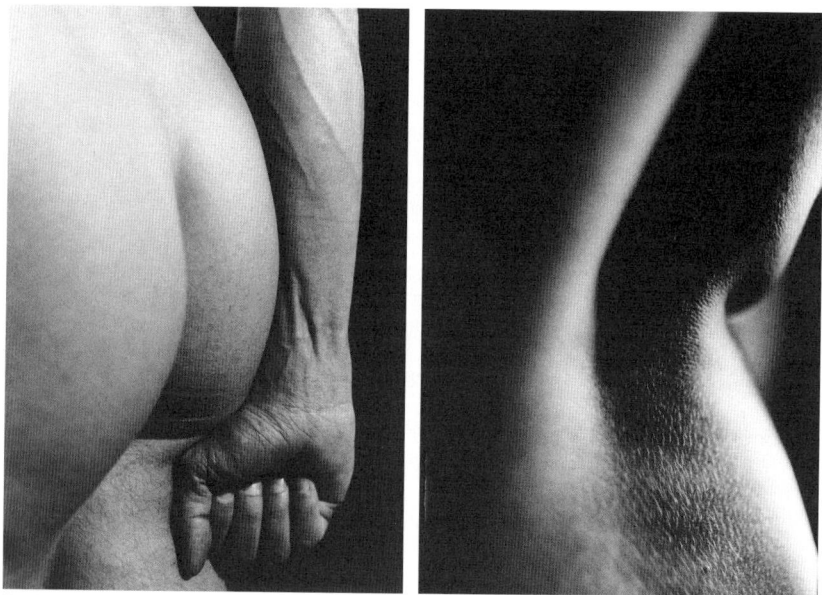

《阴与阳》系列（1990）

述的，去西天取经的人无数，能有几个像唐三藏那样修成正果？有些人一辈子就在等待中度过，更有些人半途而废，失望而归。在这个过程中始终能保持清醒的头脑，坚持自我，并不那么容易，就像在大海里游泳既要认明方向又不能溺水一样。

周国平 ｜ 的确不容易，如果我在西方混，一定会被淹没。西方人怎么看你的作品？

王小慧 ｜ 中国人看我的作品很现代，很前卫，很西化，西方人看我的作品却很含蓄，很有东方味。我个人觉得我的作品有东方的血脉，又有西方的营养，既亦此亦彼，也非此非彼，说到底是我自己的个人化的东西。

周国平 ｜ 对，我一直认为，最好的文化是无国籍的。人同此心，心同此理，关键是要凭借你的独特的个性领悟普遍的人性，对人性有新的认识和表达。从空间来说，好的艺术应该能贯通东方和西方，从时间来说，艺术家的个体创作与历史传统之间也应该有一种连贯性。我自己感到，我的哲学思考是离不开历史上哲学大师的思想的滋养的。

王小慧 ｜ 我的工作室家具是我自己设计的，其中三个大桌子可以印证你以上观点，黑色木质桌子中间有一条不锈钢带，上面用中英文刻着许多东西方古往今来的大哲学家、思想家或是作家的名言——你会发现，他们虽然当年相隔万里，互不可能相识甚至不可能听说对方，因为也许时代有数百年之差，但说出的话语有异曲同工之妙。

周国平 ｜ 你喜欢读什么样的书？

王小慧 ｜ 很惭愧，我看的书很少的，我说我连草也没有吃就得挤奶，哈哈。不过如果读书我喜欢不晦涩的、易读的、文笔好的，比如你的书。过去《走向未来丛书》我很喜欢，用通俗的语言讲述一些东西，看了能懂能记住。还有些小说像王安忆的《长恨歌》、余华的《许三观卖血记》，或是翻译本《廊桥遗梦》等，当然我太少时间看小说了。

周国平 ｜ 德国是哲学之国啊。

王小慧 ｜ 我是感性的人，会花很多时间写梦啊、情感啊，对外头的事情不太关心。以前我看展览都很少，像威尼斯双年展这样的艺术盛会，我是这几年才开始关注的。人扎堆儿的地方我就不愿意去，宁愿自己在家里待着。我也不看报纸，其实是很封闭的一个人。

周国平 | 这就对了，报纸、电视什么的，如果你喜欢看，看得下去，你就不是一个艺术家了。好书还是应该看，不看可惜了。有没有对你影响比较大的艺术家？比如你谈到康定斯基，你很喜欢他吗？

王小慧 | 我喜欢他，特别欣赏他的人格和对艺术的坚持。好像有点"砍头不要紧，只要主义真"的劲头。他的学派是在慕尼黑发展的，慕尼黑有他的美术馆。他的风格走到抽象时当年被纳粹看为毒药，被公开批判。他说他自己在被人吐过唾沫的画布上继续作画——这种坚持精神真的很伟大，很难得。中国"文革"时有多少文人艺术家迫于政治压力而妥协甚至背叛呢？不过他与其他不少我喜欢的艺术家一样，并没有对我产生特别的影响。我自己觉得我一生还没有特别崇拜的某一个人，我就说我没有偶像吧，从小到大都没有。当然我也没有系统地学习过，除了建筑学是科班，其他的我后来做过的任何事情，我都没有系统学过。

周国平 | 这也可以是优点，未必是你的缺点。

王小慧 | 我觉得是我的弯路，我这一辈子就是在走各种的弯路，没有真的朝着一个目标去走。我也喜欢这样，像漫游一样，比如在意大利的小渔村，或者西班牙的海边，看到喜欢的就待下来了，我喜欢这种状态。漫游状态的人生之旅。可是，现在的社会是很讲究目的性的，大家不断在讲如何在更短时间内追求最大的效益，讲增长速度，讲"出名要趁早"，讲"包装上市"——包括艺人、艺术家从另外的意义上的"包装上市"。所以可以说我是严格意义上的自由艺术家，跨越边界的不同方式，我都愿意尝试，我也不在乎这样试的结果是成功还是不成功。我真的很重视自己的感受，我喜欢的事情，我就执着地去做。哪怕别人都说不好，我可能还会坚持，当然我有时候也会反省一下，看我是不是做得不对。

周国平 ｜ 许多艺术家有一种焦虑，历史上大师太多了，很难摆脱他们的影响，有新的突破了。你就没有受到某些艺术大师的影响？

王小慧 ｜ 我觉得没有，因为我根本就没研究过他们。我喜欢创作力旺盛那一类型的艺术家，比如说毕加索，他这辈子创作的跨度这么大，涉及那么多流派，那么多风格，那么多样式，每一种他的成就都极高，这本身就已经很不得了了，至于他人格上有什么缺点，我都觉得无所谓，和艺术成就相比是微不足道的。还有那个刚才提到过的建筑师叫勒科比西埃，他的建筑你可能会觉得很丑，但是他一辈子也是在不断地创新，不断地在做各种各样的东西，绝不重复。这种能够不断超越自己的艺术家，我是最赞赏的。

周国平 ｜ 看来你没有那种所谓影响的焦虑。

王小慧 ｜ 我拍的电影，有的人会说像某一个大师的作品，可是那个大师的电影我连看都没看过，甚至连听都没听说过。你说这是表扬吗？刚出道的时候，我也会生气，但是时间长了，也许就当个表扬来听吧。

周国平 ｜ 你的这种状态挺好，凭自己的直觉来创作。

王小慧 ｜ 你看过我的电影《破碎的月亮》吗？全部都是用大电影的全套技术和班子来做的，最后的完成片却是一个十五分钟短片。电视台和报纸采访我的时候，他们就说特别像俄罗斯一个电影大师的作品，现在我又把他的名字给忘记了。后来也没去看他的作品。我说我根本不知道这个大师，他们就觉得你没有说真话，你用的就是人家的镜头语言和镜头感觉。上周我在广州碰到一个电视台工作的人，她说她拍过六个纪录片，曾经让摄像师一个镜头一个镜头看我的《破碎的月亮》，分析我是怎样运用镜头的，她们觉得我镜头用得太讲究了。

我可没这么研究过别人的电影。你是知道的，之前在中国还没改革开放，怎么可能看到大师拍的电影？他们也不想想，当时我什么都没学过，只是电影学院的旁听生，随便写了这样一个小剧本，拿到了巴伐利亚州的剧本奖，有了这笔钱才能拍这个片子。

周国平 | 你做这个片子的时候还在德国上学吧？

王小慧 | 对，当时我就是特别想读艺术，音乐也可以，但电影最好。

周国平 | 电影把你所有的爱好都综合了。电影本身有综合性，各种元素组合在了一起。

为了把街道拍得有深远感，要把灯光打到几十米以外的地方，近景的每一个设计出的"树木"阴影位置都恰到好处，有时一条街道需要几个小时来布光

王小慧 ｜ 包括视觉的，音乐的，文学的……我特别喜欢电影，但那时候没机会去读电影专业了，就拿到了电影学院旁听的资格。这也不容易，全年也就只有三个名额。我的剧本他们觉得特别好，就被推荐参加政府电影奖的评选，结果没想到得奖了。上剧本课的时候，我谈到自己有一个创意，我最早是想写梦、梦游者，或者梦本身。最开始的梦也没有那么完整，就是说生、死、爱这三样对我都挺重要的东西我想表现它们。我还想表现陌生感疏离感。这城市对于女主人公是陌生的，她对于这城市也是陌生的，她看场景都是从窗子看过去。为了拍这个窗子，我跑遍了慕尼黑。他们的窗子都很高，都有地下室，房子都很结实，一楼的窗子在马路上走是看不进去的。最后找了一个酒吧，窗子是事后人为挖低的。到后来当然是发展出了更多场景，特别是开头和结尾，我把月亮这个中国的元素放进去了。"床前明月光"的意象从一开始就有，一个人睡不着觉，梦游，跟思乡的情结有关。她最后的那种恐惧啊、那种逃避啊、包括在十字路口站着不知何去何从啊，都是我当时的心情写照。那是 1993 年，出了车祸没多久，非常彷徨。她寻寻觅觅，不知道往哪儿走，有些东西让她震惊，也有东西让她向往……她不断地设问，问了自己很多问题。所以德国人评语上说这是一个让人沉思的电影。它没有情节的紧张度，是慢节奏的影片，但是并没有让你觉得节奏慢了就没意思了，一直还能抓着你。

周国平 ｜ 我看了感觉也很好。很安静，很慢，但是情绪很浓。挺大师的啊。

王小慧 ｜ 十五年前的东西了，那时候特纯，现在做东西可能就没那么纯了。

周国平 ｜ 你是有电影才华的。我觉得你还是应该做电影，不做太可惜了。

王小慧 ｜ 我是特别有兴趣拍电影，很多事情我都会有兴趣，我觉得我会做得不错的。最后想想，好多事情只要别人能做，自己就不用做了，哈哈，没时间。如果要拍，我不会拍商业电影，我还是拍这种纯艺术的，小众的电影。你想象一下，如果不是在这个小电脑里看，是在电影院里立体声、宽银幕、大胶片，那是什么感觉。像这么一条街的照明，要从早晨布光布到晚上，就为了她在这里走几秒钟，电影里只有几秒钟。而且经费非常有限，经费少对于拍电影来说是致命的。政府的剧本奖那点钱全部用在拍摄本身了。没有人拿报酬，就那么一群理想主义的年轻人在一起忙了一个多月拍出来的。我们平均年龄应当是二十多岁吧。大部分还是电影学院的学生或是我这样的电影发烧友。所以当时特别生气电视台评论的一句话，好像是说我没有看过俄罗斯那个大师的作品，难道大师影像是穿墙破壁钻到她脑子里的吗？他一方面夸奖我的东西怎么好，但又提到一位俄罗斯的大师，说镜头语言完全是那个人的，说我受他影响根深蒂固，我可是太冤枉了。

周国平 ｜ 我也有这样的遭遇，写出一句话，觉得特别得意，后来发现某位大师写过类似的话。不同的人在不同的海滩上捡到相同的宝贝，这是文化史上常有的事情。遇到这种情况，一方面是高兴，因为大师证明了我的水准，另一方面是遗憾，因为发现不是我的独创。不过，总体上是高兴，是好东西就行了，是不是独创有什么要紧呢。

王小慧 ｜ 可惜啊。在艺术圈他们可不那么想。虽然我不高兴某些人只是断章取义地从形式上判断。比如说我拍的花像奥姬芙的画，而不认真研究我们实在是相去甚远的，想表达的东西完全不同，只不过都是用近距离看花的一种方法，那只是一个基本的方式。当然我今后应更加努力去多看多学习，避免类似情况发生。

4 无边界的自由

对于一个精神探索者来说，艺术门类的划分是极其次要的，他有权打破由逻辑和社会分工所规定的所有这些界限，为自己的精神探索寻找和创造最恰当的表达形式。也就是说，他只须做他真正想做的事情，做得让自己满意，至于别人把他做出的东西如何归类，或者竟无法归类，他都无须理会。凡真正的艺术家都是这样的精神探索者，他们与那些因为或者为了职业而搞艺术的人的区别即在于此。

王小慧 | 这是 2004 年我在慕尼黑宝马公司展览的一个作品，叫《无边界》。其实越大的公司越能给艺术家充分的自由和尊重，所以你看我做的是完全不同的东西。

周国平 | 《无边界》这个题目是他们公司提出来的吗？

王小慧 | 是我们共同商议的。因为他们的车速特别快，这是唯一和他们有点关系的理由。但是，大家觉得好玩的是，我没有一张照片是拍车的，要是别的摄影家肯定会做和车有点关系的东西。

周国平 | 他们没有提出异议？

王小慧 | 没有，就是给你自由。你看我写在大玻璃上的书法诠释了主题：运动、速度、动力、自由、愿景等。整个展览非常成功，展出两个多月，总共有五万七千多人参观，占慕尼黑人口的百分之五。一般国外的展出时间都是蛮长的，中国这种几天的展览，他们认为不值得布展。我们同时做了一个东西方对话的论坛。这个展览有摄影，也有影像。比如其中一个叫《无边界的自由》，我采访了上海的很多大学生，让他们讲对"无边界的自由"的理解。这个蛮好玩的，他们的表情啊、语言啊……我用的在当时算很大的屏幕（十三米）中间是抽象的动态的光，结合音响。他们在为展览印制的册上写着："影像与音响、画面与文字、建筑与设计、艺术与技术、时间与空间、东方与西方融为一体"，所以就是无边界。什么是无边界？比如我用不同国界人物肖像与从早到晚四色彩合成做成"同一个世界"作品，以此表达无国界的理念。此外，我以为时间是无边界的，我用水来表达时间的无边界……

周国平 | 你用水来表示时间。

王小慧 | 对。我为此拍了一段抽象的影像叫做"逝者如斯夫"，就是以水为素材的。还拍了一个光的系列叫"时光之痕"（Timetrace）。

周国平 | 又是很棒的名字。

王小慧 | 什么对你来说是"无边界的自由"？

周国平 | 在人类所有的学科中，只有哲学和艺术是"无边界的自由"。

王小慧 | 我还拍了一个比较纪实的影像作品《无边界的自由》，

采访了几百个大学生，从中挑出来一些片段。我觉得那些大学生是蛮有想象力的。他们说艺术是无边界的，爱是无边界的，职业也可以是无边界的。

周国平 ｜ 无边界就不是职业了。

王小慧 ｜ 他们可能指的交叉学科，比如医疗仪器是医学与机械，与电子技术相关的。还有跟外星人对话啊，没有语言的障碍，就是"无边界的自由"。

周国平 ｜ 很时尚，科技魔幻片的影响。

王小慧 ｜ 为什么做无边界的主题展览，因为这种题目能够代表我，包括我的生活，我的工作方式，我对跨界的喜爱。我的生活状态是无边界的，游走于东方与西方。我学建筑学，做过写作、绘画，然后做设计，

2004年，《无边界》展览在宝马举办，展览吸引了慕尼黑大约5%的人观看，这在德国是极罕见的现象。开幕式那天展厅外排了长队，人满为患。展厅大玻璃上是《时光之痕》作品

再做影像，再做摄影，做雕塑，做多媒体……我永远在做无边界的事。有些艺术家一辈子只做一件事，做到极致。我认识一位艺术家，一位美国的老太太，她的东西也是卖得很贵也很好的。她一辈子都是画那种很细的线条，我一点都不夸张，钢笔线条，至多一厘米长，间隔也不过两三毫米，这样画满整幅画，大的得一两米，她可以画满整张纸。她一辈子好像就是画这个，今天可能是红色的，明天是黑色的或白色的。要是换成我，我就非得神经病不可了。如果说钢琴家弹音阶是为了静下心来练手，那还可以，但钢琴家不能把他的音乐会全变为音阶演奏。那画家一辈子主要时间都在做这一件很机械的事，我认为是没有创造力了。

周国平 ｜ 无边界的确是你的特点，不但在艺术领域里是这样，你的生活状态也是无边界的，工作和生活没有边界，哈哈，工作就是生活。

王小慧 ｜ 对，别人说终于下班了，可以生活了，我没有这个概念。我睡觉的地方如果不能工作，我就不能睡。这也是一个无边界状态，居无定所。我早上醒来都不知道东南西北，自己在哪儿，因为每个地方床的位置也不一样，洗手间也不一样，夜里起床经常要使劲想一下，往哪边走是洗手间。

周国平 ｜ 在艺术门类上，你一贯是一个越界者。

王小慧 ｜ 对。除了艺术片《破碎的月亮》、纪录片《世纪末的京剧人》，我还写过一个故事片剧本《燃尽的蓝蜡烛》。我写得非常快，六天就赶出来了，为了赶上台湾的剧本评选。因为是写我和安斯佳的那个故事，所以写得很顺很畅。在大陆是发表在《电影剧本》杂志上。台湾评委评价很高，"已很少看到如此深刻凄美而动人的爱情题材了……作者才华卓越，技巧娴熟，使整个剧本在浓郁情感和高度艺术

南京长发中心的两个大厅里各有红色的一座大型雕塑（高八米和十米），大厅的 LED 墙上播放我的影像作品《花非花》

性中进行。可直追世界名著而无愧"。但整个故事发生在德国，只有一个女主人公是中国人，这样的剧本台湾人很难投拍。但那些年电影一直是我的梦想。一直想当导演拍自己的片子，好像围城一样，真进到那圈子又想出来了。后来我发现我的许多导演朋友的梦想职业是建筑师。哈哈。

周国平 ｜ 你原来是学建筑学和室内设计的，后来主要做摄影，建筑学学习对你的摄影帮助大吗？

王小慧 ｜ 总的建筑学的学习对我是有系统的帮助的。幸好建筑学也是门很有创意、很综合、很有意思的专业，设计那部分以及美术方面的课程我都很喜欢。当然很讨厌那种纯工科、纯理科的课程。我挺喜欢俞霖的博士导师贝歇尔教授在我自传的序中那段精辟的话，把建筑学的学习给了我什么益处全写得明明白白，最后他还说："重要的不是你学了什么，而是你建树了什么。"室内设计是非常细致的一个专业。比如说，一个材料的使用，它的肌理、质感、光泽，是亚光的还是发亮的，纹理与色彩的关系等；再比如说白墙面的白没有一个是真的白色，可能是米色的一个墙，或是浅灰色的。而那灰可能是偏暖色的灰而不是冷的灰……要搭配得很协调，就是不冲、不克的。但它也有一些变化，你看这个米色加一点蓝色，就有点变化，足以看出这些都是设计过的。如果是没有设计过的宾馆，或者不懂设计的，是模仿的，这些细节是考虑不到的，这就是仿制的假冒伪劣产品为什么明眼人一看便知的缘故。

建筑学专业就没有那么细，室内设计你必须考虑到很细小的东西，甚至包括一个电插头在哪里，好不好用，你是在床头上还是在进门的地方弄一个开关，这个灯搁这儿合适不合适，目的是什么，是照明还是装饰，是不是刺眼，舒服不舒服，这些都要考虑。设计一定要实用，还要养眼，文一点说是要赏心悦目。

我在摄影时为什么能看到细节的东西，好像自然而然就看到了，一眼就看到了，可能是跟室内设计有关系的。我想如果我做时装设计，一定也不会差的。

周国平 ｜ 我在南京看了你的雕塑，你又在尝试新的跨界了。

王小慧 ｜ 那是为南京长发中心的两个高层办公楼量身定做的。那是南京市中心区中轴线上最显著的地方，在原总统府对面，离新街口步行区只有一公里，是当时那里最高级最贵的房地产项目，德国建筑师设计的很富有德国精神的两座大厦。后来他们问我的创意是从哪里来的，我又开玩笑说是从天上掉下来的。其实是那房地产商启发我的。这个房地产商本来是希望我在德国找艺术家，结果请来的艺术家他不喜欢。他问我有没有什么想法，希望我做。我挺欣赏这个人，一起吃饭时聊天，他跟我说了他的故事，两次婚姻，第二次特别幸福，然后讲到他不管多累多忙，都要抽出时间陪家人。他在商业上很成功的，但他真的是很平实、很真诚的一个人。我发现一件巧合的事情：他是双子星座的人，他太太、他小孩是双子座、我是双子座、德国建筑师是双子座、这幢楼也是双子座！所以我说，我给他做的雕塑一定也要是双子座。我的灵感就这么出来了。其实我从来没有想过我自己要做雕塑。就这样我又"偶然"做雕塑了。

种与收

伟大的工作者

天才是伟大的工作者。凡天才必定都是热爱工作、养成了工作习惯的人。当然，这工作是他自己选定的，是由他的精神欲望发动的，所以他乐在其中，欲罢不能。那些无此体验的人从外面看他，觉得不可理解，便勉强给了一个解释，叫做勤奋。

世上大多数人是在外在动机的推动下做工作的，他们的确无法理解为自己工作是怎么一回事。一旦没有了外来的推动，他们就不知自己该做什么了。

还有一些聪明人也总是不能养成工作的习惯，终于一事无成。他们往往有怀才不遇之感，可是，在我看来，一个人不能养成工作的习惯，这本身即已是才华不足的证明，因为创造欲正是才华最重要的组成部分。

创造本身即是享受

艺术家所可追求的，无非生前的成功、死后的名声、创作的快乐三者。世事若转蓬，生前的成功究系偶然。人死万事空，死后的名声亦属无谓。唯有创作的快乐最实在，最可把握。艺术家是及时行乐之徒，他的乐便是创作的快乐，仅此一项已足以使他淡然于生前的成功和身后的名声了。

真正的创造是不计较结果的，它是一个人的内在力量的自然而然的实现，本身即是享受。只要你的心灵是活泼的，敏锐的，只要你听从这心灵的吩咐，去做能真正使它快乐的事，那么，不论你终于做成了什么事，也不论社会对你的成绩怎样评价，你都是度过了一个幸福的人生。

作品的价值

好的作者在写作上一定是自私的，他决不肯仅仅付出，他要求每一次付出同时也是收获。人们看见他把一个句子、一本书给予这个世界，但这只是表面现象，实际上他是往自己的精神仓库里又放进了一些可靠的财富。

这就给了我一个标准，凡是我不屑于放进自己的精神仓库里去的东西，我就坚决不写，不管它们能给我换来怎样的外在利益。

我相信，一个作品如果对于作者自己没有精神上的价值，它就对任何一个读者都不可能具有这种价值。

创新不是目的

艺术当然要创新，但是，把创新当作主要的甚至唯一的目标，就肯定有问题。对于一个真正的艺术家来说，艺术是灵魂的事业，是内在精神过程的表达方式。一个人灵魂中发生的事情必是最个性、最独特的，不得不寻求相对应的最个性、最独特的表达，创新便有了必要。所以，首要的事情是灵魂的独特和丰富。

在我看来，中国当代艺术家的主要问题是灵魂的平庸和贫乏。这个批评同样适用于其他的文化从业者，包括小说家、理论家、学者等。人们都忙于追求外在目标，试问有多少人是有真正的内在生活的？这个问题不解决，所谓创新不过是又一个外在目标而已，是用标新立异来掩盖内在的空虚，更坏的是，来沽名钓誉。

看到一些艺术家怀着唯恐自己不现代的焦虑和力争最现代、超现代的激情，不断好新骛奇，渴望制造轰动效应，我就不由得断定，支配着他们的仍是大众传播媒介的那种哗众取宠精神。

1

天才和勤奋

对天才来说，才能是沉重的包袱，必须把它卸下来，也就是说，把它充分释放出来。"天才就是勤奋"，但天才的勤奋不是勉为其难的机械的劳作，而是能量的不可遏止的释放。

王小慧 ｜ 对一个艺术家而言，我认为主要靠的是天赋，其次是勤奋，再其次是机缘。如果没有天赋，再怎么勤奋，有再好的机缘，也不可能成为艺术家。在台湾的一个艺术学院，我曾经讲过这个观点，学生就问我天赋占的比例有多大，我说百分之六十，勤奋占百分之三十，机遇也占百分之十。总之三样缺一不可。

周国平 ｜ 这个比例差不多。

王小慧 ｜ 有的学生就失望地对我说，他们真的很努力，也很喜欢艺术，可是觉得自己没有天赋，那么他们是不是应该放弃学习艺术。我鼓励他们说，要善于发现自己的天赋，也许你在某一方面有还没有发现的潜能。

周国平 ｜ 你很仁慈，如果是我，可能会劝他们放弃算了。

王小慧 | 我有一些艺术家朋友，他们非常努力，每一年都会带很多作品去法兰克福找出版商，希望出版画册，但总是失望而归。有一个摄影家，真的是连每天早上买面包的时候，都要背着照相机随时随地拍，几十年如一日，可是拍的东西很没有灵性，千篇一律。所以尽管他非常努力，仍没有结果，我想这不能仅仅归结于他的运气不好，只是我从来不忍心劝他改行做别的。他甚至是我老师辈的，在我初期尝试办展时，他还帮我提出过不少建议呢。

周国平 | 不成功有两种情况，一种是真的没有才，另一种是太有才了，超越了时代。

王小慧 | 对，有一些大艺术家极有才华，也很勤奋，但是机缘不好，时代还没有认识他，或者认识他的时代还没有到来。所以，艺术家的成功也与他的命运有关。

周国平 | 这是指天才。天才都是超越时代的，但有的生前潦倒，比如凡·高，有的生前就获得了巨大成功，比如毕加索，其间起作用的就可能是性格了。毕加索是一个强者，他的性格力量足以战胜社会的阻力，凡·高是一个弱者，在社会的层面只好受欺凌。

王小慧 | 还有另外一个话题，就是后来真正的成功不是技术层面的问题了，完全是凭人格。我觉得有些人表面上看很成功，但成不了大才。好像傅雷对傅聪说过这样的话，大意是你首先要考虑做好一个人，然后是做好一个艺术家，再是做好一个音乐家，最后才是做好一个钢琴家。也就是说，做好一个人比你弹奏技巧重要得多。

周国平 | 是的，尤其是哲学、艺术这种精神性的事业，最后都是看人格的，人格伟大才能在这些领域伟大。另外说到天赋，肯定比勤

读研究生时，我每天背着当时很少见的特大号书包，奔忙
在校园里，同学们开玩笑说我包揽了好几个"同济之最"，
书包大是其中之一

奋重要，而且我觉得勤奋就来自天赋。真正有天才的人，他勤奋不仅
仅是在做苦功，他是快乐呀。天才的勤奋和凡夫俗子的勤奋区别是在
这里，天才的勤奋是乐此不疲，欲罢不能，你让他不干他难受。做事
情本身让他得到莫大的快乐，他是在享受。

王小慧 ｜ 我是跟德国人说，fleißig（勤奋的）这个词用在我身上
是不对的，从当年在同济读大学和研究生时开始，我从来真的不是一
个用功的学生。用功的学生是啃书本的那个样子，我从来不晨读，因
为我早上起不来。我总是背着一大包书，我的书包是"同济之最"，

276

是最大的，因为我整夜整夜泡在学校摄影协会的地下室里冲洗照片，一搞就到天亮。其实一本都没看，就是心挺大，很想多看书，生怕忘带哪本又会用上，不愿中间回宿舍取书。可是，你说我不勤奋也不是的，所以勤奋和用功可能是有点区别的。

周国平 ｜ 有的人是自己给自己布置任务，然后一定要完成，比如我。有的人是跟着感觉走，不给自己布置任务，比如你。在某种意义上是上帝在给你布置任务，不由自主的，这种状态挺好，可能最容易出好东西。不过我想，再有天分的人也不可能永远是这种状态，肯定会有间歇的，所以我宁愿保持一种工作习惯，即使不是特别想干的事情也得干。

王小慧 ｜ 德国有个词叫 Disziplin（纪律性），中国不太常说的，好像只有军队里才用。其实我觉得每个人自律很重要的。诱惑时时都会有的，惰性也谁都会有的，疲劳的时候，你要自律一下，我估计大部分人到那个时候就都懒惰了，就找理由给自己放松了，不再继续勤奋了。现在修改这本书，每天都要改到凌晨三四点，其实一两点已经很累很困了，只能自律了。我当然知道，泡个热水澡，看本闲书轻松多了。

周国平 ｜ 所以我就说，首先要有热情，对所做的事情真正喜欢，以之为乐，全力以赴。但是，单有热情还不够，因为即使是喜欢做的事情，只要它足够大，其中必包含艰苦、困难乃至枯燥，没有毅力是坚持不下去的。何况在人生之中，人还经常要面对自己不喜欢但必须做的事情，那时候就完全要靠毅力了。总之，人要做成一点事情，第一靠热情，第二靠毅力。我在各领域一切有大作为的人身上，都发现了这两种品质。

2 工作是神圣的

一个人的工作是否值得尊敬，取决于他完成工作的精神而非行为本身。这就好比造物主在创造万物之时，是以同样的关注之心创造一朵野花、一只小昆虫或一头巨象的。无论做什么事情，都力求尽善尽美，并从中获得极大的快乐，这样的工作态度中蕴涵着一种神性，不是所谓职业道德或敬业精神所能概括的。

王小慧 ｜ 对我来说，耕耘比收获更重要，创作本身比成就给我更大的满足。你喜欢做一件事的时候，就像你喜欢一个人时那样，从你的给予中你得到的乐趣和满足感更大。我有时候跟年轻人开玩笑，我就说，谈恋爱的时候，你送女朋友回家，平时走两个小时觉得很累，可是这时候你绝对不会觉得累，不仅甘心情愿，还可能会觉得两个小时的路太短了。一个人在归途上还觉得回味无穷，充满幸福感。为什么？因为你有爱在里边。

周国平 ｜ 对，这是一种激情的状态，艺术家创作时也是这样。

王小慧 ｜ 我在筋疲力尽的时候，躺在床上，关了大灯，从另外一个角度、另外一种光线下看到桌子上的鲜花，会突然激起要拍摄的情绪。

拍《破碎的月亮》结尾冰湖一场戏的间隙，我们在等待太阳从云中出来，否则冰洞里便没有了假的月亮。正午过后冰越化越薄，非常危险。拍完冰就裂了，事后大家笑自己真是在"玩命"

这种情况我又开始不理智起来，无论多晚多累了，我都会立刻爬起身来，而且倦意全无。不知不觉拍到鸟叫是常有的事。这种时候我一点都不会觉得不睡觉是苦，反而觉得非常快乐。

周国平 | 写作的人也是这样，灵感来了，无论正在做什么，必须立即放下，包括推迟睡眠，停止和人聊天等，要及时记下这个灵感，否则就可能永远丢失。

王小慧 | 记得做装置作品《九生》的时候，还没有现在这样好的条件和技术，为了拍八分钟的影像作品，我要每一个小时爬起来一次，连续十天十夜拍摄荷花从生到死的全过程。那种时候我并不觉得辛苦，经常是处于一种亢奋状态，因为这个创作本身就是充满喜悦的一个过

程。以前拍电影《破碎的月亮》的时候，所有的场景都是夜里拍的，我们是整夜拍摄，三九寒冬，在欧洲零下十五度的天气里，穿两件滑雪衣都觉得冷，我们经常是拍到黎明，然后上午可能会睡两三个小时，下午又要开始布置场景，这样连续一个多月。剧组里很多人都惊讶我的精力，惊讶我身体的承受度，因为我总是毫无倦意，其实身体可能已经超过极限，但是靠精神食粮生活的我，已经有了充足的燃料和能量，足以抵挡生理上睡眠的缺少。

周国平 ｜ 一个是巨大的工作热情，一个是认真的工作态度，有了这两样，怎么会不成功？

王小慧 ｜ 从小妈妈告诫我要只问耕耘不问收获，但这么多年的经验告诉我，如果你努力去耕耘了，就自然会有收获。我做事是非常认真的，为了设计好一本画册，认真到图和图之间的每个间距差一毫米，我都跟她们调整半天。可印出来以后，我可能翻一遍，或者可能根本就不翻，然后继续做下一个项目了。经常是这样子，我对过程很认真，真的很享受过程。而且德国人的严谨就很适合我。

周国平 ｜ 我特别欣赏这种认真的工作态度。无论什么事，你不做也罢了，只要你决定去做，不管是你自己想做的，还是别人交给你做的，就应该认真地做。我想如果我不得不当保姆，我也会非常认真地做那些家务的。一件事经我的手做得很马虎，我会难受。我给出版社的书稿基本上不需要校对，每个标点符号都是斟酌过的。

王小慧 ｜ 我的那些助手拍照片总是有一点倾斜，我总说你们怎么不能正一点儿，他们都没注意到。他们总说你怎么一眼就看出来了，我说其实这些小事情是训练出来的。他们做的设计图，我随便瞄一眼，告诉他们你看这个间距不对，有时候他们还跟我打赌，说是一样的，然后一量差一毫米。所以我说，严谨的态度我本来就有，再加上在德国那么多年，现在好像就融在血液里了。

周国平 Ｉ 这个我觉得很重要，大师的品质就是这样，一个是创造力，一个是在细节上特别严谨，特别认真。

王小慧 Ｉ 我刚刚还在想是不是太认真了反而不像大师了，要大而化之嘛。

周国平 Ｉ 不能大而化之，对你喜欢的工作，你一定是精益求精的，一定是要做到最好，稍微有点偏差就会难受，肯定是这样的工作态度。就好像有工作上的洁癖，追求完美。

王小慧 Ｉ 你看这幅《我的前世今生》长卷，我真正拍摄的时间不是很长，只有七天。当然准备了有一年多。拍摄的每一天都是整整十二个小时，从中午十二点拍到夜里十二点。最后一天我想马上就拍完了，就不再花一天时间了，于是拖到夜里三点，也就是一共拍了十五个小时！从一开始有专门的人给我化妆、弄头发、弄服装、弄灯光，虽然按快门是助手，但是我全部都要亲自过目，还要看效果，用小的照相机试，再用大的真的胶片去拍。整个过程中我是最辛苦的。比方说化妆师，我拍的时候她就可以休息了，服装、道具、发型的人也是这样，摄影助理可以在我化妆穿衣时休息。依次类推，所有的人都有休息的时间和吃饭的时间，可我就永远在忙。这些年轻人很奇怪，我年龄大这么多，身体也差得多，但是精神比谁都好，他们都累得不行了。我还精神抖擞地指挥，而且得站在镜头前！我觉得是兴趣、热情在支撑，就像吸毒，吸毒其实是一种兴奋剂，不是正常状态了，超出你的常态，其实是处在一种不正常的亢奋状态了，所以我说艺术是我的兴奋剂。

3 不重复自己

要创新，不要标新。标新是伪造你所没有的东西，创新则是去发现你已经拥有的东西。每个人都有太多的东西尚未被自己发现，创新之路无比宽广。

周国平 ｜ 两年前到天津看你的作品展，我非常惊讶。你这么忙，承担了这么多工作，我本来以为展出的肯定是旧作，没想到有这么多新作品，光 2007 年就有好几个系列，而且作品的风格大变。我当时就感到，你的生命力真是了得，你是还有很大潜能的。

王小慧 ｜ 我喜欢新的东西，喜欢每一天都不同，还喜欢挑战自己，超越自己。我这个人是很有好奇心的。我觉得这一点我们俩挺像，你看你刚才，没有吃过的茶，没有喝过的酒，你都要尝尝。

好奇心是人最美好的一种特质之一，有好奇心的人就说明心态年轻。我特别不喜欢很多德国人，他们每年要到同一个地方去度假，二三十年，年年去同一个地方，甚至住同一个宾馆，同样的房间，同样的朝向，在同样的餐馆吃饭，他们也不嫌腻。我跟他们一起吃过饭，比如说在泰国，他们一定要吃菠萝海鲜炒饭什么的，我就说你不能试试别的嘛，这里还有鸡丁炒饭、火腿炒饭等。他会说我为什么要去试

一粒细沙大小的胶带纸碎屑几十万分之一尺度下拍摄并做出的版画效果（2010）

新的，我不了解的东西？我的胃又不是试验田。新的东西有可能不好吃。这个东西我吃过了，知道肯定好吃，我就点肯定好吃的东西。听上去也有道理。但人的基本性格真不一样，我宁愿吃了不好吃，我也要试一试，我要多认识一些东西，人和人不一样，没尝过的东西我肯定要试试。

周国平｜所以，你在艺术上求新求变，是你的性格的必然。

王小慧｜对我来说，不重复别人容易，不重复自己就难一些，因

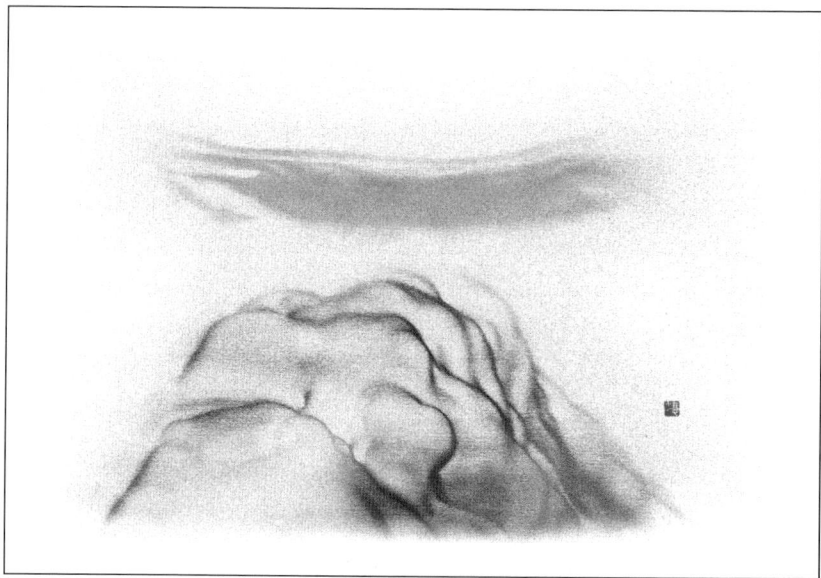

一粒细沙大小的兔毛和指甲碎屑几十万分之一尺度下拍摄并做出的中国山水画效果（2010）

为人有惯性，也有思维定式，这些东西会束缚你的创新。更难的是不重复自己已经成功的东西。但是，我说过，我宁愿做一个失败的探索者，也不做一个不再探索的成功者。哪怕新的探索没有市场也没关系，重要的是这个探索的过程。可是，在这个市场经济的社会里，作为一个艺术家不去寻求市场上能成功的东西，这是非常难的。很多艺术家被这个市场所左右，不断地去提供市场上受欢迎的作品，从此不再去创新。当自己的艺术追求与市场发生矛盾的时候，如果屈服于市场，就一定会不断地重复自己。

周国平 ｜ 是不是也有这样的情况，重复自己是因为才能的狭窄或枯竭？

王小慧 ｜ 有些艺术家不再创新也可能是江郎才尽，但也有很多艺术家是没有勇气再去创新，因为他们害怕失败，害怕新的作品得不到承认。有好多艺术家包括作家等人一辈子只有一个成名作，然后就像一颗流星那样陨落了。最让我受不了的是可能市场上很成功，但永远都是在重复自己。当然，这是别人的生活方式，我无权指责，但是我自己不会这样做。而且不会欣赏这样的艺术家，我觉得他们无非是成功的商业例子而已，很容易让人觉得他们是贴了一个标签。

周国平 ｜ 现在中国的一些画家在西方成功，基本上走的是这个路子。

王小慧 ｜ 现在很多艺术家就是想要这种可识别性，然后不断地生产同样的东西。一幅画挂在客厅里，主人可以炫耀，这幅画是某某大腕的。我知道有些画廊或经纪人也是要求他们的签约艺术家只做一种类型的作品，艺术家没有创作自由。

周国平 ｜ 这就是你说的那种"卖身契"。这种情况普遍吗？

王小慧 ｜ 中国艺术家在国外，刚开始的时候蛮多的，现在外国艺术家也有不少。不光是画廊的问题，艺术家自己也妥协，主动奉上这种卖得好有市场的东西。当然他自己创作也省心省力。实际上他们自己都成为市场的奴隶。这样的艺术家在我眼中是以艺术为"职业"，因而不是真正意义上的艺术家。艺术是他谋生的手段，可能与他真正的生命，特别是你一再强调的，与他的灵魂没什么太大关系。我在商业上也许不像他们那么成功，很多想做我的作品的人都批评我这一点。比如慕尼黑画廊协会的主席，他也是非常资深的、权威的经营着我的画廊老板。他很喜欢我早期的人体作品，他总是说你为什么不继续做这些东西，他说就算他喜欢新的东西，他也不愿意展出，因为人家客户就是要看你老的东西，要买你老的东西。比如说人体，比如说花。好多人奇怪我为什么不是一直拍花，市场反应那么好，可是我就是不想拍花了，因为大家都已经知道我的花了。我开始拍抽象作品的时候，根本就没有人感兴趣，不像现在有许多人买我的抽象作品。在抽象作品好多年放在我的地下室不见天日时，我仍然大量地拍摄，并没考虑"卖不掉怎么办"这类实际问题。反正遇到我的艺术追求与市场发生矛盾的时候，我的选择从来没有任何犹豫。

周国平 ｜ 这是很不容易的，但是对于你好像很容易，原因很简单，因为你爱艺术远远胜过爱金钱。为了商业的目的不断拷贝自己曾经走红的作品，这的确不可取。不过我想，是不是重复自己，这是相对的。无论艺术家，还是作家，从他的创作的长时间看，是有一条基本轨迹的，也就是说，在某种意义上是在重复自己。有人说，一个作家一辈子在写同一本书，每一次都是在力求把它写得更好一点。这还是指大作家，真正有自己的话要说的作家。也许可以说，表达的方式在创新，基本的精神内涵没有变，但正是通过表达方式的创新，基本的精神内涵越来越丰富和深刻了。

王小慧 ｜ 这点我赞同。真正了解我研究过我的艺术评论家或理论家，他们纵观我表面看上去五花八门形形色色相互毫不相干的作品（照艺评家岛子教授的说法是"王小慧的创作几乎涉及摄影史的全部问题"），仍然会总结出我作品的一种基本精神，一根贯穿始终的红线，一种气质上的可识别性。这种东西可能也只可意会不可言传，只能慢慢体悟而绝非那些浮光掠影地看看我作品的人能体悟到的。认真研究我的评论家觉得且不说我作品的一贯的简约、优雅、精致等特征，仅从题材来说，二十年前我拍摄的《阴与阳》人体系列和现在的《生命之果》雕塑不是有许多异曲同工之妙吗？我拍了各种形式的生命主题，从《关于死亡的联想》《花之灵·性》，到《九生》等，虽然形式不同，但都是在一步步地使生与死的主题更深化。这类例子还有很多很多。所以我的作品要读懂是要用心去体悟而且要整体地看才行。

前两天在北京偶然碰到一位开画廊的人，她说许多年都关注我！她觉得我各种形式的作品都是以不同方式，从不同方面来诠释我这个人。我觉得她也是属于"能读懂我的人"那一类，能多一个"知音"我很欣慰。

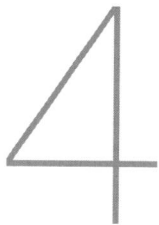

4 寂寞中的创造

寂寞原是创造者的宿命，所以自甘寂寞也就是创造者的一个必备素质，不独今天这个时代如此。精神文化创造是最个人化的事业，学术上或文学艺术上的一切伟大作品都是个人在寂寞中呕心沥血的结果。

王小慧 ｜ 安斯佳自杀后，建筑学院教绘画的门可教授收留了我。他太太是一个雕塑家，他们的一个儿子当时在念艺术，现在是很不错的画家。还有一个儿子是演员，后来做生意去了，他说做艺术家太穷了。我在他家里受了很多艺术的影响，特别是做人的影响。他总跟儿子吵得面红耳赤的。最早他儿子很崇拜他的导师，就是那个后来把他女友抢走的大牌。这个画家很知道怎样推销自己，包括怎样卖作品，也包括穿衣服、戴戒指、开超豪华的车……

周国平 ｜ 像明星，不像画家。

王小慧 ｜ 对。早年他儿子特佩服这个教授，觉得这才是成功的艺术家。门可教授不赞成，他认为真正的艺术家是要甘于寂寞的，而你的老师是在做秀。他们争论得非常激烈。最早我是作为一个旁观者，我当时没想到自己也会成为一个艺术家。后来我想，许多时候我是在受这位父亲的潜移默化的影响。我第一次展览就在他家，那个偶然的展览改变了我的一生。他特别喜欢我去欧洲前一年拍的那些照片，就临时打了好多电话，邀请了很多客人。他对我说，艺术家不但要有足够的天分，还要有好的素质，足够的承受力，耐得住寂寞，耐得住贫穷，不受金钱和名誉的诱惑。

周国平 ｜ 说得对，其实学者也一样，耐得住寂寞，才能做真学问。

王小慧 ｜ 还有他太太，对我正面影响也很大。作为雕塑家，一年三百六十五天，每一天做一个薄胎瓷碗。她说像练音阶一样，要花很多时间，自己先要静下来，要非常的小心，因为碗要捏得特别薄，很软的陶泥，不小心就会碎了。

周国平 ｜ 她这是一种修炼。

王小慧 ｜ 手变得很轻的时候才可以捏得均匀，薄得好像只有两毫米。通常她会做出好多薄胎，然后再一起烧。它们虽然形态各异，但又好像是一个家族，放在一起特别美。她挺珍惜这些东西的。她送给了我一个。我自己也曾做过一个，不过与她的无法相提并论，太厚了，也不平整均匀。我练习不够，也没有耐心。

周国平 ｜ 一般人都没有这个耐心。

王小慧 ｜ 所以我也不知道现在这个社会怎么样定义真正的艺术家。有一次我和一块留学的一个朋友开玩笑，他开始在德国，后来去美国工作了。碰到的时候，他说他进入主流社会了，我就问他怎么定义主流呢？当时他在美国进了一个很好的公司工作，他说我们的主流定义是在大公司工作，做主管，买了房子和车。我开玩笑说我肯定是

我经常整夜整夜不睡觉洗照片，完全手工操作，沉浸在创作的过程中

没进"主流"，既没在大公司，更没做主管，也没买房子，没买车。我觉得很好笑，主流的电影也好，商业的电影也好，主流的艺术家也好，商业的艺术家也好，现在整个观念混乱，整个价值观混乱。实际上，好的电影不见得是主流的电影，我反而更喜欢非主流的电影，那些小国家的，西班牙、意大利、法国的电影，可是它商业上不那么成功，也没办法传播，很少人知道它，在小艺术电影院里演一两场就很不容易了，大部分只是在电影节上亮一下相。我的电影也有很多人认为好，在电影节上得了奖，但是，它不是商业电影，它不会在电影院里给你放的，只在一些展览、活动或交流时放一下。关于谁是主流，谁是真正艺术家的问题，我也不知道是谁错了，总之哪里不对头。

周国平 ｜ 这个真没有办法，大家一窝蜂都去看大制作、贺岁片、娱乐片，真正的艺术片永远是绝对小众。出版也一样，畅销书多半是没有营养的快餐，我是看不下去的，很奇怪怎么会有这么多人买。看到这种现象，你不禁会对人性感到悲观，有鉴赏力的人怎么会这么少，难道文化上也是群氓做主。不过，我觉得创作者自己不应该受这种情况左右，既然你选择了纯粹，你就不要把商业的成功看得太重要。

王小慧 ｜ 现在许多行业都越做越大，合并、加盟……今天我在路上看到很小的店也连锁了，什么包子铺，奶茶店，美容美发等。当然从商业角度来说，他们可以争取到最大化的利润，但以后千篇一律，个性会越来越少，就好像工业时代初期手工被机械的所取代，当时人们会为此兴奋。而多年后的今天，大家认为一个纯手工的制品，会比机器生产的值钱很多，而独一无二的东西会比机械生产的也值钱很多。那天在大众汽车讲德国设计时，讲到德国设计为什么能有经典。比如说我买的一个设计非常经典的烤面包机，虽然是七十年代的产品，因为还没有自动跳出的功能，所以经常烤糊，但是我特别喜欢它的设计，特别好看。放在厨房里，所有人都觉得漂亮，像雕塑品一样。与之相比，很难看到一个美国造的经典的东西，因为它是商业化的设计观念，就是有意要产品不断过时，不断生产新的东西，质量与材料、式样都不需要经久，所以它不会有真正经典的作品留下来。

周国平 ｜ 所以看你用什么标准来衡量，用市场来衡量，卖得好就是成功，艺术上的评价就要看能否经受住时间的检验了。

王小慧 ｜ 我现在是觉得，大家像打赌一样的，赌到最后就把自己的艺术赌掉了。

周国平 ｜ 不应该在这个层面上和人争的，你也不是这个层面上的人。

王小慧 ｜ 我觉得最后时间真的能告诉人，一个艺术家在死后仍能让人记住你，你的作品能留下来，我觉得这是最重要的。现在再风光、再红火，我都觉得不重要。

周国平 ｜ 时间的检验往往是迟到的，在这之前，你起码有一条，你要有良知嘛，你的良知是能做出一个基本判断的。在某种意义上，良知就是时间这位法官在当下的存在，它在艺术家的心中做判断。

王小慧 ｜ 对！

周国平 ｜ 其实，每个艺术家都必定面临这个问题，就是如何处理艺术和市场的关系。在这样一个时代，如果你完全不理睬市场，当然你很安静、很纯粹，像一个隐士，但你再优秀也可能默默无闻，你肯定不愿意这样。

王小慧 ｜ 谁也不愿意啊。

周国平 ｜ 所以，关键是如何既能对付这样一个市场的环境，又能保持一个隐居的状态，这是一种功夫。

王小慧 ｜ 我常想，如果能回到当年的状态，我的人、我的精神会更自由，现在精神特别累，整个人感到特别疲惫。

周国平 ｜ 我的原则是既要适应市场，又不让市场支配我的写作。具体地说，就是写什么，怎么写，绝对由我自己做主，写出之后，再争取市场上的成功。我这样说过：在我的写作之国中，我是不容置疑的王，但我欢迎市场来做我的能干的大臣。我不允许市场干扰我的写作，但我可以接受市场对我已经写出的书的运作。当然，接受也是有限度的，我不愿意让自己出席许多宣传活动，包括电视和平面媒体的采访，因为这种事多了，心就不静了，实际上也会影响写作。其实，人们最后对一个作品的真正接受是有一定规律的，并非完全由市场决定。

王小慧 ｜ 我在硕士论文中讲到传播的概念，以建筑和室内设计为例来探讨视觉信息的传播过程。你的书和读者交流，你可以不见读者的，你可以不参加电视节目，不参加讲座，读者见不到你，但可以理解你要说的东西。我当时用的是建筑学符号，对于你来说是文字。这边是发出信号的人，那边是接收信号的人，中间是信号，但是信号对于两边永远不会是同样的。建筑师、艺术家、作家这些信号发出者不要奢望你的东西被全部理解，这是不可能的。建筑学中有一个概念叫"灰

被洪晃邀去为大众汽车公司活动讲"德国设计"，大屏幕上是《时光之痕》作品

空间",非此非彼又亦此亦彼,是模糊的、共有的空间。两边共享的空间越大,传播就越成功。

周国平 ｜ 在这方面我们两人都比较幸运,传播都比较成功。

王小慧 ｜ 我们的幸运在于雅俗共赏。有的人理解的是高深的部分,有的人理解的是浅显的部分。有的人不理解你的作品的哲学涵义,只是觉得故事好看,受到感动。我的保姆觉得我拍的作品挂在家里好看,赏心悦目,这就够了。不需要她也知道我想讲的那么多精神层面的意思。但是有的人可能会理解你对生命和死亡的诠释,层次完全不一样。对于一个信号发出者来说,被理解的层面越多、越广,层次越深,信号发送就越成功,他就越幸福。

周国平 ｜ 很有意思,分析得非常清楚。所以,说到底,我们好好写书、做作品就是了,至于受众怎么接受,接受多少,就各取所需、顺其自然吧。

图书在版编目（CIP）数据

花非花：周国平对话王小慧 / 王小慧，周国平著．
－－ 上海 ： 上海译文出版社，2017.8
ISBN 978-7-5327-7536-1

Ⅰ．①花… Ⅱ．①王… ②周… Ⅲ．①散文集－中国
－当代 Ⅳ．① I267

中国版本图书馆 CIP 数据核字（2017）第 112262 号

花非花：周国平对话王小慧

王小慧　周国平　著

责任编辑／衷雅琴
装帧设计／邵旻工作室

上海世纪出版股份有限公司
译文出版社出版
网址：www.yiwen.com.cn
上海世纪出版股份有限公司发行中心发行
上海福建中路 193 号（200001）www.ewen.co
上海丽佳制版印刷有限公司印刷

开本 890×1240　1/32　印张 9.5　插页 1　字数 128,000
2017 年 8 月第 1 版　　2017 年 8 月第 1 次印刷
印数 0,001-7,000 册

ISBN 978-7-5327-7536-1/I • 4607
定价：58.00 元